오키나와 문학의 힘

식민주의와 문화 총서 24

오키나와 문학의 힘

오키나와문학연구회

책머리에

지구화 시대를 맞이하여 그 어느 때보다 지역의 현안이 중요해지고 있다. 이것은 특정한 국민국가를 구성하는 차원으로만 지역을 인식하지 않고, 다른 국민국가들과 밀접한 관계를 맺는 차원에서 지역이 새롭게 주목되고 있는 것을 말한다. 말하자면, 이제 지역은 근대 국민국가의 경계 안에서만 다뤄지는 문제가 아니라 국민국가들 사이의 관계로부터 새로운 쟁점을 생성하는 어젠더의 역할을 맡고 있다.

오키나와는 지구화 시대의 이러한 지역의 논의들을 안고 있다. 흔히들 오키나와를 일본의 부속 열도(列島)로 간주한 채 오키나와의 현안들을 일본의 국내 문제로 협소하게 인식하기 십상이다. 물론, 이것은 오키나와에 대한 부분의 진실이다. 하지만 오키나와의 현안들을 좀 더 들여다보면, 일본의 국내 문제로만 파악할 수 없는 다층적이면서 심층적인 이해가 절실히 요구됨을 알 수 있다. 오키나와는 류쿠처분(1879) 이전까지 동아시아의 주요 문명을 이루면서 독자적 정치 세력을 일궈온 유구한 역사문화를 지녀온 만큼 오키나와에 대한 이해는 그리 단순하지 않다. 특히 제2차 세계대전의 막바지에 이르러 오키나와는 미국과 일본의 전쟁의 소용돌이 속에서 전대미문의 전화(戰禍)를 입은바, 오늘에 이르기까지 오키나와는 오키나와전의 그 끔찍한 지옥도(地獄圖)의 흔적을 고스란히 긴직하고 있다. 그것은 다름 아니라 일본 제국주의의 식민침탈과 미국의 동아시아 패권을 장악하기 위한 적대관계 속에서 오키나와를 희생시키는 반문명적·반인류적·반평화적 참상이다.

'오키나와문학연구회'는 오키나와의 역사와 현실에 천착하면서 오키나와에서 저질러진 이러한 폭력적 근대를 응시하고자 한다. 비록 '오키나와문학연구회'가 한국의 연구자들로 이뤄져 있지만, 오키나와에 가해진 폭력적 근대를 성찰하는 오키나와문학에 대한 연구는 앞서 강조했듯이, 오키나와란 협소한 지역의 문제로만 국한되는 게 아니라 오키나와와 핵심적 관계를 맺는 동아시아의 주요한 어젠더를 생성한다는 점에서 한국 연구자들은 그 나름대로의 시선으로 오키나와문학을 연구할 필요가 있다. 그리하여 오키나와문학에 대한 연구는 한국 연구자의 시선에서 오키나와문학에 대한 새롭고 래디컬한 면을 성찰할 수 있을 뿐만 아니라 오키나와문학을 연구함으로써 지구화 시대에서 동아시아 또는 한국을 객관화할 수 있는 지점을 확보할 수 있다. 그리하여 '오키나와문학연구회'는 오키나와와 동아시아, 그리고 인류의 평화를 모색하는 데 학문적 실천을 정진하고자 한다.

　이번에 발간하는 『오키나와 문학의 힘』은 이와 같은 문제의식을 공유하는 한국문학 연구자와 일본문학 연구자들이 공동의 심포지엄 성과물과 개별적 연구의 성과를 한 자리에 모으는 데 의의를 갖는다. '오키나와문학연구회'는 『오키나와 문학의 힘』의 발간을 계기로 한층 다층적이고 심층적인 학문적 실천을 모색할 것이다. 이후 '오키나와문학연구회'는 오키나와뿐만 아니라 동아시아 각지에서 폭력적 근대로부터 받은 상처의 언어들이 만나 서로의 아픔과 비극을 해원하는 언어의 울림을 만들어내고, 그 울림이 상처를 치유해줄 뿐만 아니라 동아시아와 인류의 평화를 기원하는 새 삶과 희망의 울림을 만들어내는 데 정진할 것이다.

2016년 5월
오키나와문학연구회 대표 고명철 씀.

차 례

제1부 오시로 다쓰히로

전후 오키나와(인)의
성찰적 자기서사 『신의 섬(神島)』
-'오키나와 전투'를 사유하는 방식-

손지연

1. 서론

이 글은 오키나와가 갖는 특수한 역사와 문학에 대한 관심에서 출발하였다. 이를 거칠게 요약하면, 1879년 이른바 '류큐처분(琉球處分)'으로 일본에 강제 편입된 이래 끊임없이 본토와의 차별에 노출되었고, 전시에는 지상전으로 전 섬이 초토화되었으며, 패전 이후에는 본토와 분리되어 오랜 미 점령기를 거쳐 1972년 일본 '복귀·반환' 이후 오늘에 이르고 있다. 그러나 이후의 사정도 순탄치 않다. 미군기지와 자위대까지 합세하여 기지 부담은 오히려 증가하였고, 그로 인한 소음과 미군범죄, 신기지 건설 문제 등은 온전히 오키나와 주민들만의 몫으로 남겨졌다. 오키나와에 대한 일본 정부의 명백한 차별정책이 아닐 수 없다.

이렇듯 본토와의 차별, 오키나와의 비극을 단적으로 보여주는 사례는 무수히 많지만 그 가운데에서도 가장 상징적인 것은 아시아·태평양 전쟁 말기에 발발한 일본 유일의 지상전 '오키나와 전투(沖繩戰)'라고 할 수 있다. 이른바 '철의 폭풍(Typhoon of Steel)'으로 비유될 만큼 격렬했으며, 군보다 민간인의 희생이 컸던 탓에 세계 역사상 유례를 찾아 볼 수 없는 비극적인 전쟁으로 기록되고 있다.

　본 논문에서 다루고자 하는 오시로 다쓰히로(大城立裕)[1]의 『신의 섬(神島)』(『新潮』, 1968.5.)[2]은 바로 이 오키나와 전투를 소설 전면에 배치하고 있다. 무엇보다 이 작품이 문제적인 것은 전쟁의 폭력성을 비판하는 데에 그치지 않는다는 점이다. 소설의 배경이 되고 있는 오키나와 전투는 일본(군)과 오키나와(주민) 내부의 차이와 차별을 노정하는 동시에, 그동안 암묵적으로만 존재해 오던 오키나와 내부의 불가항력적인 불신과 갈등 또한 피하지 않고 마주한다. 아울러 자칫 가해와 피해라는 구도가 갖기 쉬운 일면적 묘사, 즉 '가해＝일본(군)＝악' vs. '피해＝오키나와(주민)＝선'이라는 이항대립구도를 택하는 대신, 가해와 피해의 구도가 복잡하게 뒤엉킨 역설적 함의를 다양한 각도에서 드러낸다. 그것이 가능했던 것은 작가 오시로 스스로가 매우 이른 시기에 오키나와 내부의 자기 성찰적 시야를 확보했기 때문인 것으로 보인다.

　오키나와 문학 관련 연구는 일본이나 한국이나 아직 미비하다.[3] 그

---

1) 1925년 오키나와 현 출생. 1943년 상하이 동아동문서원대학(東亞同文書院大學)에 입학, 패전으로 1946년 학업을 중단하고 점령 하 오키나와로 귀국하여 고등학교 교사로 재직하였으며, 류큐정부, 오키나와현청 소속으로 오키나와사료편집 소장, 오키나와현립박물관장 등을 역임하였다. 1967년에는 『칵테일파티』(『文藝春秋』 1967年 9月號)로 오키나와 출신 작가로는 처음으로 아쿠타가와상(芥川賞, 제57회)을 수상하였으며, 최근 2015년에는 자전적 소설 『레일 저편(レールの向こう)』(『新潮』 2014年 5月号)으로 가와바타야스나리문학상(川端康成文學賞, 제41회)을 거머쥐었다.

2) 소설의 원제목은 '가미시마(神島)'다. '가미시마'라는 명칭은 실제 존재하지 않는 '가공(상상)의 섬'으로 오키나와의 비극을 압축하고 있다. 최근 필자가 한국어로 번역·소개하면서 '신의 섬'이라는 제목으로 바꾼 것은 이러한 측면을 부각시키려는 의도에서다(오시로 다쓰히로, 손지연 옮김, 『신의 섬』, 『지구적 세계문학』 6호, 글누림, 2015 가을).

3) 최근 오키나와 문학의 중요성을 인식하고, 오키나와 아이덴티티를 동아시아 관점에서 조망하거나 제주 4·3문학이라든가 베트남 전쟁과의 관련성에 천착한 연구들이 나오고 있다. 주목할 만한 논의로는 김재용, 「오키나와에서 본 베트남 전쟁」(『역사비평』 107, 역사비평사, 2014) ; 이명원, 「오키나와 전후문학과 제주 4·3문학의 연대」(제주대학교 재일제주인센터 편, 『재일제주인과 마이너리티』, 제주대학

가운데에서도 『신의 섬』은 간행 이래 50여 년이 흐르고 있지만 일본 문단의 주목을 받은 적도 연구대상이 된 적도 없다. 이 글의 목적 안에 는 이렇듯 철저히 외면당해 온 『신의 섬』이 구체적으로 어떤 점에서 주목할 만한 의미 있는 소설인가를 새롭게 환기시키고자 하는 것도 포 함되어 있다. 그런데 문학 영역에서 조금 시선을 돌리면 사회학, 역사 학 분야에서는 이 소설의 테마라고 할 수 있는 오키나와 전투에서의 주민학살의 논리와 집단자결(강제사)과 관련한 주목할 만한 논의들이 집 적되어 왔다.4)

전후 오키나와에 있어 전전과 구분되는 전후(적) 사유, 혹은 본토와 구분되는 오키나와(적) 사유의 출발은 모두 오키나와 전투의 경험으로 부터 촉발되었다고 해도 과언이 아니다. 『신의 섬』은 오키나와 전투가 내재한 다양하고 복잡한 문제들을 여과 없이 담고 있는 점에서 주의를 요한다. 무엇보다 그 내용이 일본 본토인들에게도 오키나와인 스스로 에게도, 더 나아가 우리 한국인들에게도 불편할 수 있는 소설이라는 점에서 의미하는 바가 크다고 생각된다. 이를테면 본토와의 관계뿐만 아니라 마이너리티라는 유사한 입장에 있던 식민지 조선과의 관계, 오 키나와 내부 주민들 간의 갈등, 세대 간의 갈등 등이 첨예하게 맞부딪

교 재일제주인센터, 2014) ; 김재용 「한국에서 읽는 오키나와 문학」; 김동윤, 「4・3 소설과 오키나와 전쟁소설의 대비적 고찰」; 고명철, 「오키나와에 대한 반식민주의 로서 경계의 문학」; 곽형덕, 「마타요시 에이키 문학에 나타난 '타자'와의 교섭 과 정」; 손지연, 「오키나와 공동체 구상과 여성의 섹슈얼리티」(이상, 『탐라문화』 49, 제주대 탐라문화연구소, 2015) 등이 있다.

4) 대표적인 논저로는, 도미야마 이치로(富山一郞), 『戰場の記憶』, 日本經濟評論社, 1995 [한국어판은 임성모, 『전장의 기억』, 이산, 2002] ; 『暴力の予感』, 岩波書店, 2002 [한국어판은 손지연・김우자・송석원, 『폭력의 예감』, 그린비, 2009] ; 야카비 오사 무(屋嘉比收), 『友軍とガマ-沖繩戰の記憶』, 社會評論社, 2008 ; 『沖繩戰、米軍占領 史を學びなおす-記憶をいかに繼承するか』, 世織書房, 2009 ; 강성현, 「'죽음'으로 의 동원과 이에 대한 저항 가능성-오키나와 '집단자결'의 사례를 중심으로」, 『민주 주의와 인권』 6권 1호, 5・18 연구소, 2006 등이 있다.

히는 양상들이 그러하다. 이 글에서는 다음 세 가지 관점에 주목해 보고자 한다. 우선 (1) 소설『신의 섬』이 작가 자신은 물론 본토인, 오키나와인 모두에게 불편한 소설일 수밖에 없는 이유를 살펴보고, (2) 주인공 다미나토 신코와 후텐마 젠슈의 팽팽한 대결구도를 통해 드러나는 오키나와 특유의 성찰적 사유와 그 의의와 가능성을 짚어본 후, (3) 소설 전반에 흐르고 있는 '가해'와 '피해' 구도의 역설 혹은 균열, 그리고 그 역설적 구도가 내포하는 의미를 문제 삼고자 한다.

2. 모두에게 '불편'한 소설, 『신의 섬』

오시로 다쓰히로의 출세작 『칵테일파티(カクテル·パーティー)』(1967)가 오키나와와 미국(미군)의 관계를 통해 전후 오키나와에 대한 사유의 깊이를 더했다고 하면, 그 이듬해에 발표한『신의 섬』은 그것의 본토 버전이라고 할 수 있다. 이 무렵은 1960년대 미일군사동맹의 재편·강화 움직임과 함께 '오키나와 반환 협상'이 미일 양국 사이에서 활발하게 오고 갔으며,[5] "핵 없는 반환" "교육권 분리 반환" 등 구체적인 '반환' 방법론에 대해서도 논의가 전개되었다.[6] 오키나와 내부에서도 기대했던 미군의 통치가 환멸로 바뀜에 따라 '평화헌법 아래로의 복귀', 즉 일본으로 복귀 운동이 폭넓은 지지를 얻어가던 상황이었다. 특히

---

5) 사토 수상은 1969년 11월, 닉슨 대통령과 정상회담을 열고 오키나와를 1972년 중 일본에 반환하겠다는 합의를 이끌어내었다. 1960년대 안보개정이 오키나와의 분리와 미군 지배를 전제로 한 미일안보체제의 강화였던 반면, 1972년 오키나와 반환은 오키나와의 일본으로의 통합을 전제로 한 미일안보체제의 강화하고 할 수 있다 (아라사키 모리테루, 정영신 옮김, 『오키나와 현대사』, 논형, 2008, p.58 참조).
6) 岡本恵徳, 『現代文学にみる沖縄の自画像』, 高文研, 1996, p.65.

복귀가 임박한 1970년을 전후해서는 '복귀론'이 우세한 가운데 '독립론'과 독립론에 거리를 두며 복귀에 반대하는 '반(反)복귀론'에 이르기까지 다양한 논의들이 제출되었다. 이 가운데 오시로는 '독립론'과 '반복귀론' 중간쯤에 자리하며 맹목적인 '본토 지향'과 본토 페이스대로 복귀가 추진되는 데에 대한 경계와 긴장감을 늦추지 않았다.[7]

이렇듯 오키나와의 미래에 대한 한치 앞의 전망도 내놓기 쉽지 않았던 시기임을 상기할 때 본토와의 관계를 다룬 소설을 집필한다는 것은 설령 그것이 긍정적인 것이더라도 당시로서는 쉽지 않은 작업이었으리라는 점은 상상하기 어렵지 않을 것이다. 그렇다면 과연 작가 오시로가 이 소설을 집필하게 된 경위와 목적은 무엇이었을까?

> 그 소설(『신의 섬』-인용자)을 쓴 동기랄까, 모델이랄까, 힌트는 게라마(慶良間) 집단자결을 명령한 장군이 있었어요. 그 장군이 전후가 되어 관광으로 오키나와에 왔는데, 그때 섬사람들이 그를 거부한 사건이 있었어요. 그 사건을 계속해서 생각했죠. 그것이 계기가 되어 '신의 섬'을 집필하게 된 겁니다. 그렇지만 단순하게 생각한 것이 아니라, 깊은 역사적인 고민과 그리고 민속학적인 깊은 이해를 통해 완성한 것입니다. 거기에는 일본에 대한 원망도 있었지만 친밀감도 있는, 동화와 이화 사이에서 흔들리고 있는 복잡한 심경을 표현한 것입니다. '칵테일파티'의 본토 버전이 '신의 섬'이라고 할 수 있죠. '칵테일파티'와 매우 유사하지만, 다른 점은 '칵테일파티'는 싸울 것인가, 친하게 지낼 것인가로 고민했다면, '신의 섬'에는 싸울 것인가 아니라, 원망할 것인가, 친해질 것인가가 문제였습니다. 싸움까지는 가지 못하죠. 본토에 대해서는 순전히

---

7) 복귀를 앞두고 오시로가 가장 치열하게 고민했던 것은 오키나와에 대한 본토의 차별과 오키나와의 본토에 대한 열등감 극복이라는 매우 현실적인 문제였다. 최근 논의에서도 당시 복귀를 지지할 수밖에 없었던 것은 "이민족의 치외법권에 대한 위화감" 때문이었으며, "헌법에 의해 기본적인 인권"을 보장받기 위한 불가피한 선택이었다고 회고한 바 있다(大城立裕, 「生きなおす沖縄」, 『世界(特輯 : 沖縄 何が起きているのか)』, 臨時增刊 no.868, 岩波書店, p.15).

원망이죠, 원망 쪽이 크죠.[8]

위의 문장은 작가 오시로의 가장 최근 인터뷰에서 발췌한 것이다. 『신의 섬』을 집필하게 된 동기와 집필 당시의 고뇌에 찬 심경을 토로하고 있다. 오키나와 전투 중에서도 특히 비극적인 사건으로 알려진 "게라마 집단자결"에서 모티브를 얻었음을 알 수 있다. 무엇보다 미국에 대한 비판을 담은 『칵테일파티』를 집필할 때와 달리 『신의 섬』은 같은 형제라고 생각했던 본토에 대한 "원망"을 솔직하게 표출한 속내가 인상적이다. 또한 "원망을 들춰내고 강조하는 것"에 대한 "미안"(「인터뷰」, p.147)한 심경도 토로한다. 이 같은 본토를 향한 "복잡한 심경"을 작가의 또 다른 표현에 기대어 정리하면, 본토에 '동화'할 것인가, '이화'할 것인가로 도식화할 수 있을 듯하다. 이 도식을 작품 속 등장인물에 적용시켜 보면, 오키나와 내부의 성찰을 집요하게 추궁하는 인물(다미나토 신코), 오키나와와 본토의 중립에 서려는 인물(후텐마 젠슈), 본토에 대한 주관·반감을 분명하게 드러내는 인물(하마가와 야에), 본토의 입장을 대변하는 인물(미야구치 도모코, 기무라 요시에) 등이 다양하게 등장한다. 하마가와 야에로 대표되는 본토에 대한 확고한 주관을 보이는 인물은 본토와 다른 오키나와 고유의 전통과 문화를 고수하는 것으로 드러나는데, '이화'의 불가피한 단면을 노정하고 있다고 할 수 있다. 특히 흥미로운 것은 본토를 대변하는 두 명의 인물을 내세워 각각 지난 전쟁에서 본토가 오키나와에 범한 과오를 성찰하게 하거나, 거꾸로 오키나와에 대한 몰이해가 어떤 식으로 표출되는지 보여주는 부분이다. 작가의 심경 고백처럼 『신의 섬』에 등장하는 인물은 모두 '동화'와 '이화' 사

---

8) 김재용 교수와의 최근 인터뷰(2015.7.16.)에서 작가 오시로는, 『신의 섬』과 관련한 많은 비하인드 스토리를 이야기를 들려주었다(김재용, 「오시로 다쓰히로 소설가와의 대담」, 『지구적 세계문학』 6호, 앞의 책, p.146, 이하 「인터뷰」로 약칭함).

이(경계)에 가로 놓여 있다. 그러나 엄밀하게 말하면 등장인물 개개인은 둘 중 하나의 포지션을 분명하게 선택하고 있다. 갈등하는 것처럼 보이는 것은 그것을 밖으로 표출하기 어려운 상황에 놓여 있기 때문인 것으로 보인다. "이화의 느낌을 겉으로 표현"하는 것에 상당한 곤혹스러움을 느꼈다는 작가 자신의 고백처럼 말이다. 그런데 작가를 더욱 곤혹스럽게 만든 것은 『신의 섬』에 대한 본토의 철저한 무관심·무반응이었다.

> '신의 섬'은 일본 본토에서는 아무도 문제시 하지 않았습니다. 나로선 상당히, 상당히 깊이 고심해서 쓴 건데 말입니다. 그런데 그것이 본토의 일본인들에게는 이해하기 어려웠던 모양입니다. (「인터뷰」, 146쪽)

『신의 섬』이 지금까지 주목 받지 못한 데에는 여러 가지 해석이 가능하겠지만 우선 추측해 볼 수 있는 것은 오키나와 문학에서 본토인들이 기대했던 것은 적어도 본토와의 관계 여부는 아니라는 점이다. 더 직접적으로 말하면 그들의 관심은 점령기 오키나와의 상황, 즉 미국(미군)과의 관계에 있었다고 할 수 있다.9) 오키나와 출신 작가로는 처음으로 아쿠타가와 상을 수상한 『칵테일파티』와 뒤이어 수상한 히가시 미네오(東峰夫)의 『오키나와 소년(オキナワの少年)』(1971)은 공통적으로 '미점령 하' 오키나와의 현실을 비판적으로 조명한 작품이라는 사실이 이

---

9) 당시 (본토)심사위원들이 "『칵테일파티』가 미국비판이라는 건 잘 알고 있었"(「인터뷰」, p.143.)다고 하는 작가의 발언이나, 심사위원 가운데 미시마 유키오가 "모든 문제를 정치라는 퍼즐 속에 녹여버렸다"고 혹평한 것에서 정치적 상황, 특히 미국에 대한 비판적 시선이 일정 부분 영향을 미쳤을 것으로 보인다(本浜秀彦, 『カクテル・パーティー』作品解說, 岡本惠德・高橋敏夫, 『沖繩文學選』, 勉誠出版, 2003, p.128). 오시로 문학과 미군(미국)의 관련성은 졸고 「오시로 다쓰히로 문학에서 '미군'이 내포하는 의미-오키나와 미국 일본 본토와의 관련성을 시야에 넣어」(『일본연구』, 중앙대학교 일본연구소, 2015)에서 다룬 바 있다.

를 반증한다. 이와 함께 두 작품 모두에서 미국에 대항하는 수단으로
서 오키나와 아이덴티티가 강하게 환기되었다.10) 이 부분은 본토 비평
가들에게 평가받았던 지점이기도 하고 평가절하되었던 지점이기도 하
다. 『신의 섬』 역시 '미국'이라는 대상을 '본토'로 바꿔 넣으며 곳곳에
오키나와 아이덴티티 문제를 피력했으나 결과는 정반대였다. 작가 자
신은 "본토의 일본인들에게는 이해하기 어려웠던 모양"이라는 완곡한
말로 표현하고 있지만, 실은 이해하기 어려웠다기보다 '집단자결'의 가
해자로서의 모습을 인정하거나, 직접적으로 마주하는 데에 불편한 심
기가 작용했으리라는 점은 상상하기 어렵지 않을 것이다.11)

　도미야마 이치로가 지적하듯, "오키나와의 비극을 자기 일처럼 애통
해하는 가운데 자신을 희생자로 구성"해 내고, 더 나아가 "가해자 의
식"을 "망각"12)해 온 대다수의 전후 일본인들에게 『신의 섬』이 발신하
고자 한 메시지가 불편할 수밖에 없었던 건 어쩌면 당연한 일이었을지
모른다. 그것도 1960년대 후반, 아직 복귀 이전의 시점이라면 더욱 그
러했을 것이다.

　그런데 작가는 가해자로서의 책임을 본토인들에게만 묻고 있지 않
다. 오키나와 내부, 즉 '집단자결'을 명하고 정작 자기 자신은 살아남
은 자들의 책임의 소재에 대해서도 집요하게 캐묻는다. 이런 점에서

10) 실제로 히가시 미네오가 『오키나와 소년』으로 아쿠타가와 상을 수상했을 때 신선
　　한 충격을 사회 전반에 주었던 것은 소설 전체에 과잉이라 할 만큼 범람한 오키
　　나와(류큐) 고유어 '우치나구치(ウチナーグチ)'였다고 한다. 오시로는 이를 가리켜
　　"방언의 열등감을 되갚은 일" "표준어 사용에 매진해 온 근대 백년의 완전한 전
　　향"이라며 큰 의미를 부여하였다(大城立裕, 「生きなおす沖縄」, 앞의 책, p.16).
11) 이 작품은 간행 이듬해인 1969년에 희곡으로 만들어져 극단 '세이하이(青俳)'에
　　의해 연극무대에 오르기도 했는데, 작가 오시로는 앞의 인터뷰에서 당시 연기자
　　들 가운데 한 본토 출신 여성이 공연 내용의 비참함에 많은 눈물을 흘렸다고 회
　　고하였다.
12) 도미야마 이치로, 임성모 옮김, 『전장의 기억』, 이산, 2002, p.109.

오카나와인 스스로에게도 '불편'한 소설이 아닐 수 없다.13) 더 나아가 한국인의 입장에서도 편하게만 읽을 수 있는 소설은 아니다. 왜냐하면 미세한 결은 다르지만 오키나와와 마찬가지로 아시아·태평양 전쟁에서 일본(군)이었던 한국인으로서의 가해 책임, 70년대 베트남 전쟁에서 한국군의 가해 책임 등을 상기시키기 때문이다. 실제로『신의 섬』안에 조선 출신 군부가 오키나와 주민을 방공호에서 쫓아내는 장면이 등장한다.14) 이것을 어떻게 해석하고 성찰할 것인가의 문제는 우리에게도 매우 중요해 보인다.

이렇듯 오키나와 출신 작가가 아니면 하기 어려운 중층적이고 복안적인 사고로 충만한 소설『신의 섬』은 오시로 문학, 더 나아가 전후 오키나와 문학을 대표한다고 해도 손색이 없을 것이다. 뒤이은 오키나와 전후 세대 작가들에게서도 오시로 문학의 영향이 엿보인다. 이를테면 메도루마 슌(目取眞俊)은 자신의 글쓰기 토대가 오키나와 전투의 추(追)체험에서 비롯되었음을 밝히며, (조)부모세대에게 전해들은 전쟁경험담을 작품의 주요 모티브로 삼는다. 묘사방식이나 작품 분위기는 오시로의 그것과 상당히 다르지만 본토에 대한 거침없는 비판이라든가(비판의 강도는 오시로보다 강해 보인다) 오키나와 내부의 성찰, 그리고 그 출발점을 오키나와 전투로 잡는 점에서 오시로 문학의 계보를 잇는다고 할 수 있을 듯하다.15)

---

13) 오키나와 주민들이 '집단자결'이라는 죽음으로 동원되는 과정과 그 안에 내재한 복잡한 실상에 대한 논의는 강성현의 앞의 논문에 자세하다.

14) 작품 속에는 같은 '일본군' 안에 "야마토인" "오키나와인" "조선인"이 뒤섞여 있는 상황을 "3파 갈등"이라 명명하며, 오키나와인(주민)과 조선인의 경우 가해와 피해가 중첩될 수 있음을 예리하게 간파한 장면이 등장한다(『신의 섬』, 앞의 책, p.76).

15) 『신의 섬』은 메도루마 슌에게, 『칵테일파티』는 마타요시 에이키에게 영향을 미치며 오키나와 작품의 계보가 이어지고 있다는 김재용 교수의 발언에 오시로는 "가해자 의식"을 쓰고 있는 점에서 겹쳐지며 그것은 "오키나와 출신이기 때문에 가

어찌되었든 『신의 섬』이라는 소설은 당시로서는 작가 자신, 오키나와인, 본토인 모두에게 쉽게 접근하기 어려운 곤혹스러운 문제를 다수 내포하고 있음은 틀림없어 보인다. 그 구체적인 모습을 소설 속 등장인물의 면면을 통해 확인해 가도록 하자.

3. 봉인된 기억으로서의 '신의 섬' – 다미나토 신코 vs. 후텐마 젠슈

우선 소설의 대략적인 줄거리를 인물 중심으로 소개하면 다음과 같다. 소설의 무대는 오키나와 중심부에서 멀리 떨어진 섬 '가미시마'다. 이곳은 1945년 3월, 오키나와 근해로 들어온 미군이 가장 처음 상륙한 곳으로, 수비대 일개 중대 3백여 명과 비전투원으로 조직된 방위대 7십 명, 조선인 군부 약 2천 명의 집결지가 되었다. 이야기는 당시 '가미시마 국민학교' 교사였던 다미나토 신코(田港眞行)가 '섬 전몰자 위령제'에 초대 받아 섬을 찾는 장면에서 시작된다. 전쟁이 격화됨에 따라 학생들을 인솔하여 섬 밖으로 소개(疏開)한 이후 23년 만의 방문이다. 몰라보게 변한 섬 모습에 놀라기도 했지만, 그의 관심은 전쟁 말기 섬 안에서 330여 명의 주민이 목숨을 잃은 '집단자결'의 전말을 밝히는 데에 있었다. 이후 그의 행보는 오로지 '집단자결'의 진상을 파헤치기 위한 일에 집중된다. 그가 '집단자결'과 가장 깊숙이 관련된 인물로 꼽은 이는 '가미시마 국민학교' 근무 당시 교장으로 있던 후텐마 젠슈(普天間全秀)다. 그는 '집단자결'의 '가해'의 책임 소재를 오키나와 내부에서 집요

능"한 것이라고 답하였다(「인터뷰」, p.149).

하게 추궁해 가는 다미나토와 대결구도를 이루며 '집단자결'이 은폐하고 있는(은폐할 수밖에 없는) 지점들을 나름의 논리를 들어 대응해 간다.

『신의 섬』에서 빼 놓을 수 또 다른 인물로 후텐마 젠슈의 여동생 하마가와 야에(浜川ヤエ)가 있다. 그녀는 전전-전후를 관통하며 오키나와 전통을 이어가는 '노로(祝女)'로 등장한다. 오키나와 전투에서 남편을 잃고, 도쿄로 공부하러 떠난 하나밖에 없는 아들마저 교통사고로 사망하는 불운을 겪는다. 이후의 삶도 순탄치 않다. 그토록 기피했던 본토 출신 며느리와의 불협화음으로 마음고생이 심하고, 전후 시작된 유골수습에서 남편의 유골을 아직 찾지 못하여 하루 온종일 유골 찾기에 몰두한다. 그런 그녀의 모습은 주변 사람들에게는 집착에 가까운 것으로 비춰진다. 이외에 전후 세대 젊은 세대들이 다수 등장하는데, 후텐마 젠슈의 아들 후텐마 젠이치(普天間全一), 하마가와 야에의 아들 하마가와 겐신(浜川賢信), 다미나토의 제자로 지금은 가미시마 국민학교 선생이 된 도카시키 야스오(渡嘉敷泰男), 영화제작을 위해 가미시마로 건너온 요나시로 아키오(与那城昭男) 등을 들 수 있다. 이들 또한 전쟁을 직접 겪었지만 부모세대와는 다른 가치관과 전후 인식을 보인다. '집단자결'에 대한 인식만 보더라도, 부모세대는 그 기억을 애써 지워버리고 침묵 혹은 은폐하는 길을 택하지만 마음 속 깊은 곳은 자신만 살아남았다는 죄의식으로 편치 않다. 반면 젊은 세대의 경우는 '집단자결'의 진상을 파헤치는 건 파장만 몰고 올 뿐 아무런 도움이 안 된다는 입장이다. 거기다 한참 고조되고 있는 복귀운동에도 방해가 될 것이라는 지극히 현실적인 이해가 앞선 듯 보인다. 여기에 하마가와 야에의 며느리이자 겐신의 아내인 본토 출신 기무라 요시에(木村芳枝), 오키나와 전투에 참전해 이곳 가미시마에서 전사했다는 자신의 아버지의 흔적을 찾아 섬에 들어온 미야구치 도모코(宮口朋子) 등이 소설을 이끌어 가는 주요 인물에 해당한다.

이 다수의 인물이 길항하는 복잡한 이야기 구조 가운데, 이 장에서 주목하고 싶은 것은 '집단자결'의 '기억(진상)'을 '봉인'하려는 후텐마 젠슈로 대표되는 섬사람들과 그것을 '해체'하려는 다미나토 신코의 대결구도이다.

> 가미시마의 전투는 오키나와 전투 전체에서 보면 일부에 지나지 않으나 비참했던 오키나와 전투를 예고하는 서막으로 유명하다. (…중략…) 십 수 년 전, 구로키 대위가 홀로 탈출했다는 이야기가 전해지면서 다미나토는 충격을 받았다. 그 후 두 세권의 기록을 보고 그렇지 않았다는 것을 알았다. 이것 말고도 촌장과 국민학교 교장이 군의 수족이 되어 도민들에게 자결을 권하고 자신들은 살아남았다는 이야기도 전해졌다. (…중략…) 다만 그때부터 언젠가 한 번은 진상을 살펴보고 싶다는 생각을 하게 되었다. 진상이라고 해도 역사를 뒤집는다거나 하는 대단한 것이 아니라 단편적인 기록으로 끝나지 않는, 도민들의 심리 상태를 알고 싶었던 것이다. 그것을 파악하지 못한 채 틀에 박힌 기록을 납득해 버리는 것은 무섭다는 생각이 들었다.16)

오키나와 전투의 서막을 열었던 비극의 섬 '가미시마'. 그에 대한 단편적인 기록이나 소문으로 떠도는 이야기가 아닌 수백 명을 '집단자결'이라는 죽음으로 몰아간 '진상'이 무엇인지 섬사람들 통해 직접 확인해 보겠다는 다미나토의 의지가 피력되어 있는 1장 부분이다. 대부분의 섬사람들이 '집단자결'에 대해 입을 굳게 다물고 있는 가운데 이 일과 가장 깊숙이 연관되었을 것으로 보이는 인물이 있다. 당시 '가미시마 국민학교' 교장으로 있던 후텐마 젠슈다. 다미나토는 몇 번의 방문

---

16) 『신의 섬』, 앞의 책, pp.26-27(이하 소설 인용은 본문에 페이지 수만 표기하기로 한다).

과 대화를 시도한 끝에 드디어 그의 입을 통해 '집단자결'에 관한 이야기를 듣게 된다. 그 내용은 이러하다. 어느 날 일본군 소속 미야구치 군조가 젠슈와 촌장을 동굴로 끌고 가 군도로 협박하며 이곳 섬 주민 가운데 스파이가 있어 우군의 비밀이 적에게 노출되고 있는데, 이를 막기 위해 주민 스스로가 목숨을 끊도록 하라는 명령을 전달 받았다는 것이다. 협박이 두려웠던 건지, 미야구치 군조의 말에 공감한 건지, 아니면 주민의 입장에서도 포로가 되기보다 자결하는 편이 좋다고 생각한 건지 판단이 서지 않는 가운데 둘은 주민 설득에 나섰고, 결국 "그날 밤 아카도바루를 중심으로 섬 이곳저곳에서 수류탄을 터뜨리고, 도끼로 가족의 머리를 내리치고, 어린아이의 목을 조르고, 면도칼로 경동맥을 끊"는 비극이 이어졌다. 후텐마 젠슈는 그들의 최후를 하나하나 배웅한 후, 자신도 마지막 남은 수류탄을 터뜨렸으나 불발된다. 그렇게 해서 살아남게 되었다는 것이다. 이후 그 일에 관해 기억하고 언급하는 것을 의식적으로 회피해 왔음을 고백한다.

이야기를 다 듣고 난 다미나토는, '집단자결'의 책임은 분명 미야구치 군조에게 있으며, 그가 섬 주민에게 "잔혹한 역사"를 만든 주체라는 점을 강하게 어필한다. 그러나 후텐마 젠슈는 그런 식으로 그에게 책임을 묻는 일에 회의적으로 반응한다.

> "다미나토 군. 분명하지 않다, 분명히 하고 싶지 않다, 고 하는 것도
> 훌륭한 역사적 증언이라고 생각하지 않나?"(93쪽)

다미나토의 눈에 비친 후텐마 젠슈의 태도는 "모든 역사적 기술을 부정하는 일"이었지만, "분명히 하고 싶지 않"은 후텐마 젠슈의 심경 또한 헤아린다. 다만 "섬사람들이 무의식적으로 취하고 있는 태도를

후텐마 젠슈는 매우 의식적으로 취하고 있을 뿐"이며, 그것은 결국
"아무런 생산성이 없는 일"이라는 것을 겉으로 표현하지 않고 마음속
에 담아둔다. 오키나와 주민으로서도 개인적으로도 씻을 수 없는 상흔
을 남겨버린 일본(군)에 대한 원망도 하기 어렵고, 애매한 태도를 취할
수밖에 없는 건 아마도 후텐마 젠슈 자신 역시 그 책임에서 자유롭지
않기 때문이라는 것은 충분히 가늠할 수 있을 것이다. 그렇다면 젠슈
처럼 '집단자결'에 직접 관여하지는 않았더라도 그에 대한 기억을 공
유하는 다른 섬 주민들은 어떠할까? 다미나토를 환영하기 위해 모인
주민 모임에서 다음과 같은 장면이 펼쳐진다.

> "사망했다면, ……전쟁으로?"
> "모두 전쟁에서 그랬죠."
> "자결했나요?"
> 다미나토는 자신도 모르게 조급해졌다.
> "개중에는 폭격에 당한 사람도 있겠죠?"
> 총무 과장은, 확인하는 듯한 얼굴로 주위를 둘러보았다.
> "어느 쪽이든, 거의 마찬가지에요……" 어협장이 허리를 굽히며, "일
> 본군에게 살해당한 사람도 있고."
> "정말, 있었어요?"
> "있어요, 그런 경우……"
> (…중략…)
> "정말 아무도 본 사람이 없을까요……" 다미나토는 천천히 둘러보며,
> "본 사람이 없는데, 어떻게, 그런 이야기가 나왔을 까요……"
> 순간 조용해 졌다. 그 조용한 분위기 속에 조심스럽게 부인회장이, 천
> 천히 말을 꺼냈다.
> "종전 직후에 바로 퍼진 이야기에요. 처음 누가 말을 꺼냈는지 모르
> 지만, 그런데 필시 무책임한 근거 없는 말이 아니라, 누군가가 정말은
> 알고 있지만, 단지 그것을 분명하게 말하지 않는 거라고 생각해요, 네."

(…중략…)

"나로서는 상상도 할 수 없는 심경이 있었을 테지만……" 다미나토는 거의 자문자답처럼, "<u>혹시라도 동포끼리 서로 죽이는 형국이 될 수 있으니까요. 분명하지 않은 이야기는……</u>"(53-54쪽, 밑줄은 인용자)

"자결" "일본군에게 살해당한 사람" "동포끼리 서로 죽이는 형국" 등 의미심장한 발언들이 조심스럽게 오고간다. 그러나 곧 "분명하지 않은 이야기"로 치부하며 논점을 피해간다. 이어지는 대화에서는 "집단자결이라 해도 자신이 도끼를 휘둘러 가족을 죽이고 자기만 가까스로 살아남았다는 것을 솔직하게 말할 사람은 없을 거고, 목격자라고 해도 지금 살아 있는 사람의 일을 적나라하게 말할 사람도 없"기 때문에 "추상적인 기록"(p.55)만 만들어질 뿐, 진상(진실)을 파악하는 일은 사실상 불가능하다는 결론을 내린다.

그런데 과연 오랜 기간 동안 섬사람들 사이에 암묵적 금기처럼 '봉인'되었던 '집단자결'을 둘러싼 불편한 '진상'을 밖으로 드러내었다는 것만으로 의미를 찾을 수 있는 걸까? 왜냐하면 미야구치 군조로 대표되는 '집단자결'을 강제한 일본군에 대한 비판은 물론, '집단자결'에 대한 오키나와 내부의 성찰, 즉 그것을 주민에게 직접 전달하고 실행에 옮기도록 권유한 후텐마 젠슈로 대표되는 이들에 대한 다미나토 신코의 책임 추궁은 어쩐지 충분해 보이지는 않기 때문이다. 그에 대한 작가 오시로의 보다 분명한 입장은 4장에서 확인할 수 있을 듯하다. 다만 그의 관심이 가해와 피해, 자발과 강제의 양자택일을 하려는 데 있지 않으며, 그가 환기하고자 했던 것은 '집단자결'이라는 죽음으로 동원되는 과정과 그 성격이 갖는 복잡성이다. 무엇보다 오시로의 이러한 문제제기가 상당히 앞선 것이라는 점은 높이 평가할만하다.[17]

4. '가해 vs. 피해' 구도의 역설 혹은 균열

　그런데 나는 피해자와 가해자를 대립적으로 나눌 것이 아니라, 어느 쪽
을 중시할 것인가가 더 큰 문제라고 생각했어요. 1967년에 '칵테일파티'
가 출판되고, 20년 정도 지난 1985년에 한 평론가가 신문에 에세이를 썼
어요. 당시 히로시마, 나가사키를 많이 언급되었는데, 우리가 과거 중국
에 대해 가해자였다는 사실을 자각하지 않으면 안 된다는 논조의 사설이
었어요. 1985년에 말이에요. 나는 화가 난다고 할까, 이상한 일이 아닐 수
없었죠. 내가 이미 20년 전에 언급한 것인데 말입니다. (「인터뷰」, 145쪽)

　작가 오시로의 지적대로 히로시마·나가사키 문제, 그리고 일본군
의 일원으로서 오키나와의 가해 책임 등에 대한 성찰은 80년대에 들어
서 시작된 것이 아니라 『칵테일파티』와 뒤이은 『신의 섬』에서 이미 깊
이 있게 다루었던 문제라는 것을 강조하지 않을 수 없다. 이 장에서는
등장인물이 처한 상황이나 관계성이 서로 복잡하게 얽혀 있는 데에 주
목하여, "피해자와 가해자를 대립적으로 나눌 것이 아니라, 어느 쪽을
중시할 것인가가 더 큰 문제"라는 것을 일찍이 간파한 오시로 특유의

---

17) 그간 '집단자결'이 어떠한 맥락에서 쟁점화 되어 왔는지 강성현의 논의에 기대어
간략하게 정리하면, 1982년 교과서에서 '오키나와 주민학살' 내용을 삭제한 것에
서 처음 문제가 되었고, 80년대 후반부터 '집단자결'인가, '주민학살'인가를 둘러
싼 공방이 전개되기 시작했다. 집단자결이 권력에 의해 강제된 것이라는 주장과
주민의 자발에 의한 것이라는 주장, 즉 '군대의 논리'와 '민중의 논리'가 대립하는
양상을 보이는데 양쪽 모두 '집단자결'에 이르는 과정을 지나치게 단순화했다는
비판적인 문제의식으로 이어졌다. '군대의 논리'와 '민중의 논리'를 양분하는 것
이 아니라 '집단자결'에 이르는 과정에서 가해와 피해, 자발과 강제성이 어둡게
맞물려 작용한 결과라는 복안적 인식의 틀이 마련되는 것은, 노마 필드, 도미야마
이치로, 야카비 오사무 등의 오키나와 연구자들이 등장하는 1990년대 중반 이후
부터라고 보고 있다(강성현, 앞의 논문, pp.35-36). 그러나 오시로는 이미 60년대부
터 『칵테일파티』와 『신의 섬』을 통해 그러한 문제제기를 했음에 우선 주목해야
할 것이다.

사유방식에 조금 더 가깝게 다가가 보고자 한다.

　우선 눈에 띄는 것은 후텐마 젠슈와 미야구치 도모코의 관계이다. 도모코는 오키나와 전투에서 전사한 자신의 아버지의 마지막 흔적을 찾고 위령제에 참석하기 위해 섬에 건너와 현재 후텐마 젠슈의 집에 머물고 있다. 그녀는 젠슈의 여동생 하마가와 야에의 남편을 살해한 미야구치 군조의 딸일 수도 있고 아닐 가능성도 있다. 당시 또 한명의 '미야구치'라는 성을 가진 이가 있었는데, 두 명 모두 일본군 소속의 '군조(軍曹)' 계급이었고 성 이외의 이름은 알려지지 않았기에 혼란이 생겨버린 것이다. 그러나 미야구치 군조가 칼을 꺼내 들고 하마가와 겐신을 향하고 있는 장면을 직접 목격한 이가 있다. 바로 후텐마 젠슈다. 전쟁 관련 기억이라면 일체 잊고 싶은 그로서는 그녀의 아버지가 여동생의 남편 하마가와 겐신을 살해한 그 미야구치 군조인지 아닌지는 별로 중요하지 않았다. 오히려 "전쟁을 알지 못하는 세대"인 도모코에게서 마음이 '정화'되는 느낌을 받기도 한다. 미야구치 군조의 딸(혹은 딸일지 모르는)에게 숙식을 제공하는 등 무조건적인 호의를 베푸는 것은 적어도 후텐마 젠슈 안에 일본군, 더 나아가 본토인 개개인에 대한 원망은 존재하지 않음을 보여준다. 달리 말하면 미야구치 군조로 대표되는 일본군, 나아가 전후 일본 본토에 대한 '가해'의 책임은 묻지 않겠다는 의미이기도 하다.

　한편, 후텐마 젠슈와 달리 평소 오키나와 전투 및 '집단자결'의 '진상'을 분명히 해야 한다는 소신을 갖고 있던 요나시로 아키오(그는 이를 테마로 영화를 제작하기 위해 섬에 건너왔다)에 의해 자신의 아버지의 일을 알게 된 도모코가 속죄의 의미로 위령제가 있던 날, 야에와 함께 유골 찾기에 나섰고 불발탄이 폭발해 도모코가 사망하게 된다. 이 소식을 전해들은 젠슈가, "그 아가씨는 27도선[18)의 업을 진거로군……"이라

는 모호한 표현으로 반응하는데, 다미나토는 거기에서 젠슈의 한계를
분명히 포착한다.

> 도모코가 역사의 과오를 예수의 십자가처럼 짊어져야 한단 말인가.
> 그러나 이때 도모코가 젠슈를 대신해 그것을 짊어진 거라고 말할 수 있
> 지 않을까. 다미나토는 젠슈의 한계를 지금 이 자리에서 목격한 것만 같
> 았다. 역사에 대한 책임을, 신문기사를 쫓는 데에만 머물고, 다른 것에
> 대한 추궁은 극도로 피해 온 생활, 그 함정이 거기에 있었다. 안주의 땅
> 처럼 보이지만 실은 깊은 못이었을지 모른다. 지금의 젠슈가 그것을 감
> 지하지 못했을 리 없다. 젠슈에게는 너무 가혹한 채찍일지 모르지만, 지
> 금은 그것을 생각해야 할 때라고 본다. (132쪽)

젠슈와 다미나토의 전후 인식의 차이는 도모코의 죽음을 계기로 분
명하게 드러난다. 즉 야에의 유골 찾기가 상징하듯 아직 끝나지 않은
오키나와 전투의 상흔과, 그에 대해 어떤 식으로든 책임지는 모습을
보이려던 본토 출신 도모코의 죽음을 "27도선의 업"이라며 추상화시켜
버림으로써 일본 본토의 가해 책임과 오키나와 내부의 성찰적 자기인
식의 가능성을 차단시켜 버렸기 때문이다. 다미나토가 비판하고자 한
부분은 "역사에 대한 책임"과 그에 대한 "추궁"이 부재하다는 것, 그
리고 그 이상으로 중요해 보이는 것은 젠슈에게 "너무 가혹한 채찍"일
지 모르는지만 "그것"을 성찰하지 못하고 "안주의 땅"에 안주해 온 데
에 있을 것이다. 후텐마 젠슈가 전쟁에서 오키나와 주민들을 '집단자
결'로 동원하는 데에 일조했다는 사실은, 오키나와 전투를 둘러싼 인식

---

18) 1951년에 체결된 샌프란시스코 강화조약으로 일본은 연합국의 점령상태에서 독
    립하여 주권을 회복했지만, 오키나와는 북위 27도선을 기점으로 일본에서 분리되
    어 미군의 배타적 지배하에 놓이게 되었다. 이후 북위 27도선은 단순한 본토와의
    지리적 경계가 아닌, '조국' 분단이라는 현실과 상실감을 확인시켜 주는 상징성을
    띠게 되었다.

이 '일본 본토=가해 vs. 오키나와=피해'라는 구도로는 다 설명하지 못한다는 것을 드러내 보여준다. '가해'와 '피해'라는 양 대결 구도 안에 존재하는 미세한 균열과 역설의 지점은 도모코가 나가사키 출신이라는 설정을 통해 본토의 원폭 피해를 환기시키는 데에서도 확인할 수 있다. 즉 후텐마 젠슈가 '27도선'이라는 은유를 빈번히 사용하며 '조국' 분단이라는 현실과 상실감 내지는 본토에 대한 '원망'과 '이화'의 감정을 표출하는데, 본토 출신 도모코가 '원폭증(原爆症)'이라는 사실 앞에서 "이 선"은 "다시 망막해지면"서 "뒤엉켜"(p.94)버리게 된다는 설정이 그것이다. 하마가와 야에와 기무라 요시에, 미야구치 도모코의 관계를 통해 이에 대한 오시로의 사유방식을 조금 더 구체적으로 들여다볼 수 있을 듯하다.

후텐마 젠슈가 전쟁의 기억을 '봉인'하고 '침묵'으로 일관해 오고 있다면, 하마가와 야에는 그와 반대로 전쟁의 기억을 자신만의 방식으로 계속해서 이어오고 있다. 오키나와 전투에서 목숨을 잃은 남편의 유골을 15년 동안이나 찾아 헤매고 있는 것은 그 단적인 예다. 그리고 후텐마 젠슈와 또 다른 점은 본토 출신 며느리 기무라 요시에와의 대립에서 알 수 있듯, 본토에 대한 불신감, 반감이 상당하다는 점이다. 도쿄에서 대학에 다니던 외아들이 어느 날 갑자기 본토 출신 여자와 결혼한다고 했을 때, 또 그 아들이 불의의 교통사고로 사망한 후 며느리 요시에가 홀로 아들의 유골함을 들고 집을 찾았을 때, 야에는 연이어 충격을 받는다. "야마토 며느리 따위는 애초부터 이 집과 어울릴 수 없다"(p.39)고 생각해 왔지만 지금은 그 며느리라도 잡아 두지 않으면 아들이 완전히 자신을 떠나 버릴 것 같은 두려움에 그녀에게 집착한다. 한편 며느리 요시에의 입장에서도 시어머니 야에는 이해하기 어려운 존재다. 특히 야에가 하마가와 가문에 시집오면서부터 대대로 이어온

'노로'라는 설정은 단순한 세대 간의 격차가 아닌, 오키나와와 본토의 격차를 가늠케 해준다.

> "요즘 같은 시대에 새삼스럽게 무슨 신이에요. 그런 말을 하기 때문에 나랑 안 맞는 거예요."라고 요시에가 너무도 분명하게 말하자, 야에는 그 말에서 요시에와 자신의 거리가 너무나 멀다는 것을 의식하는 한편, 지금 이 며느리를 동굴로 인도해 두 사람의 관계를 일체화시킬 수 있을지 모른다는 생각을 했다. 금단의 배소를 다시, 그것도 맨 정신으로 다른 사람을 안내하는 것으로 완전히 하마가와 야에라는 노로의 신격(神格)을 멸할 것인가, 아니면 그 백골의 산을 요시에에게 보이는 것으로 요시에의 정념을 무리하게 오키나와의, 야에의 껍데기 안으로 끌어들일 것인가. —야에는 후자에 걸었다. (119-120쪽)

인용문은 '노로'에게만 허용된 "금단의 배소"를 사람들에게 공개하는 자리이다. 오키나와 전투 당시 이 '금기'의 장소에 가족들을 데리고 피난했던 일 때문에 야에는 전후 오랫동안 죄책감에 시달려야 했다. 그것을 이제와 밖으로 드러내게 된 데에는 며느리 요시에와의 관계를 "일체화시킬 수 있을지 모른다는 생각" 때문이었다. 그러나 요시에의 반응은 야에의 예상과 달랐다. 동굴 여기저기에 흩어져 있는 수습되지 않은 채 "백골의 산"을 이루고 있는 유골을 둘러싸고 팽팽하게 의견이 대립한 것이다. 야에는 이들이 '금기'의 장소에서 죽었기 때문에 '신'을 더럽혔고 그에 대한 책임을 져야 한다는 입장이고, 요시에는 사자들은 모두 동등하게 묻힐 권리가 있다고 주장한다. 언뜻 보면 '노로'로 상징되는 오키나와 고유의 전통에 대한 요시에의 몰이해로 보이지만, 사자에게 '책임'을 묻는 또 다른 중요한 측면을 노정하는 부분이다. 요나시로가 "위령제를 섬사람과 일본군과 미군들이 다 같이 지내는 건 잘 못되었"(p.124)으며, "오키나와 이외의 영(靈)을, 이참에 확실하게 빼

내"(p.77)야 한다며 '위령제의 개혁'을 주장하는데, 이러한 발상은 학도대, 의용군, 집단자결자 등의 '희생'을 부각시켜 '순국'으로 미화하기 바빴던 당시의 시대 분위기를 전면에서 거스르는 것이었다.[19] "위령제의 영령을 섬사람들만으로 독립"시킴으로써 "저항운동"으로 이어가자는 주장 또한, 전후 뒤섞여 버린 '가해'와 '피해'의 역설적 구도의 재(再)사유의 필요성을 일깨워 준다. 그런데 요시에의 입장은 이런 문제적 지점들과는 거리가 멀다. 본토 출신이라는 것, 그로 인해 전쟁 책임에서 자유로울 수 없다는 발상은 애초부터 존재하지 않기 때문이다.

이처럼 요시에가 본토 출신인 이상 자신도 전쟁의 가해자일 수 있다는 "윤리적 상상력"[20]이 부재했다면, 도모코는 그 반대의 경우라고 할 수 있다. 도모코의 경우 직접적으로 오키나와 주민을 가해를 행한 일본군이 바로 자신의 아버지라는 특수한 설정을 통해 본토의 전쟁 책임을 대변하는 인물로 등장한다. 위령제 참석을 겸해 후텐마 젠슈의 집에 머물며 아버지의 흔적을 찾던 중 요나시로에게서 야에의 남편을 살해한 일본군이 바로 자신의 아버지라는 사실을 듣게 된다. 이에 충격을 받은 도모코는 위령제가 열리던 날 아침, 야에와 함께 유골을 찾으러 산으로 향한다. 야에는 전시 금기를 어긴 죄책감으로 위령제에는

---

19) 이에 관한 논의는 오시로 마사야스의 글에 자세하다(大城將保, 「沖縄戰の眞實をめぐって 皇國史觀と民衆史觀の確執」, 『爭点·沖縄戰の記憶』, 社會評論社, 2002, p.26).

20) 오에 겐자부로(大江健三郎)는 에세이 『오키나와 노트』(1970)에서 전시 오키나와 주민들에게 집단자결을 강요했다고 알려진 수비대장이 전후 오키나와를 방문하려다 거절당한 사건을 환기하며, "죄를 저지른 인간의 후안무치와 자기정당화" 그리고 그의 "윤리적 상상력"의 결여를 강하게 비판한 바 있다(大江健三郎, 『沖縄ノート』, 岩波書店, 1970 ; 오에 겐자부로, 이애숙 옮김, 『오키나와 노트』, 삼천리, 2012, p.186). 이 책은 '집단자결'이 일본군의 강제에 의한 것이라는 기술을 문제삼아 출간으로부터 35년이나 지난 2005년에 일본 우익 세력들에 의해 출판물에 의한 명예훼손 혐의로 제소되기도 하였으나, 2011년 일본 사법부는 오에의 손을 들어주었다.

참여하지 못하고 유골을 찾으러 다니거나 산으로 기도하러 다니곤 했다. 도모코의 동행은 위령제에 참석하지 말고 함께 산에 가자는 야에의 간곡한 당부를 거절한 며느리 요시에를 대신하는 의미도 있었다.

소설의 클라이맥스에 해당하는 장면으로, 야에는 그날 그토록 찾아 헤매던 남편의 유골을 찾을 수 있었고, 같은 시각 얼마 떨어지지 않은 곳에서 유골 찾기를 도와주던 도모코는 불발탄이 터지면서 그만 사망에 이르고 만다. 아무도 예상치 못한 도모코의 사망을 계기로 소설 속 인물들은 크게 동요한다. 동요의 양상은 매우 다양하게 나타나는데, 각기 다른 입장의 차이를 분명하게 드러내 보인다.

우선 도모코에게 아버지의 일을 알린 요나시로 아키오의 후회와 그를 순간 원망하는 듯했으나 곧 "27도선의 업"(p.132)이라며 체념하는 반응을 보이는 후텐마 젠슈, 그런 그에게서 전후 역사에 대한 인식의 부재라는 결정적인 한계를 감지한 다미나토 신코, 도모코에게 주의를 주지 못해 죽음에 이른 것이라는 자책감을 느끼지만 그보다는 남편의 유골을 찾았다는 기쁨이 앞서는 하마가와 야에에 이르기까지 도모코의 죽음을 바라보는 시선은 각기 다르다. 이에 더하여 요시에가 짊어져야 할 짐을 도모코가 진 것이라며 요시에를 비난하는 섬사람들과 도모코만 동정하고 야에를 격렬히 비난하는 본토 출신 위령제 참석자들의 시선도 포착할 수 있다. 이어지는 장면에서는 섬에 도착하면서부터 '집단 자결'에 관심을 갖고 진상을 조사해 오면서 느꼈던 다미나토 신코의 쓴소리가 쏟아진다.

"어리광부리지마. 자네들이 과거를 잊고 현실을 살아가려는 거, 그래 그건 좋다고 치자. 그러나 그것은 피 흘리며 살아온 과거를 무시하는 것 이어선 안 돼. 섬사람들에게 과거는 이미 사라지고 없어. 그것을 사라져 없어진 것으로 치부해선 안 된다는 거야. 야마토 사람들에게도 그건 확실하게 인식시키는 것이 좋아. 그렇지 않으면 일본 복귀 후에도 다시 잊어버리게 될 걸. 그때는 또 그때의 현실이 기다릴 테니까." (134쪽)

"(후텐마—인용자) 선생님은 전쟁범죄자의 일부인 야마톤츄를 미워하고, 거기다 그 딸일지 모르는 아가씨를 예뻐하셨습니다. 도모코 씨는 자신의 아버지가 아닌 사람이 죽였을지 모르는 사람의 유골을 대신해서 죽었습니다. 이것을 어떻게 생각하십니까?" (136쪽)

"미야구치 군조의 일이 불가피한 일이었다면 그거야말로 당신들의 원폭반대도 설득력을 얻게 되는 것이 아니겠습니까?" (136쪽)

첫 번째 인용문은 전쟁의 비극을 망각해 온 오키나와 본토의 암묵적 공모관계를 지적하며 오키나와 내부의 성찰을 촉구하는 부분이다. 다음 두 인용문에서는, 도모코의 죽음이라는 극단적인 설정을 통해 전후 지금까지 전쟁에 대해 책임 있는 모습을 보여주지 않고 있는 본토를 향해 일침을 가하고 있으며, 마찬가지로 미야구치 군조로 대표되는 일본(군)의 가해성에 대한 진상 파악이 누락된 원폭반대 운동은 모순이라는 점을 예리하게 지적하고 있다. 소설의 마지막 장면은 위령제를 마치고 섬을 떠나 각자의 자리로 돌아가는 다미나토 신코와 기무라 요시에의 모습을 담고 있다. 오키나와 전투의 비극을 상징하는 '집단자결'의 '진상'을 파악해 보겠다는 의욕에 넘쳐 있던 다미나토는 제대로 수행하지 못한 채 이대로 섬을 떠나게 된 데에 "부끄러움"을 느끼는 동시에 앞으로 "그토록 큰 전쟁"(p.137)이 있었음을 망각하지 않겠다는 의지를 피력한다. 다미나토의 시선에 포착된 요시에는 "겐신의 망령인가, 도모코의 망령인가. 아니면 하마가와 야에의 살아있는 망령"(p.137)일지 모르는 '짐'을 안고 떠나는 것으로 비춰진다. 또 언젠가 다시 이 섬으로 '귀향'해 오리라는 기대감도 버리지 않는다. 요시에 본인의 의중은 어떤지 나타나 있지 않는 것으로 보아 본토의 반응 여하보다는, 다미나토에 기대어 곧 다가올 본토 복귀에 대한 오키나와인의 기대와 원망(願望)을 담고 있는 듯하다.

지금까지 살펴본 바로, 다미나토 신코라는 인물이 작가 오시로의 심경을 가장 가깝게 대변하고 있는 듯 보인다. 특히 다미나토가 그동안 참았던 속내를 토해 내는 결말에 이르는 부분, 즉 히로시마·나가사키 원폭이 일본의 가해성을 소거·은폐하고 피해국으로 자리매김하면서 '반전평화'의 중요성을 환기시키는 역할을 해왔고, 그 과정에서 오키나와나 본토나 '같은' 전쟁의 '피해자'인 것처럼 치부함으로써 '은폐'되어간 것들에 대한 통찰력이 그러하다. 이것은 오키나와 전투의 비극을 상징하는 '집단자결'이 '가해'의 주체인 일본 본토에 대한 책임을 묻는 일 없이 오히려 '봉인(침묵)'하고 현실에 안주해 온 오키나와 내부의 성찰적 시야이자 시대를 앞선 오시로 특유의 사유방식이라 할 수 있을 것이다.

5. '다시 사는 오키나와' – 결론을 대신하여

지난 2013년 4월, 아베(安倍晋三) 총리는 샌프란시스코 강화조약 발효 61주년을 자축하며 '천황' 부부를 포함하여 중·참의원 의장 등 4백여 명이 참석한 가운데 대대적인 행사를 개최하였다. 1997년부터 이른바 '주권회복의 날'로 명명하며 민간 차원에서 기념해 왔지만 정부 주관으로 치른 것은 이번이 처음이었다. 같은 날 오키나와 기노완(宜野灣)

시에서는 오키나와 현민 수 천 명이 정부의 기념식 개최를 규탄하는 대규모 집회를 열었다. 오키나와 주민에게 있어 '1952년 4월 28일'은 같은 강화조약으로 인해 일본으로부터 분리되어 미국의 군사점령 아래에 놓이게 된 '굴욕의 날'이기 때문이다. 오키나와는 철저히 배제된 '주권회복의 날' 행사를 묵도하며 오시로는 「다시 사는 오키나와」라는 제목의 글을 통해, "그 역사의 진상을 망각하고 지금 소박하게 본토만 주권을 회복했다고 만세를 외치는 무자각, 무책임, 부당함은 용서하기 어려운 것"[21]이라고 비판하며 본토를 향한 강한 분노를 쏟아내었다.

> 제2차 세계대전에서 오키나와는 본토의 안전을 보장 받고자 미군의 발을 묶는 전략에 희생되었고, 학생들은 황민화교육의 영향으로 조국을 위해서라고 믿으며 목숨을 바쳤다. 그 명사봉공의 근저에는 1879년 류큐처분 이래 백년간의 정치적, 사회적 차별에 대항하여, 이마만큼 조국을 위해 싸운다면 일본국민으로 인정해 줄 것이라는 염원이 있었던 것이다. 그것을 '조국방위'의 은의도 잊고 평화조약을 짓밟았다.[22]

그의 분노와 배신감의 표출이 '오키나와 전투'에서의 오키나와 주민의 '은의'와 '희생'을 환기시키는 형태라는 점에서, 오키나와에 대한 본토의 '차별'은 아직 끝나지 않은 현재진행 중이라는 사실을 다시 한 번 일깨워준다. 90이 훌쩍 넘은 노령의 나이에도 불구하고 후텐마(普天間) 기지 철거와 헤노코(辺野古) 이전 단념을 추구하며 활발한 글쓰기와 실천적 행보를 이어가고 있는 작가 오시로. 그가 구상하는 '다시 사는 오키나와'는 일본 본토의 계속되는 차별(특히 정치적)에 굴하지 않고 끊임없이 "자기결정권, 오키나와 해방, 국가통합이라는 철학의 재구성 등

---

21) 大城立裕, 「生きなおす沖縄」, 앞의 책, p.14.
22) 大城立裕, 「生きなおす沖縄」, 위의 책, p.14.

을 요구하는 자세"23)에 있다고 하겠다.

『신의 섬』은 지금으로부터 50여 년 전에 간행되었다. 집필 당시 일본 복귀가 점차 가시화되어 가던 상황에서 "일본에 대한 그야말로 동화와 이화 사이에서, 이화의 느낌을 겉으로 표현한다는 것"은 "상당히 괴로" 운 작업이었음을 토로하면서, 지금은 그렇게 괴롭지 않으며 오히려 "원 망의 감정"을 분명하게 표현하게 되었다고 말한다(「인터뷰」, p.147).

작가 오시로의 이 의미심장한 말들을 현 상황에 다시 비추어 보니, 과연 『신의 섬』 집필 당시인 50여 년 전은 적어도 지금보다는 낙관적 이었던 듯하다. 본토에 대한 오키나와의 원망과 섭섭함을 토로하면서 다른 한편으로는 미안함과 괴로운 감정을 느꼈던 건, '복귀' 이후의 본 토와의 관계가 '회복'될 수 있을 것이라는 낙관적 기대감이 존재했기 때문이리라. 그러나 작가의 예측은 보기 좋게 빗나가고 말았다. 2015 년 현재 아베 정권의 거침없는 폭주로 인해 일본은 패전 70년 만에 '다시 전쟁을 할 수 있는 나라'로 탈바꿈했다. 일본 국민들은 '패전'의 대가(더 정확히는 오키나와 전투에서 주민들의 희생)로 얻은 '평화헌법'을 잃 었고, 근린 국가인 우리나라의 정세는 남북관계의 긴장감 속에서 한치 앞을 예측하기 어려운 형국으로 내몰렸다. 무엇보다 가장 염려되는 것 은, 비극적인 전쟁의 한가운데로 내몰렸던 오키나와 주민들이 '다시' 안게 될 전쟁에 대한 '불안감'이다. 최근의 이 같은 일본 정부의 행보 는 『신의 섬』이 발신하는 메시지와 울림을 한층 더 크게 해주고 있다.

---

23) 大城立裕, 「生きなおす沖縄」, 위의 책, p.20.

••• 참고문헌

강성현, 「'죽음'으로의 동원과 이에 대한 저항 가능성-오키나와 '집단자결'의 사
　　례를 중심으로」, 『민주주의와 인권』 6권1호, 5·18연구소, 2006.

김재용, 「오시로 다쓰히로 소설가와의 대담」, 『지구적 세계문학』 6호, 글누림,
　　2015 가을.

아라사키 모리테루, 정영신 옮김, 『오키나와 현대사』, 논형, 2008.

오시로 다쓰히로, 손지연 옮김, 『신의 섬』, 『지구적 세계문학』 6호, 글누림, 2015
　　가을.

大江健三郎, 『沖縄ノート』 岩波書店, 1970 ; 오에 겐자부로·이애숙 옮김, 『오
　　키나와 노트』, 삼천리, 2012.

岡本惠德, 『現代文學にみる沖縄の自畵像』 高文研, 1996.

大城立裕, 『大城立裕全集』 9, 勉誠出版, 2002.

＿＿＿＿, 「生きなおす沖縄」, 『世界(特輯 : 沖縄　何が起きているのか)』 臨時增
　　刊 no.868, 岩波書店, 2015.

大城將保, 「沖縄戰の眞實をめぐって　一皇國史觀と民衆史觀の確執」, 『爭点·沖
　　縄戰の記憶』 社會評論社, 2002.

富山一郎, 『戰場の記憶』, 日本経濟評論社, 1995 ; 임성모, 『전장의 기억』, 이산,
　　2002.

本浜秀彦, 『カクテル·パーティー』作品解說, 岡本惠德·高橋敏夫, 『沖縄文學選』,
　　勉誠出版, 2003.

오키나와 공동체 구상과 여성의 섹슈얼리티

-일본 '복귀' 전후의 오시로 다쓰히로 텍스트를 중심으로-

손지연

　전후 오키나와 문학을 대표하는 작가 오시로 다쓰히로는 '오키나와인은 누구인가' '일본인은 누구인가'라는 근원적인 물음을 던지고 이에 대한 답을 찾고자 부단히 노력해 온 것으로 잘 알려져 있다. 그의 노력이 시사적인 것은 이것이 단순히 오키나와, 오키나와인 내부만의 문제가 아니라, 우리를 포함한 동아시아의 식민지적 상황, 그 안에서도 가장 직접적인 폭력에 노출된 여성, 마이너리티 문제와 직결된 사안임을 분명하게 보여주기 때문일 것이다. 이 글은 이러한 문제의식에서 출발하여, 일본복귀에 즈음하여 오시로가 제시한 오키나와 공동체 구상방식과 그 의미를 살펴보고, 이러한 오키나와 공동체 구상이 여성의 섹슈얼리티와 만나는 방식에 대하여 논의해 보고자 하였다. 이를 통해 미국과 오키나와, 일본(본토), 한국, 중국 등의 상황과 피하지 않고 마주히며 자기성찰의 지평을 확대시켜 간 네에서 오시로 텍스트가 갖는 위력을 확인할 수 있었으며, 동시에 그 과정에서 젠더 불균형 문제라든가 오시로 식 오키나와 공동체 비전이 갖는 한계성 또한 엿볼 수 있었다.

1. 들어가며

오키나와나 한국은 일본, 일본인과는 구별되는 고유한 문화적 주체성을 갖는다는 신앙과 같은 관념을 기반으로 자신만의 아이덴티티를 구축해 왔다는 점에서 공통된다. 이러한 경향은 패전과 해방이라는 180도 다른 전후의 출발과 미 점령이라는 유사한 경험을 통해 지금까지와 다른 양상을 보이게 된다. 요컨대 한국의 경우, 민족 내부에 존재하는 다양한 차이를 균일한 주체로 통합하려는 이데올로기가 여전히 강한 힘을 발휘해 오고 있으며, 오키나와의 경우는 오키나와 고유의 언어와 문화를 일본 본토의 그것과 분리·상대화하거나 거꾸로 그 안에 흡수·통합하려는 양방향의 논의가 각축을 벌이게 된다. 이러한 경향은 패전과 함께 미군(미국)이라는 새로운 변수가 개입되면서, 일본인이면서 일본인이 아닌 존재, 그렇다고 미국인도 아닌 그 어느 쪽에도 속하지 않은 '경계'의 위치에서 자신의 아이덴티티를 확보해야 했던 미 점령기와 일본 본토로의 '복귀'가 가시화되는 1970년을 전후한 시기에 특히 부각되어 나타난다.

'오키나와인은 누구인가' '일본인은 누구인가'라는 근원적인 물음을 던지고 이에 대한 답을 찾고자 하는 움직임은 이것이 단순히 오키나와, 오키나와인 내부만의 문제가 아니라, 우리를 포함한 동아시아의 식민지적 상황, 그 안에서도 가장 직접적인 폭력에 노출된 여성, 마이너리티 문제와 직결된 사안이라는 것을 보여준다. 실제로 오시로 다쓰히로를 비롯한 오키나와 출신 작가 상당수는 '오키나와 vs. 미국' 혹은 '오키나와 vs. 일본'라는 단순한 이항대립구도를 제시하는 데에 그치지 않는다. 미국과 오키나와, 일본, 한국, 중국이 서로 복잡하게 얽혀 중층적이고 복합적인 아이덴티티가 길항하는 면면을 드러내 보인다. 이처럼 동아시아와의 불가분의 관계성 안에서 자신의 아이덴티티를 확인하고 성찰하는 것은 오키나와문학이 갖는 특수성이라 할 수 있는데 거기에서 한 발 더 들어가면 그 내부에는 한국문학에서도 찾아볼 수 있는 익숙하고 낯익은 구도 또한 목격된다. 즉 민족 고유의 언어와 문화, 역사를 말하는 주체는 오로지 남성이며, 그렇게 만들어진 언어와 문화, 역사는 남성중심의 민족주의적 욕망과 매우 밀접한 관련이 있다는 사실이다.

이상의 문제에 대한 답을 찾기 위해 본 논문에서는, 패전과 미 점령기를 거쳐 일본복귀 이후 현재에 이르기까지 굴곡의 근현대사를 몸소 체험한 작가이자, 오키나와 아이덴티티 문제에 꾸준히 천착하며 의미 있는 논점을 제시해 온 오시로 다쓰히로의 텍스트에 주목하고자 한다. 구체적으로는 일본복귀가 가시화되는 1970년을 전후한 시기를 대상으로 크게 두 가지 지점을 문제 삼고자 한다. 첫째, 일본 본토와 구별되는 오키나와 고유의 문화적 특징을 발견하고 이에 의미를 부여해온 오키나와 공동체 구상방식과 그 의미를 살펴보고, 둘째, 이러한 오키나와 공동체 구상이 여성의 섹슈얼리티와 만나는 방식에 대해 논의한다.

2. 오키나와 공동체의 구상

2.1. '복귀'를 둘러싼 오키나와 내부의 갈등 : '독립 vs. 복귀 vs. 반복귀'

1945년 제2차 세계대전 패전으로부터 1972년 시정권반환(施政權返還)

에 이르기까지의 오키나와의 여론은 크게 두 개의 흐름으로 나뉜다. 하나는 일본으로부터의 '독립'을 지지하는 오키나와 독립론이고 다른 하나는 일본으로의 '복귀'를 희망하는 복귀론이다.

패전 직후에는 전자의 흐름이 우세하였다. 이 안에는 본토인 이상으로 적극 전쟁에 참여해 온 오키나와를 미군정 하에 내버려 둔 채 독립하려는 일본의 방침에 대한 분노와 미군 통치에 대한 기대감, 미군정에 편승한 '탈(脫) 일본' 움직임, 토착문화로 회귀하고자 하는 오키나와 자문화 인식 등이 복잡하게 얽혀 있었다. 여기에 동화시기에 활발히 주장되었던 오키나와(류큐)는 예로부터 일본의 일부였다는 논리가 보수파를 중심으로 제기되기도 했다.[1] 그러나 이러한 흐름은 얼마가지 않아 소수에 불과했던 복귀론에 자리를 내어 준다. 즉 1950년대 이후 복귀론이 주류를 이루게 되는데, 이와 같은 인식의 전환에는 기대했던 미군의 통치가 환멸로 바뀜에 따라 '평화헌법 아래로의 복귀', 즉 일본으로 복귀하는 편이 유리하다는 판단이 작용한 것이라고 볼 수 있다. 여기에 일본은 한국전쟁을 계기로 경제적 호황을 이루며 전후 복구에 가속도가 붙은 반면, 오키나와는 미국의 무차별적인 기지건설로 인해 폐해가 끊이지 않았던 것도 복귀를 주장하는 여론에 힘을 실어 주었다. 또 다른 한편에서는 기지문제 등이 해결되지 않은 채 일본으로의 복귀를 주장하는 것에 반대하는 이들이 '반(反)복귀'를 주장하고 나섰다. 독립론과 복귀론, 여기에 독립론에 거리를 두며 복귀에 반대하는 반복귀론까지, 정치적 문맥에서 보면 여러 갈래로 나뉜 것처럼 보이지만 이들의 궁극적인 목적은 오키나와(인) 아이덴티티 획득이라는 동일한 목표를 향해 있었다. 이러한 갈등의 요소는 복귀가 완료된 지금 현재까

---

1) 小熊英二, 『<日本人>の境界-沖縄・アイヌ・台湾・朝鮮　植民地支配から復歸運動まで』, 新曜社, 1999, pp.489-491 참조.

지 완전히 해소되지 않은 채 여전히 논쟁의 불씨를 남겨 놓고 있다. 이 간단치 않은 오키나와의 특수한 사정을 이지원은 이렇게 정리한다.

> 오키나와전의 경험과 2차 대전 패전은 종래의 일본인 아이덴티티에 균열을 가져왔다. 특히 민중은 패전 후 일본과 단절된 공간 속에서 삶의 기반인 토착문화로 회귀하였다. 오키나와어는 자유롭게 사용되었고 민요 붐이 일어나는 등 자문화에 대한 태도는 긍정적으로 바뀌었으며, 오키나와 아이덴티티는 정당 차원의 '독립론' 형태로까지 발전하였다. 하지만 일본으로의 동화가 이미 완성된 지도층의 경우, 일본과의 분리는 자기 아이덴티티의 위기를 뜻하는 것이었다. (…중략…) '일본＝조국론'의 정당성에 대한 의문과 이의제기 역시 존재하였으며, '기지존속' 등 '복귀'의 구체적인 현실이 드러남에 따라 '반복귀론'이 등장하는 등, 다시금 오키나와 아이덴티티에 대한 모색이 전개되기 시작했다. 즉 미군 통치 하에서는 법제도적으로는 무국적에 가까운 모호한 상태임에도 불구하고 '국민교육' 및 '조국복귀운동'을 통해 일본인으로서의 아이덴티티를 선취하려 했던데 반해, '조국복귀'가 달성되어 법제도적으로 일본의 행정구역으로 편입되자 오히려 오키나와인으로서의 아이덴티티를 추구하고자 하는 엇갈리는 방향으로 오키나와의 현대사는 독특하게 전개되었다. 그 결과, 이제 민요, 전통연극, 무용, 아와모리(전통소주), 에이사(전통예능) 등 각종 토착문화예술은 물론, 오키나와어에 이르기까지 자문화에 대한 애착과 자부심을 숨기지 않게 되었다.2)

지금까지의 논의에서 강조해 두고 싶은 것은, 오키나와인에게 있어 '일본인'이라는 아이덴티티는 오로지 '전쟁' 혹은 '점령'이라는 위기상황 하에서만 유효하다는 것, 마찬가지로 오키나와 내부의 '복귀'를 둘러싼 논의 역시 그것이 찬성이든 반대이든 '일본인'으로서의 아이덴티티가 '오키나와인'이라는 아이덴티티 회복 문제로 자리바꿈하는 사태

---

2) 이지원, 「오키나와의 아이덴티티와 자문화인식」, 『사회와 역사』 제78집, 한국사회사학회, 2008, pp.267-268.

속에서 이해되어야 한다는 것이다.

2.2. '본토복귀' ≠ '일본복귀'

그렇다면 전후 오키나와 문단을 주도해 간 오시로 다쓰히로는 이 가운데 어떤 포지션을 취했을까? 일본으로의 '복귀'가 임박한 1970년 12월에 발표한 「문화창조력의 회복」이라는 제목의 다음 글에서 그 일단을 엿볼 수 있다.

> 진정한 '복귀'란 문화창조력의 회복이라고 생각한다. 언뜻 두 개의 얼굴을 갖는 오키나와 주체성의, 혈액은 역시 하나이다. 그러한 문화체제를 오키나와가 회복한다면 그때 아마도 본토 각 지방의 토착도 이에 호응할 것이며, 일본문화가 중앙집권으로부터 벗어나는 계기도 될 것이다. 오키나와의 일본복귀는 그렇게 될 때에 비로소 의미가 있으며, 그것은 **'본토복귀'가 아닌, 다시 새롭게 태어난 '일본'으로의 복귀**가 될 것이다. 보는 시각에 따라 그것은 오키나와의 본토로의 복귀가 아닌, 본토의 일본복귀가 되는지 모른다. 다시 강조해 두자면 **'본토복귀'라는 말부터 버려야 한다.**[3] (강조는 인용자, 이하 같음)

오시로의 견해를 요약하자면, '복귀' 문제는 '문화창조력의 회복'과 관련된 문제로 접근해야하며, 이렇게 회복한 '문화체제'를 매개로 하여 '본토복귀'가 아닌 '일본복귀'를 지향해야 한다는 주장이다. 이처럼 '본토복귀'와 '일본복귀'를 애써 구분하고 '본토복귀'라는 말에 강한 반감을 보이는 이유는, 오키나와인의 맹목적인 '본토 지향'과 '본토' 페이스대로 '복귀'가 추진되는 데에 대한 경각심을 드러내기 위한 것으로 보인다. 이 발언에

---

3) 大城立裕, 「文化創造力の回復」, 『新沖縄文學』 18号, 1970 ; 大城立裕, 『沖縄, 晴れた日に』, 家の光協會, 1977, pp.43-44(이하 오시로의 평론은 별도의 표기가 없는 한 이 책에서 인용함).

앞서 오시로는 왜 지금에서야 복귀 반대 목소리가 터져 나오는 것인지, 조금 더 빠른 시기, 이를테면 복귀운동이 본격화되는 1953년이나 일본 정부가 이 문제를 구체화해 가는 1965년에 나왔어야 했다며 안타까운 심정을 표출하기도 한다.4) 여기까지 보면 당시 오시로의 포지션은 '독립론'과 '반복귀론' 중간쯤에 위치한 듯하다.5) 어찌되었든 일본복귀를 앞두고 오시로가 무엇보다 치열하게 고민했던 것은 오키나와에 대한 본토의 차별과 오키나와의 본토에 대한 열등감 극복이라는 매우 현실적인 문제였다. 이듬해 1971년 1월, 이에 대한 보다 구체적인 문제제기를 한다.

야마토에 대한 비소(卑小)감, 열등감, 소외감을 어떻게 극복하느냐가 70년대 오키나와에 있어 가장 큰 문제의 하나라고 생각한다. "나는 일본인이다"라고 자랑스러워하는 모습은 미국을 대할 때는 유효했지만, 이제 그러한 시대도 얼마 남지 않았으니 일본인끼리는 난센스라는 것을 깨닫게 될 것이다. 우리는, 특히 교육계는 이를 대비해 어떤 준비를 하고 있을까.「對ヤマト自立の教育」,『沖縄タイムス』(1971.1.6.)6)

---

4) 오시로가 특정하고 있는 1953년은 '오키나와제도조국복귀기성회(沖縄諸島祖國復歸期成會)'가 결성되어 '복귀'운동이 대중의 폭넓은 호응을 얻기 시작한 해이며, 1965년은 사토 에이사쿠(佐藤榮作) 수상이 전후 정치인으로는 처음으로 오키나와를 방문하여 '조국복귀'의 필요성을 강조한 해이다. 그러나 사토의 입장은 오키나와의 상황보다는 미군기지로서의 중요성을 인정하는 다분히 일본 측에 편향된 것으로, 이후 1969년 11월, 사토-닉슨 회담에서 오키나와를 일본에 '반환'한다는 내용의 합의를 이끌어내었다.

5) 훗날 오시로는 복귀문제가 불거진 당시 지신의 입장을 이렇게 회고한다. "나 자신은 실은 복귀운동에는 처음부터 비판적이었고, 운동이 시작된 1950년 무렵부터 여기에 찬물을 끼얹는 글들을 써왔지만 '반복귀론'에 대해서도 비판적이었다. 복귀가 궤도에 오른 후에는 이미 늦었다는 현실을 인식하기도 했지만, 나아가 오키나와인의 야마토를 향한 동화의지를 어찌할 도리가 없다는 사실도 인식한 위에, 다시 새롭게 사상을 구축해야한다고 생각한 것이다."(大城立裕,『休息のエネルギー』, 人間選書110 農文協, 1987, p.18) 오시로의 당시 심경은 김재용 교수와의 최근 인터뷰에 자세하다(김재용,「오시로 다쓰히로 소설가와의 대담」,『지구적 세계문학』6호, 글누림, 2015 가을, pp.141-151).

6) 大城立裕,『沖縄、晴れた日に』, 앞의 책, p.45.

'오키나와(인)＝일본(인)'이라는 자기 아이덴티티가 아무런 모순 없이,
더 나아가 자랑스럽게 발현되었던 시기가 역설적이게도 일본 본토로부
터 분리되었던 27년간의 미 점령기였음을 언급하고, '일본복귀'가 기정
사실화된 이상 이러한 구도를 견지하는 것은 '난센스'이며 더 이상 유
효하지 않음을 지적하고 있다.

이어지는 글에서는 '탈 오키나와'를 통해 '일본화'를 이루려 했던 오
키나와의 전략이 번번이 실패로 돌아갔던 이전 역사의 과오를 더 이상
되풀이해서는 안 된다고 강조하며,[7] 차세대 교육의 중요성과 새로운
오키나와 문화를 창조할 수 있는 힘을 키워나가야 한다고 역설한다.

> 여기서 나는 교사에게 기대를 건다. (…중략…) "너희들은 일본인이
> 아니다"라고 강조하라는 것이 아니다. 즉 일본인이어야 할 필요는 없으
> 며, 일본에 추수할 필요는 없다는 것을, 따라서 일본으로부터 다시 분리
> 되는 시기가 온다고 하더라도 더 이상 당황할 필요가 없다고 교육하고,
> 그때는 오히려 본토 사람들이 귀중한 것을 잃었다고 당황해 하도록, 그렇
> 게 강인한, 영향력이 강한 문화를 육성하도록 교육해야 한다. (…중략…)
> 오늘날은 오키나와 문화사에 있어서 제2의 전형기라고 생각한다. 그것
> 은 일본문화로의 동화를 지향하는 것에서 탈각하는 것을 의미한다. 그
> 전형기는 아직 가능성에만 머물고 있고, 그것이 성공하느냐 아니냐는
> 역시 앞으로 우리의 행동에 달려 있다고 할 수 있다. 「日本國民になる
> ことの意味」, 『沖繩タイムス』(1972.5.15.)[8]

> 새로운 문화재를 만들려는 노력이 필요하다. 야마토에서는 나올 수
> 없는 문화적 창조를 이룸으로써 오키나와 없이는 일본문화를 생각할 수
> 없도록 해야 한다. 「文化史の新しい時代」, 『琉球新報』(1973.5.15.)[9]

---

7) 오시로는 평론과 에세이 곳곳에서 "재채기까지 내지인의 흉내를 내라"며 일본문화
   를 '본토인'보다 더 적극적으로 체화하는 것이 진정한 '일본인'으로 거듭나는 길이
   라고 주장한 근대 지식인 오타 쵸후(太田朝敷)를 비판적인 사례로 언급하고 있다.
8) 大城立裕, 『沖繩, 晴れた日に』, 앞의 책, p.85.

오늘날 이른바 오키나와 문제라는 것이 정치적으로만 논의되는 경향이 있는데, 나는 '오키나와'는 곧 문화문제라고 생각한다. (…중략…) 나는 예전부터 줄곧 72년 반환이라는 것을 일본과 오키나와에게 있어 민족통일의 제4의 기회라는 관점을 제시해 왔다. 제1은 사쓰마 침입 전후에 일본문화의 영향을 강하게 받기 시작한 시기, 제2는 류큐처분, 제3은 오키나와전으로부터 샌프란시스코 평화조약에 이르기까지의 일련의 움직임이다. 이것들이 좌절한 것은 오키나와의 강렬한 본토지향에도 불구하고 본토로부터 차별적인 취급을 받았기 때문이다. 세 번의 좌절 후에 일단 일본으로부터 분리되는 전후체험 덕에 문화의 전형기를 맞게 되었다고 생각한다. 그것은 수세기에 걸쳐 추구해 온 일본문화와의 동화, 그것이 좌절을 거듭해 오면서 욕구불만인 채로 있던 것이 주체적인 문화창조로 전환하는 계기가 되었다고 말할 수 있을 것이다. 「文化問題としての今日」, 『アジア文化』8卷4号(1972.2.)[10]

오시로에게 있어 일본복귀 문제는 오키나와 아이덴티티 확보를 전제로 한 새로운 문화창출의 논리로 귀결된다고 하겠다. 나아가 본토와 구별되는, 본토를 넘어설 수 있는 오키나와만의 문화창조력과 강인한 문화구축이라는 과제는, 일본복귀가 임박한 시점에서 대다수의 오키나와 민중들이 보여준 "소박한 동화 지향"[11]에 대한 최소한의 경계와 제동을 거는 일이기도 했다. 이어지는 장에서 그 구체적인 모습을 확인해 보도록 하자.

---

9) 大城立裕, 『沖縄, 晴れた日に』, 앞의 책, p.92.
10) 大城立裕, 『沖縄, 晴れた日に』, 앞의 책, pp.68-69.
11) 大城立裕, 「生きなおす沖縄」, 앞의 책, p.15.

3. 여성의 섹슈얼리티와 만나는 방식

오시로가 주장하는 본토와 구별되는 오키나와만의 문화창조력의 원형은 다음과 같은 발언에서 찾아볼 수 있을 듯하다.

> (…전략…) **오키나와적인 '부드러움의 문화(やさしさの文化)'**를 심어야 한다. 이러한 노력은 과거에 없던 일이지만, 바로 이것이 새로운 시대의 어려움을 참아낼 수 있도록 할 것이다. 「文化史の新しい時代」, 『琉球新報』(1973.5.15.)12)

요컨대 '오키나와적' '부드러움의 문화'라는 두 개의 키워드가 그것이다. '오키나와적'이라는 표현은 전통적이고 토착적인 오키나와 문화를 계승해 가려는 의지로 읽을 수 있으며, '부드러움의 문화'라는 표현에서 그 내용이 남성적이기보다 여성적인 성향을 담보한 것이리라는 추측을 가능케 한다. 실제로 지금까지 남아 있는 오키나와의 전통문화나 민속신앙 가운데 '오나리 가미(おなり神 : 형제를 수호한다는 자매의 영위)'라든가 '노로(祝女 : 공적인 제식을 담당하는 여사제)', '유타(ユタ : 민간 영매사, 무녀)'와 같이 여성(성)이 부각되어 나타나는 문화적 특성을 놓치지 않는다. 이 같은 인식은 그로부터 15년 후 『휴식의 에너지(休息のエネルギー)』(1987)라는 제목의 책에서 보다 구체화된다. 특히 <'부드러움의 문화'의 뿌리>라는 타이틀의 2장은, 그가 오키나와 공동체의 특성을 여전히 '여성의 힘과 공동체' 안에서 찾고 있음을 확인할 수 있다.13)

소설 『니라이카나이의 거리(ニライカナイの街)』(『文藝春秋』 10月號, 1969)와 『파나리누스마 환상(ぱなりぬすま幻想)』(『文學界』 23巻1號, 1969)은 이와

---

12) 大城立裕, 『沖縄、晴れた日に』, 앞의 책, p.92.
13) 大城立裕, 『休息のエネルギー』, 人間選書110, 農文協, 1987, pp.20-33.

관련해 매우 중요한 논점을 제공한다.

3.1. 『니라이카나이의 거리』·『파나리누스마 환상』

우선 『니라이카나이의 거리』를 살펴보자. 소설은 모든 것이 미국식으로 변화해 가는 고자(コザ)시를 배경으로 오키나와 전통문화 '소싸움(鬪牛)'을 보존하고 계승해 가고자 하는 오키나와인의 열정이 묘사되어 있다. 오시로에 따르면, 이 작품은 "니라이카나이(저 세상에 낙원, 이상향이 존재한다고 믿는 일종의 신앙)의 기원과 기대 속에 살아가는 상징적 정신을 내포한 여성상"을 그린 것으로, 여자 주인공 '도키코(時子)'라는 이름은 "니라이카나이와 삶을 접속시켜 일상적으로 느끼는 시공간"에서 유래한 것이라고 한다.14) 아울러 "반미(反美)와 반(反)억압의 가챠시(カチャーシー, 오키나와 전통 민속무용)를 연결시킨 것은, 고자에 가로문자 간판이 범람하더라도 고자다운, 역시 고자의 깊은 곳에 토속의 원형을 잃지 않았음을 보여주고 싶었기 때문"15)이라고 말한다. 이때 '소싸움'이나 '가챠시'는 오키나와 고유의 전통(토착)문화를 상징한다. 문제는 오키나와 전통문화의 우수성을 보존하고 계승하는 주체, 즉 소싸움을 직접 선보이는 것은 남성이며, 여성은 경기장 밖에서 응원하는 도키코나 경기 후 춤을 선보이는 이름 모를 노파와 같이 보조 역할로 한정된다는 점이다. '도키코(時子)'라는 이름의 유래에서도 알 수 있듯 여성은 현실과 유리된 '낙원=이상' 내지는 만들어진 '가상의 현실'을 가리킨다면, 그녀의 아버지와 남동생은 그와 대비되는 '일상=현실(현재)'를 나타낸다. 바꿔 말해 같은 전통이라도 남성들의 그것이 주체적이고 현

---

14) 里原昭, 『琉球孤の世界-大城立裕の文學』 本處 あまみ庵, 1997, p.187.
15) 里原昭, 위의 책, p.190.

실적인 반면, 여성의 그것은 보조적이며 추상적이라는 것이다.16)

소설 『파나리누스마 환상』의 경우도 남자 주인공 야마타로(ヤマタロー)의 내면을 통해 오키나와 공동체 의식을 구현해 간다는 점에서 『니라이카나이의 거리』와 유사한 주제를 다루었다고 할 수 있다. 이야기 속으로 더 들어가 보자. 소설은 주인공 야마타로가 작은 섬 '파나리누스마'17)에 들어오면서 시작된다. 이곳은 연인인 사키(サキ)가 살고 있는 섬이기도 하다. 의도치 않게 사람을 살해하고 쫓기듯 섬으로 도망쳐 온 야마타로는 섬 주민 신조(シンジョー) 집에 머물기로 한다. 섬에 오기 전 그는, 고무신발을 만드는 공장에 취업했으나, 노동쟁의에 휘말려 굴뚝 위에서 파업을 하다가 이를 취재하러 온 신문기자를 밀쳐 내어 죽음에 이르게 한 것이다. 인구 백 명 정도의 작은 섬이지만 야마타로가 섬에 들어온 날은 축제가 열리는 날로, 3백 명 가까운 인파가 운집해 있었다. 그곳에서 야마타로는 같은 공장에서 일하며 한때 연인사이였던 사키를 발견하고는 깜짝 놀란다. 그리고 축제를 취재하던 또 다른 신문기자가 행방불명된다. 장면이 바뀌어 축제 3일째 되던 날 야마타로의 꿈속에 상징적인 장면이 펼쳐진다.

신조가 꿈속에 나타나 야마타로 가계에 얽힌 과거를 이야기하는데, 그것은 조부 이시죠(イシゾー)가 50년 전 섬의 규율을 지키지 않은 것은 물론 강간사건까지 일으켜 결국 영구 추방당하게 되었다는 것, 또 아버지 구라지(クラジ) 역시 군대의 규율을 어기고 탈영해 불행한 삶을 살

---

16) 『니라이카나이의 거리』의 보다 구체적인 분석은 졸고 「젠더 프레임을 통해 본 미점령기 오키나와 소설-오시로 다쓰히로와 히가시 미네오를 중심으로」(『어문론집』 55호, 중앙어문학회, 2013)를 참고 바람.

17) 제목과 함께 '파나리누스마＝離島(아열대가 있는 군도에서)'라는 해설이 붙어 있다(大城立裕 著, 立松和平・仲程昌德・大野隆之・黒古一夫 編集, 『大城立裕全集』 9, 勉誠出版, 2002, p.159).

아야 했다는 내용이었다. 이어서 조부와 아버지 대가 이 섬에 정착하지 못했지만 그 악연의 고리를 끊고 야마타로가 이 섬에 정착하고자 한다면 연인이었던 사키의 도움이 필요하다고 말한다.

> 당신이 이 섬에서 생활할 수 있을지는 미지수다. 당신은 경찰에게 쫓기는 신세이기 때문이다. 게다가 당신 조부는 섬의 규율을 어기고 도망쳤다. 섬사람들은 틀림없이 당신에게 냉정할 것이다. 의지할 곳은 사키다. 사키는 당신을 지켜줄까? 그녀는 당신을 좋아하긴 하지만, 당신은 이미 살인범이므로 당신을 떠나게 될 것이다. 그녀에게는 새로운 유타카(ユタカ)라는 남자가 있다. 그 청년은 섬에서는 이미 훌륭한 야마닌쥬(山人衆)이므로 당신과의 격차는 더 이상 말이 필요 없을 것이다.[18]

사키에게 집요한 집착을 보이는 유타카는 섬 공동체의 일원이 되기 위한 일종의 성인의식인 '야마닌쥬'를 치루고 어엿한 섬 구성원으로 자리 잡은 반면, 야마타로는 조부와 아버지 모두 섬의 규율을 어겨 정착하지 못했으며, 이 같은 출신 성분이 아니더라도 살인범 신세이기 때문에 언제 다시 섬 밖으로 쫓겨날지 모르는 위태로운 상황이다. 무엇보다 위의 인용문에서 눈여겨 볼 것은 '파나리누스마' 안에 존재하는 그들만의 공동체 '규율(掟)'이다. 그들만의 공동체 규율은 언어(방언)와 소소한 생활 습관 등 일상적인 부분에서부터 섬 특유의 금기와 미신적 요소가 포함된 예로부터의 풍습과 축제에 이르기까지 생활양식 및 정신사 전반에 걸쳐 있다. 예컨대 앞서 두 명의 신문기자의 죽음은 카메라를 들고 촬영을 함으로써 축제의 신성성을 해한 것에 대한 응징이라 할 수 있다. 이는 곧 야마타로의 살해가 의도적인 것이 아니라 섬의 금기를 깬 자에 대한 응징을 무의식중에 행한 것으로, 그가 틀림없

---

18) 大城立裕, 『ぱなりぬすま幻想』, 『文學界』 23巻1號, 1969 ; 『大城立裕全集』 9, 위의 책, p.184.

는 이 섬 출신임을 은유적으로 나타낸 것으로 볼 수 있다. 그 가운데 '야마닌쥬'는 성인 청년이 섬 공동체의 구성원으로 인정받을 수 있을지 어떨지를 시험하는 매우 성스러운 의식으로 이를 통과하지 못한 야마타로의 '조부-아버지-아들' 세대가 의미하는 바는 매우 상징적이라 할 수 있다.

한편 사키는 지금도 변함없이 야마타로에 대한 애정을 간직하고 있다. 야마타로가 사키를 발견했던 축제 두 번째 날 실은 사키도 야마타로의 모습을 목격하고 내심 그의 연락을 기다린다. 다음날 드디어 신의 이름으로 한통의 편지가 도착한다. 사키는 분명 야마타로가 보낸 편지로 확신하고, 규율을 어기고 축제 현장을 벗어나 해안가 절벽으로 향한다. 야마타로를 완전한 섬의 일원으로 만들어 언젠가 그와 결혼하겠다는 결심이 있었기 때문이다. 그러나 기대했던 야마타로의 모습은 보이지 않고 평소 사키를 흠모하던 유타카가 나타나 자신을 강간을 하려는 위기에 직면한다. 이를 목격한 야마타로는 사키를 위기에서 구하고 재회의 기쁨을 만끽한다. 서로의 애정을 확인하는 것으로 보이는 다음 장면은 그것이 단순히 남녀의 관계를 시사하는 것이 아니라는 점에서 주의를 요한다.

> 얼굴을 포갠 두 사람의 머리카락이 바닷바람에 흩날리며 서로 엉키었다. 두 사람의 거친 숨결이 바다 저편 신들과 함께 밀려오는 해조음처럼 점점 고조되었다. (…중략…) 사키는 야마타로 어깨에 머리를 기대고 혼잣말을 했다. "축제가 끝나면 새벽이야."
> 야마타로는 대답 대신 머리를 사키 얼굴에 기댄 채 고개를 끄덕였다.
> "사사라, 사사라(ササラ, ササラ)……"
> 야마타로의 입술에서 희미하게 새어나온 말을 사키는 들었다.
> "뭐라고? 지금 뭐라고 했어?

(…중략…) "물마시고 싶어! 물마시고 싶어!"

"야마타로!"

내가 이겼다. 내기에 이겼다. 야마타로는 이 섬의…….19)

소설의 클라이맥스이자 결말 부분이기도 한 위의 인용문은, 섬 공동체의 일원인 사키와의 육체적 결합과 함께 야마타로가 비로소 공동체 일원으로서 인정받게 되었음을 의미하고 있다. 이보다 앞서 야마타로는 '사사라, 사사라(ササラ, ササラ)'라는 말이 목이 마르다는 의미의 '파나리누스마' 고유의 언어라는 사실을 축제를 통해 확인한 바 있다. 이것은 야마타로의 뿌리·혈연이 이 땅에 있음을 결정짓는 장면이기도 하다.

그러나 사람을 살해한 야마타로를 공동체의 일원으로 끌어안기에는 무리였던 듯하다. 사키와 야마타로가 서로의 애정을 확인하며 공동체의 일원임을 확신하는 바로 그 순간 사키의 남동생 다케지로(タケジロー)가 나타나 야마타로를 언덕 아래로 밀어 버린다. 사실 다케지로는 정체모를 '소년'으로 소설 모두(冒頭) 부분부터 등장했었다. 사키를 중심으로 복잡하게 얽힌 듯 보이는 이들 남성 인물의 면면을 정리하면, 야마타로는 섬 출신이긴 하나 출신성분이나 살해범이라는 약점을 극복하기 어려워 보이며, 유타카 역시 틀림없는 공동체의 일원이긴 하나 사키를 두 번에 걸쳐 강간하려고 하는 등 좋지 않은 이미지로 인해 배제가 불가피하다. 마지막 남은 '소년' 다케지의 경우만 유일하게 '야마닌쥬' 의식을 통해 새로운 공동체의 가능성과 비전을 보여주는 이상적인 인물로 묘사되고 있다(그는 축제 기간 내내 규율을 어기는 이들을 관찰하고 응징하는 역할을 맡고 있으며, 축제의 신성성을 방해하는 신문기자의 행방불명

---

19) 大城立裕, 『ぱなりぬすま幻想』, 위의 책, p.192.

도 그와 연관되어 있을 것으로 묘사되고 있다).

　주인공 야마타로가 죽음을 맞는 마지막 장면에 대해서는 다양한 해석이 가능하겠으나, 이 글에서 주목하고 싶었던 부분은 앞서의 도키코의 아버지와 남동생으로 대표되는 오키나와 전통문화의 계승자=남성이라는 구도와 마찬가지로 이 소설에서도 '파나리누스마'의 규율과 언어(방언), 축제, 제식(祭式) 등으로 대표되는 오키나와 공동체 문화를 보존하고 계승해 가는 주체가 조부와 아버지, 야마타로로 이어지는 남성들이라는 점이다. 이때 사키로 대변되는 여성은 도키코와 마찬가지로 남자 주인공 야마타로가 오키나와 공동체 속에 무사히 안착할 수 있도록 곁에서 도움을 주는 보조 역할에 한정된다. 또한 공동체의 일원이라 하더라도 여성인 사키의 경우, 그 정통성을 직접적으로 잇기 보다는 오키나와 고유의 아이덴티티를 간직한 '파나리누스마' 공동체의 정통성을 유지하고 계승해가고자 하는 남성들 간의 치열한 격투와 갈등을 중간에서 매개하는 역할에 머문다.

3.2. 여성의 섹슈얼리티를 둘러싼 오키나와(적) 상상력 : 『칵테일파티』 vs. 『분지』

　오시로는 『니라이카나이의 거리』에 다 담아내지 못한 내용을 작품 해제를 통해 이렇게 밝히고 있다.

　　배신당하고 싶지 않다. 도키코가 미군 병사 폴과 뒤엉켜 있는 모습을 생각하면. 오키나와에 사는 인간의 비극이리라.[20]

　작가 오시로는 부부인 폴(ポール)과 도키코가 성관계를 맺는 장면을

---

20) 大城立裕, 『ニライカナイの街』目次解題, 『文藝春秋』 10月號, 1969, p.2.

상상하고 이를 '오키나와의 비극'으로 연결시킴으로써 이방의 권력 미국에 점령당한 오키나와의 현실을 다시금 상기시키고 있다. 그의 대표작 『칵테일파티』는 외세의 세력(＝점령)과 오키나와(＝피점령)의 관계를 보다 노골적이고 비판적으로 응시한 소설이다. 소설의 배경은 '점령하' 오키나와이며, 내용은 크게 전장과 후장으로 나뉘어 있다. 전장에서의 '나'는 점령군 미군에 대해 호의적이다. 10년 전 호기심으로 기지(基地)주택에 들어갔다 길을 잃고 느꼈던 공포감은 사라지고 지금은 미국인 친구를 둔 덕분에 기지주택 사이를 아무런 두려움 없이 당당하게 활보할 뿐만 아니라 미군 클럽에 드나들며 세금이 붙지 않은 싼 음식과 맛있는 술을 즐기는 선택받은 즐거움도 만끽한다. 그러나 후장에 이르면 이 모든 것들이 '친선'이나 '우정'이라는 가면 안에 숨겨진 환상에 불과하며, 오키나와의 현실은 미국의 지배를 받는 신식민지적 상황이라는 것을 통감하게 된다. 소설 전반부에 등장하는 미스터 밀러 주최로 열린 '칵테일파티' 장면은 그런 점에서 상징적이다. 류큐의 고대 서사시 '오모로(おもろ)'라든가 고전극 '구미오도리(組踊り)', 전통무늬 염색 '빈가타(紅型)' 등에 관한 이야기에서부터 오키나와 언어와 역사에 이르기까지 다양한 주제가 화제가 되는데, 이 과정에서 남자 주인공 '나'의 역할은 오키나와를 대표하여 아이덴티티를 유지·계승하는 데에 맞춰져 있다.

　무엇보다 소설의 핵심이 되는 내용 가운데 하나는 후장의 미군에 의한 오키나와 소녀의 강간사건이다. 피해자는 주인공의 고교생 딸이며, 가해자는 미국인 병사 로버트 할리스(ロバート·ハリス)다. 그러나 주인공의 딸이 강간당한 피해자라는 사실이 명백함에도 불구하고 가해자를 쉽게 고소하지 못하고, 주인공의 딸이 오히려 가해자를 벼랑으로 밀어 부상을 입혔다는 이유로 체포된다. 이 과정에서 중국인 쑨(孫) 씨가 자

신 역시 아내가 일본군에게 강간당한 경험이 있음을 고백한다. 여기까지는 미국-일본(=지배)과 오키나와-중국(=피지배) 간의 불합리한 권력구조를 드러낸 것으로 그리 낯설지 않은 장면이다. 왜냐하면 식민지상황이나 전쟁으로 인해 이민족에게 아내나 딸의 성이 유린된다는 설정은 한국문학에서도 종종 마주하기 때문이다. 양쪽 모두 지배자 남성의 폭력성과 피지배자 남성의 무력함을 극대화하기 위한 장치로 기능한다.

이를테면 남정현의 『분지』(『현대문학』, 1965)가 그러하다. 이 소설은 『칵테일파티』와 마찬가지로 미군에 의한 자국 여성의 강간사건이 주요 모티브다. 간략하게 줄거리를 요약하면, 1945년 8월 해방되던 날, 주인공 홍만수의 어머니는 미군을 환영하는 인파에 휩쓸렸다가 미군에게 강간당하게 되고, 그 충격으로 미쳐서 사망한다. 미군에게 강간당한 직후 상기된 얼굴로 집으로 돌아온 어머니는 자신의 더럽혀진 음부를 똑똑히 보라며 어린 아들에게 드러내 보인다. 홍만수는 그때의 트라우마를 안은 채 성인이 된다. 그 사이 여동생 분이는 미군 스피드 상사의 첩이 되어 성적 노리개로 전락한다. 스피드 상사는 분이의 '하반신'이 자신의 아내의 그것과 다르다며 밤마다 학대하며 괴롭힌다. 스피드 상사의 불만을 도무지 이해할 수 없었던 홍만수는 고심 끝에 그의 아내를 '향미산(向美山)'으로 유인하여 강간을 범한다.

『분지』와 『칵테일파티』, 두 작품 모두 여성의 신체를 매개로 하여 외세로서의 미국(미군)에 대한 인식과 그 대척점에 존재하는 훼손된 민족 아이덴티티와 현실의 모순을 드러내고 있지만, 다음 두 가지 점에서 미세한 차이를 보인다. 하나는, 강간의 주체가 미국만이 아니라 한국 양쪽 모두로 설정하고 있는 점이다. 『칵테일파티』에도 주인공 '나'가 미스터 밀러(ミスター・・ミラー)의 아내에게 성적 환상을 품는 장면이

등장하나 실제 성관계(강간)로 연결되지는 않는다. 이것은 '강간하는 지배국 남성'과 '강간당하는 피지배국 여성'라는 익숙한 기존 구도의 파괴라고 할 수 있다. 또 다른 하나는, 강간의 피해가 딸이나 아내가 아닌 어머니를 향해 있다는 점이다. 이러한 차이는 오키나와의 경우, 아마도 그것을 상대화시킬 '모국(조국)'이 부재한 것에 기인한 듯하다. 다시 말해 패전과 함께 '모국(조국)'이라 부를 수 있는 대상을 상실한 상황에서, 여성의 신체를 국가나 민족의 은유로 직접 대입시키는 것은 사실상 불가능했으리라는 것이다. 반대로 한국의 경우, '국가적 위기＝여성의 성적 위기'라는 구도가 해방 이후에도 여전히 건재하며 한층 강화된 양상으로 나타난다.

　　미세스 밀러가 생글거리며 다가왔다. 사건 때문인지 아니면 술이 조금 되었는지 볼이 살짝 상기되어 있는 것 같았다. 한층 더 아름다웠다. 나는 문득 그녀가 영어회화를 가르치는 틈틈이 오키나와 성인 학생이나 아이들과 이야기를 주고받는 모습을 상상했다. 그리고 그 남학생들 가운데 그녀의 풍만한 육체를 감상하며 죄의식을 가질지 어떨지 탐색하기 시작했다.21)

　　도대체 그 여인의 육체는, 아니 밑구멍의 구조며 그 형태는 어떨까, 좁을까 넓을까 그리고 그 빛깔이며 위치는. 좌우간 한 번 속 시원하게 떠들어 보고 의문을 풀어야만 미치지 않을 것 같은 심정이었습니다. (…중략…) 왜 저럴까 헝클어진 머리며 찢어신 옷. 달아나는 여사의 뒷모습은 분명히 언젠가 당신이 발광하여 돌아오시던 날의 바로 그 모습이었습니다.22)

21) 大城立裕, 『カクテル・パーティー』, 『文藝秋春』, 1967 ; 『大城立裕全集』 9, 앞의 책, p.102.
22) 남정현, 『분지』, 『현대문학』, 1965 ; 작가연구위원회 편, 『남정현 문학전집』 (1), 국학자료원, 2002, p.392, p.394.

이제 곧 저는 태극(太極)의 무늬로 아롱진 이 런닝샤쓰를 찢어 한 폭의 찬란한 새 깃발을 만들 것입니다. 그리고, 구름을 잡아 타고 바다를 건너야지요. 그리하여 제가 맛본 그 위대한 대륙에 누워 있는 우유빛 피부의 그 윤이 자르르 흐르는 여인들의 배꼽 위에 제가 만든 이 한폭의 황홀한 깃발을 성심껏 꽂아 놓을 결심인 것입니다. 믿어 주십시오. 어머니, 거짓말이 아닙니다.[23)

첫 번째 인용문은 『칵테일파티』에서, 다음 두 인용문은 『분지』에서 발췌한 것이다. 미국인 여성의 "풍만한 육체"를 "감상"하는 것만으로도 "죄의식"을 감지하는 오키나와 남성의 경우와, 미국인 여성을 강간하고, 더 나아가 그녀의 몸에 '태극기'를 꽂겠다는 한국인 남성의 상상력 사이에는 상당한 차이가 있어 보인다. 『분지』경우, 단순히 미군에게 강간당하여 비참하게 죽어간 어머니에 대한 아들의 개인적인 복수에 그치지 않으며, 강간당한 '어머니의 신체=모국'을 매개로 미국의 폭력성을 폭로하고 훼손된 민족 아이덴티티를 회복하겠다는 작가의 강한 의지가 투영된 것으로 읽을 수 있다. 실제로 남정현은 '민족적 양심'이라는 말을 즐겨 사용했다고 하며,[24) 남자 주인공 홍만수가 홍길동의 후예라는 설정도 이를 뒷받침한다. 분지 필화사건,[25) 민족문학, 반공이데올로기, 외세, 풍자 등 『분지』를 둘러싼 해석의 스펙트럼은 폭넓게 열려있지만, 바로 이 지점이 오키나와 소설과 비교해 보았을 때 가장 두드러진 특징이라고 할 수 있다.

『칵테일파티』로 이야기를 되돌려 보면, 후장에 이르면 중국과 점령국

---

23) 남정현, 위의 책, p.395.
24) 박영준, 「슬픈 풍자와 가족서사의 유형-남정현의 『분지』에 대하여」, 『비평문학』 제38호, 한국비평문학회, 2010, p.200.
25) 1965년 3월, 『현대문학』에 『분지』가 게재되고, 반공법위반혐의로 그해 7월 구속된다. 이 소설이 북한노동당 기관지 『조국통일』 5월 8일자에 실렸다는 것이 문제가 되었다고 한다.

에 의한 피해자라는 연대의식을 공유하는 한편, 오키나와 아이덴티티의 위기를 절감한다. 또한 주인공 자신이 과거 일본군의 일원으로서 전쟁에 참여한 가해자이면서 동시에 오키나와 전투에서 일본군으로부터 씻을 수 없는 상처를 받은 피해자라는 복안(複眼)적 인식을 통해 종래의 일본인 아이덴티티에도 균열을 초래한다. 다음은 소설의 마지막 장면이다.

> 가끔 순간적으로 이와 같은 평화로운 풍경 속에서 어떻게 이런 일이 일어날 수 있단 말인가, 지금 딸이 허공에 만들고 있는 로버트 할리스라는 인간은 정말 생존하는 인물일까, 등등의 의문이 마음을 스쳐지나갔다. 아니면 이 풍경이 망상인 걸까? 역시 쑨 씨가 중국의 고향에 관해 고백했던 것처럼 생명의 위기에 과하게 시달리다 보면, 자연풍경 따위는 존재하지 않는 것이나 마찬가지일까? 그러나 지금 실제로 딸은 벼랑에 한쪽 팔을 걸치고, 눈동자 속까지 물들일 것 같은 푸른 바다를 배경으로 또 갈색 빛을 띤 다른 한쪽 팔을 장식하고 있다. 그 동작은 저 **추악한 자**(강조-원문)를 결사적으로 벼랑에서 밀어 떨어뜨리던 그 순간의 동작일 것이다. 먼 바다 암초에 흰 물결이 일렁인다. 당신은 숨죽이며 딸의 전신을 응시한다. 그리고 다가올 재판에서 아마도 미스터 밀러와 쑨 씨가 방청하는 앞에서 건강하게 임해주기를 기도한다. 거기에 허망은 없다…….26)

미스터 밀러와 쑨 씨가 방청하는 가운데 딸의 재판이 진행될 것임을 예고하는 위의 인용문은 딸의 상처를 치유하고 자기 아이덴티티를 회복하고자 하는 주인공의 의지로 읽을 수 있으나, 그것이 오키나와인으로서의 아이덴티티인지 일본인으로서의 아이덴티티인지는 명확하지 않다.

이렇듯 『칵테일파티』는 『분지』와 달리 '미국 vs. 한국'이라는 단일한 구도로 한정하지 않으며, 『분지』의 주인공 홍만수의 경우처럼 '모

---

26) 大城立裕, 『カクテル・パーティー』, 『大城立裕全集』 9, 앞의 책, p.125.

국(조국)'에 대한 확고한 신념을 표출하는 일도 없다. 오히려 미국과 오키나와, 일본, 중국이 서로 복잡하게 얽힌 '혼종(hybrid)성＝칵테일'을 부각시키는 것으로, 일본인이면서 일본인이 아닌 존재, 그렇다고 미국인도 아닌 그 어느 쪽에도 속하지 않는 '경계'에 선 오키나와인 아이덴티티의 특수성을 드러내 보인다. 그러나 일본복귀가 임박해서는 '경계'에 선 아이덴티티만으로는 더 이상 '오키나와'라는 '공동체'를 인식하거나 상상할 수 없음을 간파한 듯하다. 남정현 문학에서 보았듯 오시로 역시 오키나와, 오키나와인에 대한 확고한 신념 없이는 일본 본토의 차별로부터 자신들을 보호할 수 없다고 생각한 것이다. 일본복귀 문제와 맞물려 오키나와만의 차별화된 문화를 중심으로 한 공동체의 필요성을 주장하고 나선 것은 바로 이러한 불가피한 사정에 기인할 것이다. 문제는 그것이 오로지 강간당한 딸이나 아내, 미군에게 정조를 빼앗긴 여성의 신체로만 전경화된다는 점이다.

4. 나가며

일본복귀 이후 15년이 흐른 1987년 오시로는 『휴식의 에너지』에서 다음과 같이 말한다. "공동체와 개인과의 관계는 두 가지 방식이 있다. 공동체가 개인을 보호하는 측면과, 개인이 공동체를 위해 희생하는 측면이 그것이다. 오키나와의 경우는 전자의 성격이 강하며, 본토의 경우는 후자의 측면이 강하다고 하겠다."[27] 정곡을 찌르는 표현이다.

역사적으로 거슬러 올라가 오키나와 공동체의 필요성이 자기 아이덴

---

27) 大城立裕, 『休息のエネルギー』, 앞의 책, p.27.

티티와 직결된 문제로 꾸준히 제기되어 온 것은 이러한 측면을 반영한
다. 이때 하나로 묶기 어려웠던 오키나와, 오키나와인이라는 범주가 하
나로 호명되기 시작하는 시점이 일본의 동화정책이 본격화되는 무렵이
라는 것과 오키나와를 하나의 범주로 묶기 위한, 다시 말해 '오키나와
(인)'이라는 '공동체'를 상상하는 방식이 하나가 아니라는 점에 주의할
필요가 있다. 오키나와의 역사, 문화가 갖는 독자성을 발견하고 그 독
자성의 뿌리로 오키나와의 비(非)국가적 성격을 상찬하거나, 오키나와
인이 '아이누 인종'이나 '조선인'과 다름을 주장하며 오키나와(인)=일
본(인)이라는 동화론을 설파하고, 일본과의 동질성을 강조하면서 다른
한편으로는 일본과 구별되는 오키나와만의 '개성(個性)'을 간직하자는
주장28)에 이르기까지, 이른바 "문화적 동화와 이화의 시소게임"29)이
반복되어 왔는데, 본 논문에서 이것이 일본복귀를 기점으로 동화론에
대한 반성, 나아가 동화론 포기 쪽으로 상당 부분 방향을 전환하였음
을 확인할 수 있었다.

　이는 오시로 뿐만이 아니라 전후 일본(조국)복귀운동을 추진하던 이
들의 주장이기도 했다. 이렇듯 오키나와=일본이라는 동화의 논리대신
스스로를 "일본문화의 외부"에 놓는 이른바 "이족(異族)의 논리"30)가
설득력을 얻게 된 데에는, 비극적인 전쟁 체험과 27년간의 미 점령기
를 통해 오키나와인 스스로가 자기 아이덴티티를 성찰하고 (재)구축할
수 있는 충분한 시간이 주어졌기 때문인 것으로 볼 수 있다. 오시로의
경우, 일본복귀에 직면하여 오키나와 공동체의 새로운 비전을 제시하
고, '오키나와 vs. 미국' 혹은 '오키나와 vs. 일본'라는 단순한 이항대립

---

28) 차례로 가와카미 하지메(河上肇), 히가 슌쵸(比嘉春潮), 이하 후유(伊波普猷)의 주
　　의·주장이다.
29) 大城立裕, 「文化問題としての今日」, 앞의 책, p.70.
30) 주30과 같음.

구도를 넘어 미국과 오키나와, 일본, 한국, 중국 등의 상황과도 피하지 않고 마주하며 자기성찰의 지평을 확대시켜 간 데에서 큰 의미를 찾을 수 있겠다. 그러나 오키나와 공동체를 구상하는 방식에 있어서는 몇 가지 문제점 또한 노출하고 있다. 이를테면 『니라이카나이의 거리』, 『파나리누스마 환상』, 『칵테일파티』 등에 보이는 젠더 불균형 문제로, 남자 주인공이 오키나와 공동체 구상 전면에 나서 깊이 관여하는 반면, 여성인물의 경우 그와 대조적으로 남자 주인공의 보조역할에 머물거나 제대로 된 내면 묘사 없이 오키나와 수난사 정면에 배치시킴으로써 남성중심의 공동체 욕망을 고정·강화하고 있는 점이다.

아울러 오키나와 공동체의 비전을 '여성'의 힘을 내세운 '부드러움'이나 '여성문화' 혹은 '휴식의 에너지'라는 코드에서 찾고자 하는데, 오시로 스스로가 인지하지 못한 바는 아니나,[31] 이 경우 복귀 이후 일본 정부가 일관되게 추진해 온 오키나와의 '반전평화' 이미지 혹은 '관광 휴양지'의 이미지에 흡수되어 본토와 구별되는, 오키나와 고유의 아이덴티티가 확보된 공동체의 확립이라는 본래의 목적에서 동떨어지게 되는 것은 아닌지 보다 세심한 주의가 필요해 보인다.

---

31) 이를테면 『휴식의 에너지』에서, "피해자 의식은 쉽게 공동체의식과 연결되어 집단지향이 되며, 단세포적인 '반전평화' 사상"을 낳게 될 염려가 있으며, 이렇게 된 데에는 본토의 책임, 즉 오키나와 '공동체 의식'에 대한 본토의 "로맨틱한 동경"도 한몫하고 있다고 일침을 가한다(大城立裕, 『休息のエネルギー』, 앞의 책, pp.199-200). 오시로 스스로도 이에 대해 충분히 경계하고 있음을 보여주는 대목이다.

•·• 참고문헌

김재용, 「오시로 다쓰히로 소설가와의 대담」, 『지구적 세계문학』 6호, 글누림, 2015 가을.

이지원, 「오키나와의 아이덴티티와 자문화인식」, 『사회와 역사』 제78집, 한국사회사학회, 2008.

작가연구위원회 편, 『남정현 문학전집』 (1), 국학자료원, 2002.

박영준, 「슬픈 풍자와 가족서사의 유형-남정현의 『분지』에 대하여」, 『비평문학』 제38호, 한국비평문학회, 2010.

大城立裕, 『ニライカナイの街』 目次解題, 『文藝春秋』 10月號, 1969.

_____, 『沖繩, 晴れた日に』, 家の光協會, 1977.

_____, 『休息のエネルギー』 人間選書110, 農文協, 1987.

_____, 「生きなおす沖繩」, 『世界(特輯：沖繩　何が起きているのか)』臨時增刊 no.868, 岩波書店, 2015.

_____, 『カクテル・パーティー』, 『文藝秋春』, 1967 ; 大城立裕 著, 立松和平・仲程昌德・大野隆之・黑古一夫 編集, 『大城立裕全集』 9, 勉誠出版, 2002.

里原昭, 『琉球孤の世界-大城立裕の文學』, 本處 あまみ庵, 1997.

小熊英二, 『＜日本人＞の境界-沖繩・アイヌ・台湾・朝鮮 植民地支配から復歸運動まで』, 新曜社, 1999.

•초출

「전후 오키나와(인)의 성찰적 자기서사 『신의 섬(神島)』: '오키나와 전투'를 사유하는 방식」, 『한림일본학』, 일본학연구소, 2015.

「오키나와 공동체 구상과 여성의 섹슈얼리티 : 일본 '복귀' 전후 오시로 다쓰히로 텍스트를 중심으로」, 『탐라문화』, 탐라문화연구소, 2015.

제2부 마타요시 에이키

전후 오키나와 젠더 표상의
탈구적 가능성에 대하여
- 마타요시 에이키(又吉榮喜)를 중심으로 -

조정민

1. 들어가며

　1995년 9월 미국 해병대원의 오키나와 소녀 성폭행 사건이 오키나와 기지 문제에 커다란 변화를 가져 온 것에 대해서는 누구도 이견이 없을 것이다. 이 사건으로 인해 미군기지 반환 운동의 목소리가 높아져 오키나와에서는 연일 기지 반대 시위가 대규모로 일어났고, 일본 본토에서도 이를 대대적으로 보도하기도 했다. 결국 일본과 미국 양 정부는 1996년에 오키나와의 미군기지를 점진적으로 반환하거나 축소하기로 합의하였고, 이때 후텐마(普天間)기지 이전 문제도 현안으로 부상하게 되었다. 그러나 이 문제는 지금도 여전히 일본과 미국, 오키나와 사이의 첨예한 쟁점으로 남아 있다. 아베 정권은 후텐마 비행장을 헤노코(邊野古)로 옮기는 것이 도심의 피해를 줄이는 유일한 해결책이라고 주장하면서 공사를 강행하고 있지만, 오키나와현 지사 오나가 다케시(翁長雄志)를 중심으로 한 반대세력은 주일 미군 기지의 70% 이상이 이미 오키나와에 집중된 만큼 후텐마 비행장을 현 외부로 옮겨야 한다며 맞서고 있는 실정이다.

　미군의 성폭력 사건을 계기로 고무된 기지 반환 논의는 불미스러운 사건을 일으킨 미군과 미군 기지의 존재를 더 이상 용납하지 않겠다는 오키나와의 강한 의지 표명임에 틀림없다. 피점령지 여성의 신체에 행해진 폭력과 착취는 곧 오키나와에 뿌리내린 미군의 강제적 질서와 권력의 재현에 다름 아니었기에 이는 민족주의나 제국주의, 식민주의, 군사주의, 인종주의, 여성주의 등, 다양한 관점에서 논쟁을 촉발시키기에 충분했다. 특히 이 같은 사건과 논의가 오키나와에서 여러 가지 형태로 중첩되어 발생하고 또 오늘날에도 현재 진행형으로 작동하고 있다는 사실은 오키나와에 '전후'가 도래한 적이 없었을 뿐 아니라 여전히 전쟁 하에 놓여 있음을 갈파한 메도루마 슌(目取眞俊)의 '전후 제로년(「戰後」ゼロ年)'을 상기시키기도 한다.

　그러나 역설적이게도 오키나와는 평화와 화합의 상징으로 자주 호출되기도 한다. 예컨대 미군의 성폭행 사건이 일어났던 1995년 9월로부터 5년이 지난 2000년 7월, 오키나와에서는 선진국 수뇌회담(G8 summit)이 개최되는데, 이때 각국의 정상들은 최종 선언문을 통해 '전쟁과 빈곤의 씨앗을 뿌리 뽑겠다'고 약속했다. 당시의 미국 대통령 빌 클린턴이 오키나와에 도착하기 전날에는 오키나와 주민 25,000명이 모여 인간 사슬을 만들어 반미 구호를 외쳤지만, 수뇌회담 개최를 계기로 오키나와는 국제도시, 세계도시라는 수식어를 가지게 되었으며 반전 평화 운동을 실천하는 평화도시의 이미지도 획득하게 되었다.

　이처럼 오키나와는 훼손된 여성의 신체를 통해 미국의 폭력적인 지배와 점유를 고발해 왔고 전후 오키나와 문학 역시 오키나와와 미국의 불균형한 위계 관계를 다각적으로 재현해 왔다. 그러나 한편으로 이들 오키나와 여성은 오키나와 남성의 부재를 대신하여 전후 오키나와의 부활과 재건을 새로 쓰는 인물로 묘사되는 등, 오키나와 여성에게는 이율배반적이고 양가적인 시선이 투사되고 있는 것도 사실이다. 이 글에서 오키나와 출신 작가 마타요시 에이키(又吉榮喜)의 몇 몇 작품에 주목하는 이유는 그의 작품이 오키나와에 점철된 도식적인 젠더 구조를 반복하면서도 그것을 전복시키거나 그로부터 탈주하는 예외적인 상황을 응시하고 있기 때문이다. 물론 마타요시 에이키 소설에서 재현된 또 다른 젠더적 상상력이 미국의 군사력에 의해 식민화된 오키나와의 공고한 현실을 당장에 타개해 줄 것이라고 기대하는 것은 아니다. 어쩌면 그것은 오키나와에 자행되어 왔던 폭력의 경험과 착취의 구조를 더욱 분명하게 폭로함으로써 오키나와가 여전히 완벽하게 전시 체제에 머물러 있다는 사실을 재확인시킬지도 모른다. 그럼에도 불구하고 마타요시 에이키의 소설을 재독하는 이유는 그의 작품이 기존의 젠더 질서의 틈새에서 보이는 낯선 징후들을 통해 현재의 오키나와와 미국의 관계에 균열을 일으키고 교란하는 데에 얼마간의 실마리를 제공하기 때문일 것이다.

2. A Sign Bar의 장소성

미군 점령 하의 오키나와는 '매춘 천국', '매춘의 섬'이라고 일컬어질 정도로 매매춘업이 성행했다. 대부분의 토지가 미군기지로 전락한 상황에서 오키나와 사람들은 기지와 관련된 일로 생업을 이어갔고 그 가운데에서도 경제적 사회적 자원을 가지지 못했던 여성들은 미군을 상대로 매춘을 하는 수밖에 없었다. 미군 역시 군사 점령을 유지하는 데 있어서 매춘 시설이 필수불가결하다고 여겼다.1) 오키나와 주민과 미군 양쪽의 이해는 서로 달랐지만 그 목적이 일치함에 따라 이들은 'A 사인 제도(Approved Sign for U.S. Military Force)'[2]라는 매매춘 통제 정책을 만들었다. 이 제도는 음식점이나 유흥 시설 등을 대상으로 일정한 위생검사를 실시하여 그 검사에 합격한 가게와 종업원들에게만 미군을 상대로 영업할 수 있도록 허가한 것으로, 해당 가게는 'A'사인(A는 'Approved'의 머리글자)을 가게 앞에 걸어두고 영업해야 했다. 가게의 경우에는 급수 상태, 음식물의 보존 상태, 건물의 위생 상태, 해충 구제 등을 점검하였으며, 종업원에게는 영문 건강진단서를 요구하고 전염병의 유무, 두발과 손톱 등의 청결 상태를 검사하였다. 보건소와 군 당국, 경찰 등, 세 조직의 허가를 받지 않으면 영업을 할 수 없었고, 세부 규제를 충족시키려면 대규모의 시설 개보수가 필요했기에 자연히 자금 융통의 압박이 따랐으나 영업자들에 대한 배려는 거의 이루어지지 않았다. 특히 술집(Bar)이나 카바레와 같은 시설에서는 여성 종업원들의 성병 예방에 주안점을 두고 있었다. 경영자는 여성 종업원이 성병환자와 접촉했다는 사실을 확인하면 해당 여성을 보건소나 지정 의료기관에 출두시켜 검진, 치료, 격리시켜야 할 의무가 있었다. 이처럼

1) 정치학자이자 평화운동가인 더글러스 러미스(Charles Douglas Lummis)는 미국 해병대 대원 시절을 회상하며, "군대는 일상생활을 빼앗는 대신에 조직을, 개성 대신에 규율을, 의지 대신에 명령을 부여했다. 공식적으로는 말하지 않지만 카바레에서 술을 마시며 쾌락을 얻으라고 가르친다. 그것 또한 군대의 관리 체제의 한 부분인 것이다."고 이야기한 바 있다(C.ダグラス・ラミス, 『イデオロギーとしての英會話』, 晶文社, 1976, p.40). 군사기지와 성매매의 상관, 즉 남성의 섹슈얼리티를 만들고 전투 준비성을 높이며, 동시에 여성의 경제적 기회를 구조화하는 이 같은 방식은 일반적인 군사 질서라고 볼 수 있을 것이다. 이에 관한 논의는 신시아 인로의 『바나나, 해변, 그리고 군사기지』(권인숙 옮김, 청년사, 2011)의 4장 「기지 여성」(pp.107-144)을 참조.
2) A 사인 제도의 시행과정 및 변천, 실태에 대해서는 菊池夏野의 『ポストコロニアリズムとジェンダー』(青弓社, 2010)의 4장 「Aサイン制度のポリティクス」(pp.131-147) 참조.

A 사인 제도는 가게의 위생 상태나 여성 종업원의 건강 상태 등을 오키나와 주민 스스로 관리하게 하는 강제성을 가진 것이기도 했다. 한편 A 사인 바의 경영자나 종업원 가운데에는 사회 하층 계급에 속하는 사람들이 많았다. 경영자의 대부분은 여성이었고, 또한 경영자의 70%는 아마미오시마(奄美大島) 출신이었다. 이 같은 사실은 생계를 유지할 수 있는 수단이나 기회가 이주자들에게 제한되어 있었음을 시사하는 대목이기도 하다.3)

여기에서 주목하고 싶은 것은 미군을 상대로 한 경제적 행위, 특히 성 노동 시장의 형성과 운영에 여성들이 적극적으로 가담했다는 부분이다. 앞에서도 언급했듯이 A 사인 바의 경영자나 종업원의 대부분은 여성이었다. 이는 미군 기지를 거점으로 한 경제 활동에서 여성이 주도적이 역할을 하는 반면, 남성이 종속적인 위치에 있었다는 사실을 말해준다. 남성이 A 사인 바를 경영하는 경우라 하더라도 여성 종업원에게 의존하지 않으면 가게가 유지되기 어려운 것이 사실이었다. 예컨대 마타요시의 「창가에 검은 벌레가(窓に黒い虫が)」(『文學界』, 1978.8)는 그러한 현실을 잘 반영한 작품이라 볼 수 있다. 이 소설은 베트남 전쟁이 한창이던 시기의 A 사인 바를 무대로 하고 있다. 등장인물 준의 아버지는 3년 전부터 A 사인 바를 경영하고 있으며 A 사인 업자 조합 코자(コザ)지부의 부회장을 맡고 있다. 준은 바에서 아버지의 일, 정확하게 말하자면 호스티스들의 일을 돕고 있다.

> 아버지는 동업자와 내일 있을 군 당국과의 교섭을 위해 마지막으로 상의를 하러 나가 부재중일 것이다. 호스티스의 갓난아기들을 내가 봐야만 한다. 아이를 데리고 있는 호스티스가 가게를 쉬면 좋겠다고 생각

---

3) 菊池夏野, 위의 책, pp.144-146.

한다. (…중략…) 아메리칸이 마시고 떠들며 페팅을 하는 동안 호스티스들의 갓난아기들을 돌보는 것은 비참하기 그지없다. 가게는 가까운 시일에 성황이 될 것이다. 아버지가 드물게 짓는 웃는 얼굴이 떠오른다. "이봐, 모두 기뻐하라고. '산에서 돌아온 사람들'이 잔뜩 올 거야. 왕창 쥐어짜야 해. 일 년 어치는 챙겨야 해." 보통 때는 말수가 적고 온순한 아버지가 어째서 저런 식으로 변하는 것일까. 나는 천장을 응시한 채로 계속 생각한다. "이봐, 모두 성병에 주의해야 해. 걸리면 바로 의사에게 보여주고 오프리밋(off-limits) 표찰이라도 붙으면 속수무책이니까. 모두 조심해서 일해. 이 가게의 설비에 얼마나 달러가 들었는지 알아? 만점 서비스를 해주라고 충분히 귀여워해 줘. 모두 흥분한 것처럼 보여야 해. 하지만 정말로 흥분하면 안 돼. 결착을 짓는 게 제일 중요해." (…중략…)

아버지의 직업을 경멸할 수 없다고 나는 곧잘 자신에게 타이르듯이 말했다. 밋치, 마사코 아주머니, 마마 그리고 다른 많은 여자들도 아버지를 필요로 하고 있다. 하지만 서너 명의 갓난아기에게 우유를 먹이거나 안아주거나 장난감을 흔들어 주는 것을 떠맡는 것은 역시 곤란하다……. 하지만 가게 문을 닫고 아이를 데리러 올 때 부모들의 가라앉은 것 같고 피곤한 것 같은, 혹은 안심한 것 같은 그러한 얼굴을 보면 서너 시간 정도 아이를 달래고 있는 것도 괜찮다는 생각이 들었다. 호스티스들도 필사적이라고 나는 생각을 고쳐먹었다.4)

위의 인용문은 전후 오키나와에 만연했던 A 사인 바의 분위기를 충분히 감지할 수 있게 한다. 평소에는 과묵하기만 한 준의 아버지는 미군들이 전장에서 돌아오자 그들을 맞이하느라 한껏 들떠있다. 많은 돈을 들여 가게를 마련하고 여성 종업원들의 신체도 점검하는 준의 아버지는 미군들의 비이성적인 행동을 부추겨 이들의 주머니를 쥐어 짤 생각에 여념이 없다. 여성 종업원 역시 수단과 방법을 가리지 않고 한 몫 챙길 심산으로 흥분되어 있다. 이때 준에게 맡겨진 임무는 여성 종업

---

4) 마타요시 에이키 지음, 곽형덕 옮김, 「창가에 검은 벌레가」, 『긴네무 집』, 글누림, 2014, pp.142-143.

원들의 자녀들을 돌보는 것이다. "아메리칸이 마시고 떠들며 페팅을 하는 동안 호스티스들의 갓난아기들을 돌보는 것은 비참하기 그지없"지만, "아버지는 적어도 가게를 하는 동안에는 나를 보살펴 줄 것"(106)이라는 믿음이 있기에 준은 대학에 다니며 미국계 상업 회사에라도 취직할 꿈을 꾼다. 준의 아버지도 아들이 오키나와를 떠나 내지(본토)로 가서 살기를 내심 기대하고 있다.

이들 부자만큼 절실한 것은 "밋치, 마사코 아주머니, 마마 그리고 다른 많은 여자들"도 마찬가지다. "달러를 주지 않으면 손가락 하나 건드리게 해선 안 돼. 우리들은 싸구려 물건이 아니니까. 군인은 여자에게 약점이 있어."(80)라고 내뱉는 그녀들의 말투에는 성을 매매한다는 수치심이나 죄책감은 이미 존재하지 않는다. 오히려 철저하게 스스로를 경제적 가치로 환원시키고자 노력하며, 때로는 군인의 약점, 즉 성에 대한 갈망을 전략적으로 지배하기도 한다. "갓난아기를 안은 푸에르토리코 계로 보이는 키 작은 미군 병사"가 "헤이, 파파. 너희 가게는 너무 비싸. 달러를 속이고 많이 뜯어가잖아."(64)라는 말을 반복하는 것과는 달리 "얼굴에도 목에도 사지에도 희고 부드러운 지방이 올라 있"(65)는 마마의 대조적인 묘사는 양자 사이의 경제적 권력이 오키나와 여성에게 주어져 있음을 상상하게 만든다. 이처럼 A 사인 바라는 공간 안에서 여성 종업원들이 그들의 신체를 상품으로 전시할 때, 미군이라는 존재는 어떤 면에서는 손님이라는 대상에 불과한지도 모른다. 그리고 이들 여성의 수익 창출은 A 사인 바를 운영하는 준 부자의 생계의 근간이라는 점에서 두 사람은 여성 종업원들에게 다분히 경제적으로 의존하고 있다고 보아도 무방할 것이다.5)

----

5) 여기에서 유의해야 하는 것은 A 사인 바에 근무하는 여성들이 전차금 계약, 즉 업주로부터 돈을 빌려 쓰고 이후에 자신의 임금으로 갚기로 하는 노동 환경에 놓이

뿐만 아니라 이 소설은 매춘이라는 노동이 오키나와 여성들의 생계를 오랫동안 좌우해 왔음을 암시하고 있다. 밋치의 어머니는 '쿠론보(흑인 병사의 멸칭-인용자)의 허니(미군의 애인-인용자)'였고 밋치 역시 현재흑인 병사 미키의 허니다. 그 영향 때문인지 그녀의 여동생 유키코도 "난 허니가 될 거야", "나, 쿠론보의 허니가 돼도 될까?", "난 허니가될 거야. 어른이 되면 옷도 사 준다고 하잖아.", "허니가 되면 스테이크도 먹을 수 있잖아."라고 연신 이야기한다. 밋치는 유키코 만큼은 부족함 없이 키우고 있다고 자부하며 그녀가 선생님이 되었으면 하고 바라지만, 그렇기 때문에 준에게 유키코의 공부를 봐 주도록 부탁하고있지만, 소학생에 불과한 유키코는 결국 미군 병사 준의 손을 이끌고자신의 집으로 들어가고 만다. 이처럼 오키나와 여성은 미군을 대상으로 한 성 노동의 현장에서 오랫동안 도구화되어 왔으며, 그것은 역으로 화폐적 가치와 물질적 풍요를 미군을 통해 실현하려는 강력한 동기부여가 되기도 했다.

한편, 준의 경우에는 거세된 오키나와 남성을 표상하는 존재로 등장한다. 여성 종업원들이 일하는 동안 그녀들의 아이들을 보살피는 준의모성적 역할은 매우 상징적이다. 하지만 이보다 더 중요한 의미는 준과 밋치의 관계 속에서 찾을 수 있다. 준은 자신보다 한 살 위인 여성종업원 밋치를 좋아하나, 밋치는 흑인 병사 미키의 허니다. 주말마다밋치를 찾는 미키와 그의 애인을 자처하는 밋치는 물론 신체적 거래

는 경우가 많았다는 점이다. 이들은 매춘으로 빚을 변제할 것을 약속하고 높은 이자도 지불해야 했다. 돈을 완전히 갚기 전까지는 신병이 구속되는 상태에 있었고변제가 늦어질 경우에는 다른 업소에서 새로운 전차금 계약을 맺어 돈을 마련할수밖에 없었다. 말하자면 빚이 빚을 낳는 구조 속에 포박되어 있었던 것이다(那覇市總務部女性室編,『那覇女性史(戰後編)なは・女のあしあと』, 琉球新報社事務局出版部, 2001, pp.287-292).

관계를 기반으로 하고 있지만 두 사람 사이에는 얼마간의 애정도 개입되어 있다. 이 사실은 밋치를 좋아하는 준을 주저하게 만들고 심지어 흑인 병사에 대한 증오감을 증폭시킨다.

> 나는 살짝 밋치를 봤다. 느슨한 웨이브를 준 머리를 붉은 끈으로 묶고 있어서 목덜미가 보인다. 아아, 어엿한 여자라는 생각이 든다. 핑크색 귀걸이도 이상하게 색기가 있다. 저 목덜미나 귓불을 미키가 두툼하게 말리는 혀로 빨고 길고 두툼한 거슬거슬한 검붉은 혀로 구석구석 핥는다. 밋치의 얼굴에 쿠론보의 타액이 친친하게 들러붙는다……. 매주 몇 시간이고……. 샌드위치를 먹고 싶은 생각이 들지 않는다. 조금 가슴이 메슥거린다. 꼼짝 않고 있으면 사이를 둘 수 없어서 나는 커피를 홀짝거렸다. 나는 밋치는 오키나와 여자라고 생각한다. 지금 마침 오키나와 남자와 만나고 있다. 윤이 나는 군살이 없는 중간키인 밋치의 육체가 떠오른다. 나는 어이, 밋치라고 말하고 싶다. 어이 밋치, 네가 쿠론보 허니가 된 것은 달러 때문이겠지. 아니면 그것이 좋은 건가, 미사일이 좋은 건가. 지금까지 몇 번이고 말하고 싶었다. 하지만 말할 수 없었다. 지금도 말하지 못한다. 밋치는 지금 허둥대지 않는다. 웃지 않는다. 가게에 있을 때와는 다르다. 하지만 미키와 있을 때가 제일 즐거운 것이다.[6]

> "그래도 어째서 쿠론보 따위랑." (…중략…) "쿠론보 따위를 왜 상대하는 거냐고 남자는 얼마든지 있잖아. 오키나와인, 나이챠(내지인), 백인까지. 쿠론보는 호스티스들을 바보 취급 한다며? 밋치는 이상해졌어."[7]

준은 오키나와 여성인 밋치의 신체가 흑인 병사 미키의 점유물로 전락한 것이 불순하게 느껴져 견딜 수가 없다. 준이 보기에 밋치의 성은 오키나와 남성이나 내지인 남성이 소유해야 마땅하며, 만약 미군을 상

---

6) 마타요시 에이키 지음, 곽형덕 옮김, 위의 책, p.88.
7) 마타요시 에이키 지음, 곽형덕 옮김, 위의 책, p.102.

대해야 한다면 백인과 관계하는 편이 바람직하다. 달러든 미사일이든 밋치의 몸이 환기시키는 것은 흑인 남성에 의해 훼손된 오키나와 그 자체이기에 이를 바라보는 준의 시선은 불편할 수밖에 없다. 준은 미키에게 신체적인 열등감을 느끼는 것은 물론이고, 치즈, 주스, 맥주, 커피, 아이스크림, 서양 배, 오렌지, 담배와 같은 물질적 풍요를 밋치에게 제공할 수 없는 데에서 오는 열패감으로부터도 자유로울 수 없다. 밋치에게 고백하지 못하는, 아니 고백할 수 없는 준의 자괴감이 더욱 깊어지는 순간은 미키와 함께 있을 때 밋치가 가장 즐거워한다는 사실이다. 이는 준이 가지고 있던 가부장적 민족주의, 인종주의 등의 잣대가 더 이상 밋치에게 통용되지 않음을 시사하는 부분이기도 하다. 오키나와 여성 밋치에 의해 '오키나와인'이라는 단일성을 부정당하고 그 권위를 잃어버린 준의 분노가 더욱 거세지는 이유도 여기에 있는 것이다. 육체적으로나 정신적으로, 그리고 물질적으로 미국에 침윤되어 가는 밋치에게 도덕이나 윤리를 요구하는 것이 무의미함에도 불구하고, 준의 눈에는 그녀가 여전히 타락의 상징으로 보인다. 매일 밤 "외로움, 분함, 수치심, 그리고 특히 괴로움으로 울던"(105) 밋치, "유키코가 눈을 뜨지 않게 하려고 이를 악물거나 손수건을 입안에 밀어 넣고 버티던"(105) 밋치는 1년이 지난 사이 "갑자기 늙어 버린 것이다. 밤에 봐도 하얗게 떠 있을 정도로 지금은 보동보동한 손, 팔, 목도 다……."(159)

  그러나 준의 불쾌감은 미군, 혹은 미군기지가 가지는 헤게모니에 대한 어떠한 저항도 될 수 없다. 오히려 준 부자가 운영하는 A 사인 바는 미군과 미군기지의 권력에 순응하고 있으며, 밋치의 성을 담보로 경제적 안락함을 얻고 있다. 오키나와의 A 사인 바가 가지는 이 같은 디스토피아적인 풍경은 그곳이 제국주의와 식민주의, 인종주의, 군사주의, 심지어 자본주의에 이르기까지 각종 이데올로기가 난무하고 격투

하는 상징적인 장소임을 나타내 보인다. 그 가운데 오키나와 여성의 신체와 성이 다양한 형태로 동원되거나 착취되고 또 전유되었던 것은 새삼 지적할 필요도 없을 것이다.

3. '공감'이라는 감성

1960년대부터 현대까지 미국의 지구적 팽창 과정과 한국의 근대화 과정의 상호성을 네 가지의 노동(베트남전에서의 한국인의 군사 노동, 한국 남성을 위한 한국 여성의 성 노동, 미군을 위한 한국인의 군대 매춘, 그리고 아시아 및 다른 지역에서 한국으로 이주한 사람들의 이주 노동)을 통해 고찰한 이진경의 최근의 저서 『서비스 이코노미-한국의 군사주의·성 노동·이주 노동』(나병철 옮김, 소명출판, 2015)는 주변화된 성과 노동이 초국적 노동력과 상품으로 구성되어 한국 근대화의 본질적 차원을 구성하고 있음을 논증하고 있다. 특히 저자는 푸코와 아감벤, 음벰베(Mbembe)의 이론을 정치하게 다루면서 이들의 개념을 빌려 생명 권력과 노동의 개념을 죽음이나 죽음의 가능성에 연결된 것으로 재개념화한다. 그리고 그것을 '죽음정치적 노동'이라고 명명하고 있다. 예컨대 저자는 군복무나 군사 노동을 죽음정치적 노동의 일종으로 보는데, 군사 노동은 필연석으로 생명을 위험에 처하게 함으로써만 수행될 수 있는 일로서, 그것은 적을 정복하고 굴복시키는 국가의 의지를 대리 수행하지만 동시에 적에 의해 제거될 수 있는 위험을 수반하기도 한다. 매춘 또한 또 하나의 죽음정치적 노동으로 간주할 수 있다. 성 노동과 성 노동자, 즉 상품화된 신체와 매춘 행위는 '임의로 처분 가능한' 노동 상품들의 하나이기 때문이다. 매춘은 어떤 면에서 매춘부의 주체성의 비유적 말소나 상징적 살해를 포함하며, 그것은 성의 상품화에 초래된 심리적, 육체적, 성적 폭력과 상해로 이어지거나, 반대로 폭력과 상해의 결과로 주체성의 말소라는 의미를 내포하게 된다. 성 노동자들 중에서 살인사건이 빈번한 것은 실제로 보편적이고 문화를 넘어선 현상으로 보이는데, 그것은 매춘의 비유적 폭력이 물질적으로 확장된 것으로 볼 수 있다.[8] 이처럼 죽음정치적 노동의 대표적인 예시인 군사 노동과 성 노동은 누군가의 신체를 대신하여 스스로를 상해나 죽음의 위험에 노정시킨다는 점에서 공통점을 가진다. 그리고 신체의 소모와 그 결과로서의 죽음을 예상해야 하는 이들의 노동은 국가 권력이나 성, 인종 등의 면에서 불평등하고 부조리한 위계질서를 전제로 하고 있기에 전복의 가능성을 거의 상상하기 어렵다.

이와 같은 이진경의 논의는 한국적 상황에만 국한되지 않는다. 주지하다시피 베트남 전쟁을 전후한 1960년대의 오키나와는 죽음정치적 노동으로서의 군대 노동과 성 노동이 극에 달하던 시기였고, 특히 베트남 전쟁이 격화되던 1960년대 후반에는 미군들과 오키나와 여성들이 정신적으로나 육체적으로 극단적인 상해를 경험하는 일이 빈번했다. 예컨대 아래의 글은 당시의 사정을 잘 설명하고 있다.

> 가게는 8시부터 문을 열고 밤 12시부터 새벽 4시까지 영업을 하는데 병사들은 그동안에 계속 술을 마시고 마약을 하곤 합니다. 또 그들은 사람을 죽이는 전장으로 갈 사람들인데, 사람을 죽이러 가는 이의 눈매란 보통 사람과는 전혀 다른 것입니다. 그 매서움이란 이루 다 말할 수 없죠. 그들의 눈을 보면 곧장 알 수 있기 때문에 (…중략…) 무대 위에서

---

8) 이진경 지음, 나병철 옮김, 『서비스 이코노미-한국의 군사주의·성 노동·이주 노동』, 소명출판, 2015, pp.39-43, pp.122-123.

객석을 내다보며 경계하곤 합니다만, 그럴 때에는 반드시 싸움이 일어나요.

처음에는 아무 죄도 없는 우리가 그들의 주먹에 맞고 술병에 맞는 것이 이상하다고 생각했지만 점차 그 이유를 알게 되었습니다. 나하(那覇)에 사는 사람들이나 A 사인 바를 경험하지 못한 사람들은 미군들과의 마찰의 의미를 결코 알 수 없을 겁니다.[9]

음식점 종업원 여성은 가장 많이 강간당하고 살해당했습니다. 그녀들은 자신의 가족을 부양하기 위해 기지 주변에서 일하는 여성으로 미군을 상대하는 사람들이었습니다만, 목을 졸리는 경우가 많았습니다. (…중략…) 베트남 전쟁에서, 베트남 정글에서 돌아온 병사들의 가슴은 여성의 가슴처럼 달러 다발로 부풀러 올라 있었다고 합니다. 그 달러를 마치 휴지 쓰듯이 쓰던 시대였죠. 드럼통이 달러로 가득 찰 정도로 베트남에서 돌아온 병사들은 많은 달러를 가지고 있었습니다. 특히 월 2회 있는 월급날이 돌아오면 매매춘을 하는 호텔 방 앞에는 병사들이 줄을 지어 설 정도였습니다. (…중략…) 어쩐지 방이 조용하고 병사가 나오지 않을 때에는 호텔 클럽 측이 여성들의 방을 두드리며 들어가는 일도 많습니다. 왜냐하면 20분 정도 지나 병사들이 나오지 않으면 사건이 발생했을 가능성이 높기 때문입니다. 대부분의 여성들은 목이 졸려 죽을 뻔했다며 공포스러웠던 당시의 일을 자주 이야기하곤 합니다.[10]

위의 인용문은 베트남 전쟁에서 죽음의 공포를 경험한 미군들의 정신적 트라우마가 고스란히 오키나와 여성에게 이식, 전가되는 과정을 잘 이야기하고 있다. 이 같은 상황은 앞에서 살펴 본 마타요시의 작품 『창가에 검은 벌레가』에서도 종종 등장한다. 예컨대 전장에서 돌아온 백인 병사가 밋치를 붙잡고 목을 조이며 큰 소리를 내고 굵은 팔을 마

---

9) 沖縄國際大學文學部社會學科石原ゼミナール編, 『戰後コザにおける民衆生活と音樂文化 第二版』, 榕樹社, 1994, p.318(菊池夏野, 『ポストコロニアリズムとジェンダー』, 青弓社, 2010, p.156에서 재인용).
10) 高里鈴代, 『沖縄の女たち女性の人權と基地・軍隊』, 明石書店, 1996, pp.26-27.

구잡이로 휘두르는 장면(69)은 대표적이다. 같은 시기에 발표된 작품인 「쉐이크를 흔드는 남자(シェーカーを振る男)」(『沖縄タイムス』 1980.6, 『낙하산 병사의 선물(パラシュート兵のプレゼント)』, 海風社, 1988 수록)에서도 비슷한 장면이 반복된다. 베트남에서 돌아온 미군 병사는 A 사인 바에서 일하는 미사코의 한 쪽 팔을 뒤로 돌려 올리더니 왼손으로 목을 조이기도 했는데,(15) 이처럼 목숨을 담보로 얻어진 미군의 달러 다발이 오키나와 여성의 목숨을 위협하거나 착취하는 수단으로 바뀌고, 성적 위안을 얻은 미군이 다시 베트남으로 파병되어 오키나와로 돌아오는 순환 과정은, 죽음정치적 노동자로 전락한 미군 병사와 오키나와 여성이 냉전이라는 구조 속에 갇힌 채 순환 운동을 이어나가고 있음을 시사한다. 그리고 이들의 몸이 만들어 낸 경제 효과는 오키나와의 경제 부흥에 봉사하고 있었던 것도 부정할 수 없다.

한편, 매 순간 죽음을 감지해야 하는 이들 노동자들은 그 막장과 같은 죽음으로 인하여 어떤 친연 관계를 형성하기도 한다. 이진경은 앞의 책에서 기지촌 여성 노동자와 미군 사이의 관계가 동등한 기반에서 생기진 않지만 그들 사이에 동지애의 가능성 — 인종, 민족, 젠더의 위계를 부분적이고 일시적으로 극복할 가능성 — 이 현실화되는 순간들을 목격할 수 있다고 지적한다.11) 즉 임박한 익명의 죽음의 가능성에 대한 병사들의 두려움은 창녀들이 물질적 감정적으로 곤경의 삶 속에서 경험하는, 보다 일상화된 공포의 느낌과 뒤섞이는 것이다. 선고받은 운명처럼 살아가는 그들은 그처럼 무겁게 감지되는 분위기 속에서 서로 소통하고 교류한다.12) 이처럼 죽음정치적 노동자들이 가지는 두려움과 공포, 그리고 외침은 그들 내부에서만 공유 가능한 것인지도 몰

---

11) 이진경 지음, 나병철 옮김, 위의 책, p.289.
12) 이진경 지음, 나병철 옮김, 위의 책, p.119.

랐다. 매일같이 전쟁을 치루는 A 사인 바의 오키나와 여성들, 혹은 그
곳을 경영하는 오키나와 남성들보다 때로는 미군 쪽이 훨씬 희생적인
주체로 묘사되기도 했다. 생환의 기쁨도 잠시, 다시 사지로 떠나야 하
는 참담한 현실 앞에서 병사들은 비이성적으로 행동하거나 유아적인
행위를 보이기도 하는 것이다.

미군 병사는 밋치의 가슴에 얼굴을 비비며 "오오, 좋은 향기, 좋은 향
기"라고 말하며 갑자기 돌변해서 어리광 섞인 영어로 말한다. (…중략…)
미군 병사가 술에 취하면 여자에게 응석을 부리는 것은 다반사다. GI컷
을 한 둥글고 붉은색 얼굴을 한 사내는 마치 아이가 어머니에게 매달려
있는 것만 같다. 그 알로하셔츠를 입은 백인의 몸은 밋치의 몇 배나 된
다.13)

"아메리칸들은 자포자기 상태야. 모두."(…중략…)
"미키는 준, 너희들이 행복한 거라고 말했어. 데모를 아무리 해도 우
리들처럼 죽을 걱정은 없다면서……." (…중략…)
"데모를 할 때 그 가드를 하는 병사들은 말이야. 총검을 갖고 데모대
를 쫓아내잖아. 그래도 사실은 데모대 사람들이 말하는 그대로 되면 좋
겠다고 생각하는 모양이야, 모두 다. 데모대가 전쟁을 그만둬라, 아메리
카로 돌아가라고 말하잖아."(…중략…)
"아메리칸은 내성적인 사람들이 많아서 부대에서 일하는 우치난추 여
자에게 말조차 걸지 못하나 봐. 그러니까 술을 마시러 와서 우리들이 돈
을 버는 거야……. 그리고 돈도 없고 술도 없을 때는 발작적으로 폭행
을 가한다니까."(…중략…)
"그 사람들 울보야. 난 그걸 한 후에는 그 사람들에게 고향이나 처자
식 이야기를 물어보곤 해. 술을 조금 먹여서 말이야. 그러면 조금 있다
가 빨리 집에 가고 싶다면서 울음을 터뜨린다니까. 꼭 어린애 같지."14)

13) 마타요시 에이키 지음, 곽형덕 옮김, 위의 책, p.71.
14) 마타요시 에이키 지음, 곽형덕 옮김, 위의 책, pp.152-154.

거구의 미군이 밋치에게 엉겨 붙어 어리광을 부리는 모습은 마치 어머니와 아이를 연상시킨다. 자포자기, 내성적, 울보, 어린애로 미군을 묘사하는 밋치의 시선은 동정에 차 있다. 이때 밋치는 시혜적인 입장에서 연민을 베푸는 것이 아니라 이들과 같은 위치에서 그 감정을 공유하고 있다. 미군이나 밋치와 같은 매춘부들이 무엇 때문에 A 사인바로 집결할 수밖에 없는지 자문해 보면, 양자 모두 미국이 자행한 전쟁의 희생물이라는 점이 분명해지기 때문일 것이다. 다른 한편으로 미군은 오키나와 사람들보다 더욱 절실한 목소리로 '전쟁을 그만둬라, 아메리카로 돌아가라'고 부르짖고 싶었는지도 모른다. 베트남에 가서도 "나는 누구를 죽여야 하는지 모르겠어. 베트콩은 나에게 아무 짓도 하지 않았어. 나는 베트남에서 적을 죽일 수 없어서 오키나와인을 죽이려고 하는지도 몰라. 나는 너희들 가게가 있는 거리에 독가스를 풀어 모두 죽이고 싶은 충동을 몇 번이나 느껴."(「쉐이크를 흔드는 남자」, 51), "모든 것이 금방이라도 끝나버릴 것 같아. 너희들과는 다르지. 너희들은 60년이고 70년이고 살 수 있지만 나는 20년으로 70년의 인생을 살아야 한다고."(「쉐이크를 흔드는 남자」, 15)라고 토로하는 데에서도 알 수 있듯이, 그들은 국가로부터 위임받은 권력, 혹은 대리 노동의 의미를 전장에서 찾을 수 없고, 또한 다른 사람들이 누리는 70년의 삶을 20년으로 응축하여 소비하는 데에도 피로해 있는 것이다.

미군 병사와 오키나와 여성 사이에 만들어진 공감적 정서를 비약적으로 낭만화시켜 이들을 연민이나 사랑이라는 감정으로 통합시키는 것은 물론 경계해야 마땅하다. 그러나 죽음정치적 노동으로 내몰린 타자화된 대리노동자들의 친연성, 그로 인해 배태된 오키나와 여성 노동자들의 모성 등은 인종이나 민족, 젠더의 위계를 제한적으로나마 뒤흔드는 계기가 된다.

4. 상관하는 '성'

패전 후 도쿄에서 태어난 사회학자 노마 필드는 혼혈인인 그녀 자신에 대해 정의하기를 '전쟁이 낳은 혼혈아는 지배로서의 섹스를 각인받고 있는 까닭에 한층 더 불쾌한 존재임과 동시에 호기심을 불러일으키는 존재'[15]라고 말한다. 이는 혼혈인을 '이인종 성교(miscegenation)'의 결과물이자 일본 여성에 대한 미군 병사의 성적 억압을 대변하는 존재로 간주하기 때문일 것이다. 미군에 의한 오키나와 여성의 성적 영유가 지배와 정복의 비유로 표상되는 것이 일반적인 만큼, 오키나와 여성과 혼혈인은 식민화된 오키나와의 메타포와도 같은 것이었다. 때문에 혼혈인과 그들 어머니는 가부장제 이데올로기와 인종주의, 순혈주의의 자장 속에서 축출되어야 마땅한 부정한 존재로 여겨져 왔고, 또한 그들은 아버지의 부재와 어머니의 상처, 반쪽을 뜻하는 호칭 하프, 그리고 경제적 빈곤에 이르기까지 결핍, 결락의 이미지로부터 자유로울 수 없었다.[16]

혼혈아를 낳은 오키나와 여성이 미군 병사로부터 버림받고 또 무책임한 섹스의 결과물인 아이를 매일 대면하며 양육하는 것은 그녀들이 신체적 폭력뿐만 아니라 정서적 폭력까지 일상적으로 감당해야 함을 의미하는 것이었다. 시모지 요시코(下地芳子)의 「아메리카 민들레(アメリカタンポポ)」(『南濤文學』創刊十周年記念号, 『文學界』, 1997.6, 1997년 상반기동인 잡지 우수작)와 마타요시의 「쉐이크를 흔드는 남자」가 혼혈아를 출산한 여성이 정신적 장애를 겪게 되어 조모가 아이를 양육하는 과정을 묘사

---

15) 노마 필드 지음, 박이엽 옮김, 『죽어가는 천황의 나라에서』, 창작과 비평사, p.53.
16) 조정민, 「로컬리티 기호로서의 혼혈아—오키나와 아메라시안(AmerAsian)의 경우」, 『동북아문화연구』 34집, 2013, p.367.

하고, 또 혼혈인이 겪는 차별적인 사회 구조와 정체성의 혼란을 공통
적으로 그리는 것은 우연이 아니다. 이와 같은 혼혈인 서사, 다시 말해
혼혈인의 출생과 성장, 불우한 가정환경, 학교에서의 따돌림, 사회 부
적응, 정체성 혼란 등을 다룬 서사는 이들이 겪는 갈등과 사회적 폭력
성을 압축적으로 보여준다는 점에서 의미가 있을지도 모른다. 그러나
마타요시의 「쉐이크를 흔드는 남자」의 경우는 혼혈인 미노루를 통해
오키나와와 미국 사이의 기존의 젠더 관계를 교란시킨다는 점에서, 그
리고 미노루와 애인 관계에 있으며 A 사인 바에서 일하는 미사코를 통
해 미국인 윌리엄스의 가족 질서에 균열을 일으킨다는 점에서 다른 관
점을 제시한다고 볼 수 있다.

외국 스타와 같이 수려한 외모를 가진 백인 혼혈인 미노루는 현재
외할머니가 운영하는 A 사인 바에서 바텐더로 일하고 있다. 미노루를
키워 온 것은 외할머니다. 결혼을 약속하고도 도망친 미군 남편, 그리
고 그를 점점 닮아가는 아들로 인해 어머니의 정신이 망가졌기 때문이
다. 어머니의 정신 이상이 아버지를 닮아가는 자신의 외모 탓이라 자
책하는 미노루는 "왜 오키나와 남자들은 백인 여자에게 주저하는 것일
까. 백인 남자는 마음대로 오키나와 여자들에게 손을 대고 아이를 낳
게 하는데."(27-28), "폭탄을 떨어뜨리듯이 간단하게 나 같은 아이를 낳
은 사람도 있어. 죄다 엉망으로 만들어 놓고 태평하게 사는 이도 있다
고."(27-28) 하며 아버지와 같은 미국인에 대한 원망과 비난을 숨기지
않는다.

한편 A 사인 바를 드나드는 미국인 윌리엄스는 크리스마스이브에
미노루와 A 사인 바 여종업원 미사코를 집으로 초대하여 파티를 연다.
오키나와와 미국의 친선을 위함이라는 구실이었지만, 실은 한쪽 다리
가 불편한 윌리엄스의 딸 린제이가 미노루를 좋아하기에 특별하게 마

련된 자리였던 것이다. 린제이의 끈질긴 구애로 두 사람은 몇 번의 데
이트를 거듭한다. 그 가운데 미노루는 미사코와 함께 다닐 때 따라다
니던 조롱의 시선으로부터 벗어난 듯한 자유를 느끼며 "나의 섹스는
미사코보다 이 여자와 가깝다"(56)고 여기기도 한다. "미국 국민은 모
두 혼혈이야, 나도 독일계이고."(54)라는 린제이의 말을 들으면 미노루
는 자신의 외형도 크게 특별하게 느껴지지 않았고, "이 뒤죽박죽인 섬
에서 벗어나 미국으로 가면 모든 것이 불식될 것 같은"(92) 환상마저
보게 되는 것이었다. 그러나 미노루는 린제이를 보면서 "린제이를 엉
망으로 만들고", "그 백인 여자 아이를 임신시킨다면⋯⋯ 개운할 것
같"(32)다는 불온한 욕망을 끊임없이 드러낸다.

> 술집 미시시피의 삐끼 보이가 미노루를 불렀다. "그 미국 여자, 나에
> 게 팔아버려. 오키나와 남자들이 눈을 뒤집으며 좋아할 거야."
> 벽에 기대 서 있던 호스티스가 배를 잡고 높은 목소리로 웃었다.[17]

> 린제이는 미노루를 지긋이 바라보았다. 부드럽게 웨이브를 한 머리가
> 강한 바람에 휘날린다. 이 여자를 오키나와 사람을 상대로 하는 매춘부
> 로 만들면 어떨까. 미노루는 갑자기 그런 생각을 했다. 오키나와 남자들
> 은 평소의 울분을 해소하기 위해 무리를 해서라도 이 여자를 살 것이
> 다.[18]

여기에서 주목을 끄는 대목은 어머니의 성을 유린하고 자신에게는
혐오스러운 이중적 외모를 남겨 준 아버지에 대한 격렬한 증오와 분노
가 미국인 여성 린제이에 대한 강간 욕망으로 이어진다는 점이다. 이

---

17) 又吉榮喜, 「シェーカーを振る男」, 『パラシュート兵のプレゼント』, 海風社, 1988,
    pp.65-66.
18) 又吉榮喜, 위의 책, 1988, pp.91.

는 강간하는 신체로서의 미국과 강간당하는 신체로서의 오키나와라는
기존의 젠더 구조가 적어도 미노루의 시선을 통해 역전되고 있음을 암
시한다. 또한 한쪽 다리가 불편하여 절뚝거리는 린제이를 보며 느끼는
미노루의 '잔혹한 쾌감'은 건장하고 정상적인 신체로 상징되는 미국에
대한 비아냥거림이며, 이는 지배적이고 폭력적인 신체를 가진 미국이
라는 싱징을 부정하는 것이기도 하다. 이 같은 미노루의 심리는 개인
의 차원을 넘어 삐끼 보이와 호스티스를 포함한 오키나와 전체로 확대
되고 공유되고도 있었다. 미국인 여성을 강간하여 임신시킴으로써 자
신과 같은 혼혈인의 생산을 상상하는 미노루의 의식 아래에는 린제이
의 몸에 국한되지 않고 미국이라는 거대한 적의 신체와 정체성을 오염
시키고자 하는 의도가 내재하고 있다. 그러한 측면에서 본다면 미노루
의 시선은 여성의 문제를 넘어 국가나 민족의 문제로 확장되고 있으며
이는 남성중심주의나 민족주의 이념에 크게 경도된 것이라 지적할 수
있을 것이다.

한편, 미노루와 함께 A 사인 바에서 일하며 그에게 연정을 품고 있
는 미사코는 미노루와 린제이의 관계를 질투한 나머지 린제이에게 "네
아버지는 나를 안기도 한다고. 사기도 해. 나를."(62)이라고 발설하고
만다. 궁지에 몰린 윌리엄스의 요구로 미사코는 그들 부부와 만나 자
신의 발언을 취소했지만, 윌리엄스의 부도덕한 행위를 들춤으로써 그
가정에는 불화와 불안이 초래될 수밖에 없었다. 이와 같이 미노루와
미사코는 각각 린제이와 윌리엄스의 신체를 소유함으로써 미국인 가정
의 질서에 상관하며 그들을 위태롭게 만들고 있었다.

그런데 결과적으로 파국을 맞이하는 것은 미노루와 미사코였다. 미
노루에게 선택받지 못한 린제이는 결국 권총으로 미사코를 죽이고 만
다. 이는 질투심에 휩싸인 린제이가 단독으로 자행한 사건이 아니었다.

총성과 함께 윌리엄스가 정확하게 등장한 것과 권총이 없어졌다는 사실을 우연히 알게 되었다는 그의 변명은 오히려 윌리엄스 가족이 계획적으로 미사코를 살해하고자 한 것을 증명할 뿐이다. "재판에서 이길 때까지 어디에도 가지 않을 거야. 사람이 죽었다고! 나는 온 세상에 큰 소리로 알리고 말거야."(121)라는 미노루의 절규가 "걱정 마. 마음을 가라앉히렴. 파파가 뭐든지 해결할 거니까."(122)라는 윌리엄스의 말에 가려지고 말 것이라는 것은 능히 짐작할 수 있는 바이다. 미국인 가정에 간섭한 미노루와 미사코의 비극적인 결말이 비현실적으로 여겨지지 않는 것은 미국과의 대적의 결과란 매번 패배를 예상하게 만들기 때문이다.

5. 나가며

미군을 상대로 성 노동에 종사했던 오키나와 여성들은 민족적, 계급적, 성적 면에 있어서 일방적인 시선의 폭력에 노출되는 경우가 대부분이다. 성 윤리가 문란하고 추한 매춘 여성의 몸뚱어리는 미군에 의해 괴손된 오키나와의 또 다른 이름으로 간주되기 때문이다. 미군의 성적 지배와 억압, 폭력을 고발하기 위한 장치로서 이들의 몸이 소환되는 경우에서 조차, 여성의 몸은 가부장적인 시선에서 분노의 대상이 되거나 은혜롭게 용서해야 할 대상이 되기 일쑤였다. 그러나 다른 한편으로 이들 여성은 경제적 풍요와 재건, 일탈의 욕망과 자유연애 등을 상징하는 기호이기도 했다. 그것은 전통적 가족질서의 와해는 물론 민족주의, 인종주의 등이 가지는 허구성을 폭로하고 기존의 가치와 이념들에 대한 재성찰을 촉구했다.

마타요시의 소설에서 주목하고 싶은 부분은 이들 여성의 신체가 이분법적인 점령 체제를 대변하는 도구로 단순히 동원되기보다, 폭력적이고 야만적인 점령 체제 하에서 민족적, 인종적, 계급적, 성적 측면에서 지배자의 의지가 관철되지 못하는, 혹은 관철될 수 없는 틈새를 보이고 있다는 측면이다. 예컨대 A 사인 바에서 확인할 수 있는 디스토피아적 풍경은 오키나와 여성 신체 그 자체가 제국주의와 식민주의, 인종주의, 그리고 자본주의에 이르기까지 각종 이데올로기의 폭력이 중첩되고 길항하는 장(場)임을 암시한다. 이렇게 죽음정치적 노동의 장에 노정된 그녀들은 이중 삼중으로 타자화된, 그렇기 때문에 해방과 전복의 가능성을 결코 상상할 수 없는 또 다른 타자들의 공감적 이해를 이끌어내기도 한다. 뿐만 아니라 오키나와는 공고한 권력 구조로 무장한 미국에 대해 그 폭력적인 지배 의지가 관철되지 못하도록 탈주하기도 하고 저항해 보이기도 한다. 물론 그 틈새에서 확인할 수 있는 오키나와의 저항의 목소리와 흔적이란 압도적인 지배자 미국에 의해 사장되거나 은폐되기도 하고 때로는 희미한 울림으로만 남기도 한다. 그러나 그 흔적과 목소리에 대해 침묵을 강요하거나 무관심으로 일관하는 것은 결국 이들의 목소리가 대항 서사가 되어 기존의 오키나와와 미국, 일본의 관계를 불안하게 만들 가능성을 담지하고 있음을 역설적으로 대변하는 것이기도 하다.

••• 참고문헌

노마 필드 지음, 박이엽 옮김, 『죽어가는 천황의 나라에서』, 창작과 비평사, 1995, p.53.

마타요시 에이키 지음, 곽형덕 옮김, 「창가에 검은 벌레가」, 『긴네무 집』, 글누림, 2014, pp.61-162.

신시아 인로 지음, 권인숙 옮김, 『바나나, 해변, 그리고 군사기지』, 청년사, 2011, pp.107-144.

이진경 지음, 나병철 옮김, 『서비스 이코노미-한국의 군사주의·성 노동·이주 노동』, 소명출판, 2015, pp.39-289.

조정민, 「로컬리티 기호로서의 혼혈아-오키나와 아메라시안(AmerAsian)의 경우」, 『동북아문화연구』 34집, 2013.3, p.367.

菊池夏野, 『ポストコロニアリズムとジェンダー』, 靑弓社, 2010, pp.131-156.

高里鈴代, 『沖縄の女たち-女性の人權と基地·軍隊』, 明石書店, 1996, pp.26-27.

那覇市總務部女性室編, 『那覇女性史(戰後編)なは·女のあしあと』, 琉球新報社事務局出版部, 2001, pp.287-292.

又吉榮喜, 「シェーカーを振る男」, 『パラシュート兵のプレゼント』, 海風社, 1988, pp.7-123.

C.ダグラス·ラミス, 『イデオロギーとしての英會話』, 晶文社, 1976, p.40.

마타요시 에이키 문학에 나타난
'타자'와의 교섭 과정
- "오키나와인 주체의 자세"를 묻다 -

1. 마타요시 문학의 위치-
전쟁과 폭력으로 중첩된 '원풍경'

마타요시 에이키(1947-)가 오키나와 문학(オキナワ文學)[1]의 차세대 작가로 등장한 것은 '일본 복귀(반환)'(1972.5.15)로부터는 3년, 미군의 베트남 철수로부터는 2년이 지난 1975년이었다. 마타요시는 제1회 신오키나와 문학상(가작)을 수상한 데뷔작 「바다는 푸르고(海は蒼く)」(『新沖縄文學』 1975.11) 이후 왕성한 작품 활동을 펼치고 있다. 특히 마타요시는 오키나와가 미군에게 점령된 이후 미군기지가 오키나와에 미친 영향에 대해서 어떠한 작가보다도 뛰어난 작품을 많이 남겼다. 마타요시 문학

---

[1] 다카하시 토시오는 '沖縄文學'을 'オキナワ文學'으로 표기하는 것이 '大和文學'과의 대립과 저항, 그리고 공동투쟁을 의식하기 위해서라고 쓰고 있다. 이는 '沖縄文學'과 '琉球文學'이 갖는 역사적인 피구속성을 인지하는 '본토' 지식인으로서의 도덕적인 '거리감'과 '사명'을 나타낸 것이다. 제주도에서 오키나와 문학을 읽는다는 것은 일본 '본토'와는 다른 연대의 공감이 전제되지만, 그렇다고 해도 주체적 동질성을 보장할 수 없다는 점에서 'オキナワ文學'이라는 표기는 유효할 것이다. (高橋敏夫, 「「學ぶ」ことから、「抗いの共闘のほうへ」」, 『沖縄文學選—日本文學のエッジからの問い』, 高橋敏夫, 岡本惠德編, 勉誠出版, 2003.5 참조)

에 대한 일본에서의 연구는 제4회 스바루문학상을 수상한 「긴네무 집
(ギンネム屋敷)」(『すばる』 1980.12)에 나타난 '조선인' 및 '위안부' 피해자
와 오키나와인 사이의 관계를 탈식민주의 이론 및 젠더론을 통해 살펴
본 것에서부터, 오키나와의 토착적인 세계를 그린 제114회 아쿠타가와
상 수상작인 「돼지의 보복(豚の報い)」(『文學界』 1995.11)을 통해 오키나와
의 현재를 조명하려는 것 등으로 이뤄져왔다.2) 다만 작품 전반에 대한
평가 작업은 마타요시가 현재도 왕성히 창작활동을 하고 있는데다 작
품의 특성-작품 안에 하나의 세계로 수렴되지 않는 충돌하는 서사와
인물이 공존하는, 등으로 인해 더디게 진행되고 있다고 말할 수 있다.
이는 현재 활동 중인 메도루마 슌(目取眞俊)에 대한 문학 연구가 종합적
으로 이뤄지고 있는 것과는 대조적이다.3) 한편 한국에서 마타요시 문
학에 대한 연구는 「긴네무 집」을 중심으로 전개되고 있다. 마타요시
문학은 한국의 전후 역사적 기억과 공유할 수 있는 소재(미군 기지, 베트
남 전쟁 등)가 풍양한 텍스트인 만큼 앞으로 연구가 더욱 활발히 전개될
것으로 예상된다.4)

---

2) 村上陽子, 「<亡靈>は誰にたたるか : 又吉榮喜「ギンネム屋敷」論」, 『地域研究』, 沖
縄大學地域研究所, 2014.3 ; 岩渕剛, 「又吉榮喜の沖縄 (特集 沖縄復歸40年と文學)」,
『民主文學』559, 日本民主主義文學會, 2012.5 ; 伊野波優美, 「又吉榮喜『豚の報い』,
にみる 「沖縄文學」のカーニバル化」, 『地域文化論叢』 14, 沖縄國際大學大學院地域
文化研究科, 2012 ; 宮澤慧, 「又吉榮喜『豚の報い』論--混沌の世界を生きる」, 『あい
ち國文』 4, 愛知縣立大學日本文化學部國語國文學科あいち國文の會, 2010.7.
3) 메도루마 슌 문학에 대해서는 연구서로는 다음 두 권을 들 수 있다.
鈴木智之, 『眼の奧に突き立てられた言葉の銛 ―目取眞俊の <文學> と沖縄戰の記
憶』, 晶文社, 2013.3 ; ブーテレイ, スーザン, 『目取眞俊の世界(オキナワ)―歴史・
記憶・物語』, 影書房, 2011.12.
4) 「긴네무 집」에 대한 논문으로는 다음을 참고했다.
조정민, 「오키나와(沖縄)가 기억하는 '전후(戰後)' : 마타요시 에이키 「자귀나무 저
택」과 김정한 「오끼나와에서 온 편지」를 중심으로」, 『일어일문학』 45, 2010.2 ; 소
명선, 「오키나와 문학 속의 '조선인'-타자 표상의 가능성과 한계성-」, 『동북아문화
연구』 28, 2011 ; 이명원, 「오키나와 전후문학과 제주 4·3문학의 연대」, 『오늘의

　이러한 마타요시 문학의 좌표를 파악하기 위해서는 전후 오키나와 문학 및 일본 본토에서의 문학과의 관련을 살펴볼 필요가 있다. 우선 마타요시가 등장한 일본 복귀 즈음의 오키나와 문학은 오키나와적인 것(전통적인 생활, 풍속, 습관, 언어 등)을 전근대적인 산물로 파악하고 일본 (문단)을 추수(追隨)했던 것에서 벗어나, 지역의 독자성을 추구하는 방향으로 나아갔다.5) 마타요시가 오키나와 문학계에 데뷔한 1975년은 일본복귀 이전부터 전개되던 '오키나와적인 것(沖繩的なもの)'과 '토착'을 둘러싼 논의가 '본토'와의 관련성 속에서 활발히 제기되던 때였다. 오카모토 케토쿠(1934-2006)는 전후 오키나와에서 "미국이라고 하는 '이질'의 문화와 접촉하면서 일본의 사상이나 문화를 대상화 할 수 있는 계기"6)가 마련됐다고 쓰고 있다. 오카모토의 논의도 일본복귀를 즈음해서 제기된 것으로, 이는 류큐왕국이 멸망(류큐처분 / 1872-79)한 이후 식민지적 상황 하에서 자기 결정권을 완전히 상실한 채 외부 세력에 의해 자기 부정/긍정을 반복해서 당해왔던 오키나와의 근대를 시야에 넣

문예비평』 95, 2014겨울.

5) 岡本惠德, 「沖繩の戰後の文學」, 『沖繩文學全集第20卷 評論1』, 國書刊行會, 1991.4, pp.260-287 참조(초출1975.10). 물론 이러한 방향성은 거시적으로는 미 점령군의 '류큐문화' 장려 정책(미군에 비판적인 출판/문화 검열)과 오키나와를 둘러싼 지정학적 변화(베트남전쟁 등)를 통해서, 그리고 문화적으로는 『琉大文學』(1953-1978)과 『新日本文學』의 관계 및 『新沖繩文學』(1966-1993)의 전개 과정 등을 통해서 설명될 수 있다.

6) 岡本惠德, 「戰後沖繩の文學」 『沖繩文學全集第17卷 評論1』國書刊行會, 1992.6, p.42. (초출1972.6) 오카모토는 이 글에서 '토착'이 그 장소를 떠나서 생성될 수 없는 문화나 사상을 의미한다고 한다면, '오키나와적인 것'이란 일본 본토와의 대비를 통해 오키나와의 특수성을 추구하는 것으로 파악하고 있다. 즉 '오키나와적인 것'의 추구는 일본(을 비롯한 다른 지역을 포함해)과의 관계성 속에서 '민족 공동체(ethnic community)'의 사상적 기반을 상호 관계성 혹은 상호 배타성 가운데 추구한다는 점에서, 근대 내셔널리즘과 근저에서 이어진다. 이에 비해 '토착'은 그 자립성을 추구하는 방향성에서는 내셔널리즘의 맹아일 수 있지만, 오키나와라는 '지역성'에 수렴될 위험성도 상존한다고 볼 수 있다.

고 있다. 한편 이 시기 제기된 토착에 관한 언설은 진흥/개발 담론에 대한 비판으로써 제기된 것이기도 했다. 대표적인 반복귀론자인 아라카와 아키라(新川明, 1931-)는 토착에 관한 언설이 정착론으로 흐르는 것을 경계하면서 "'토착'이면서 유민이고 유민이면서 '토착'인 관계성"[7]을 제기했는데, 이는 오키나와가 놓인 지정학적 위치를 고려할 때 현재까지도 유의미한 것이라 할 수 있다. 마타요시 문학은 일본복귀 전후에 오키나와에서 제기된 복귀론, 반복귀론 등의 언설을 그대로 드러내고 있지는 않지만 오키나와의 토착적인 것이 미군 및 미군기지와의 교섭 과정 속에서 변모 돼 가는 상황 하에서 오키나와인 주체의 자세를 묻고 있는 특징을 지니고 있다.

이처럼 마타요시 에이키의 문학은 토착(오키나와적인 것)이 본토와의 관계성 가운데 본격적으로 사유되기 시작한 시기에 우라소에를 중심으로 반경 2km의 '원풍경(原風景)'[8]에 천착하며 출발했다. 마타요시 소설 세계에 투영된 작가의 '원풍경'은 오키나와의 토착적인 것을 의미하지만, 그 자체가 미군기지에 둘러싸여 있다는 점에서 양자 사이의 상호교섭과 파열을 전제한다. 오키나와에서 일본복귀 전부터 강하게 제기됐던 토착에 관한 언설은 근대 민족주의 자체가 고대 문화와의 관련 가운데 만들어졌던 것처럼[9] 류큐왕국(琉球王國) 이래 민족의 문화적 기

---

7) 도미야마 이치로 저, 『유착의 사상』, 심정명 옮김, 글항아리, 2015.2, p.73. 아라카와의 글 초출은 「土着と流亡―沖縄流民考」(『現代の眼』, 1973.3.)이다.
8) '겐후케(原風景)'는 문학평론가 오쿠노 다케오(奧野健男)가 1970년대에 만들어낸 용어로 이후 노스탤지어나 그리운 풍경 등의 함의를 갖고 사용돼 왔다. 山下曉子는 「原風景を再考する―故鄕論の視点から―」(『橫浜國立大學教育學會硏究論集』 1-1, 橫浜國立大學教育學會, 2014.)에서 『文學における原風景―原っぱ・洞窟の幻想』(1972)에서 제기된 개념이 대단히 중층적이며, 이 개념 안에 "인류적 원풍경, 국민적 원풍경, 지역적 원풍경, 개인적 원풍경"(p.1.) 등이 혼재돼 있음을 밝혔다. 본고에서는 마타요시의 원풍경을 오키나와의 자연이 가진 전통적인 토착성과 미군기지라고 하는 역사성이 합쳐진 것으로 파악하고자 한다.

억과 형성에 그 뿌리를 두고 있다. 신조 이쿠오가 밝히고 있듯이 마타요시 에이키는 주로 오키나와의 토착적인 세계를 그려온 작가로 알려져 왔다.10) 하지만 초기 마타요시 문학이 자기규정의 근거로 삼고 있는 원풍경은 단순히 토착이라는 말로 설명할 수 없는 타자와의 교섭 및 관계의 파열 가운데 정립돼 가는 것으로 결코 고정된 것이 아니다. 다시 말하자면 마타요시 문학의 원풍경은 오키나와의 평화롭고 아름다운 자연 풍광에 대한 노스탤지어만을 의미하지는 않는다. 그 안에는 우라소에 구스크(요도레), 투우장, 카미지(거북바위) 등 오키나와적인 자연과 문화유산을 전쟁과 점령의 기억 및 현실-캠프킨저와 그 주변의 A사인바(A=Approved [for US Forces]), 하얀색으로 지어진 미국인 하우스 등이, 이 에워싸고 있다. 마타요시 에이키 문학에 나타난 오키나와의 '공동체성'은 이 원풍경에 담긴 역사적 현실(미국과 일본의 이중지배) 속에서, 우치난츄(ウチナーンチュ 오키나와 사람[민족]) 안의 갈등과 우치난츄 대 미군 및 야마토와의 교섭 과정에서 형성된 것이라 할 수 있다.

본고에서는 마타요시 문학에 나타난 타자와의 교섭 과정을, '나'라는 소년(우치난츄)의 공동체 규범 받아들이기, 타자(대부분 미군)와의 접촉 양상으로 나누었다. 이를 통해 일본 복귀 이후 본격적으로 작품 활동을 개시한 마타요시 소설 세계를 미군을 중심으로 한 타자와의 교섭 과정을 통해서 구체적으로 검토해 보겠다.

---

9) 베네딕트 앤더슨 저, 『상상의 공동체-민족주의의 기원과 전파에 대한 성찰』, 윤형숙 옮김, 나남, 2004.9, p.33. 앤더슨은 "민족주의는 의식적으로 주장된 정치적 이데올로기와의 결합에 의해서가 아니라, 민족주의 이전에 있었던 더 큰 문화체계와의 결합에 의해서 이해되어야 한다"고 쓰고 있는데, 오키나와의 토속에 관한 언설 또한 류큐왕국 이래의 문화체계를 상정한 것이라 이해할 수 있다.

10) 新城郁夫, 『到來する沖縄──沖縄表象批判論』, インパクト出版會, 2007.11, p.100.

2. 타자와의 교섭과 파열을 둘러싸고

마타요시 문학에 나타난 우치난츄와 미군 사이의 관계는 민족 대 민
족의 관계를 전제로 하면서도, 민족 내부의 균열과 갈등을 전면적으로
드러내는 방식으로 전개돼 왔다.11) 이는 우치난츄 및 미군 내의 다양
성을 드러내는 방식을 취해왔다.12) 마타요시는 미군을 단일한 수사로
써 단순화해 말하는 것에 의문을 갖고, 미군이나 미군과 우치난추 사
이의 혼혈아를 시점화자로 내세워 미군 내부의 다양한 인간군상을 다
면적으로 드러내는 창작 경향을 보여왔다. 우치난츄가 아닌 미군 및
혼혈아를 시점화자로 내세운 소설은 오키나와 문학에서도 희유한 것으
로, 이는 마타요시 문학의 큰 특징 중 하나다. 이에 해당하는 작품으로
는 유학한 백인 병사의 내면을 그린 「조지가 사살한 멧돼지(ジョージが
射殺した猪)」(『文學界』 1978.3)와 혼혈아 여성과 미군 사이의 사랑을 그린
「아티스트 상등병(アーチスト上等兵)」(『すばる』 1981.9) 등이 있다. 이처럼
마타요시 문학에서는 미군조차도 단일한 수사로써 말할 수 없는 충돌
가운데 놓여진다. 한편 우치난츄 민족 공동체는 기지 경제가 안겨주는

---

11) 「돼지의 보복」은 갈등보다는 치유로 향해가는 방향성을 드러낸 작품이다. 오키나
와의 토착적인 풍습과 아름다운 자연이 갈등을 해소하는 주요한 소재로 쓰인다.
이는 초기 마타요시 소설에서 투우가 오카나와의 토착성과 투쟁성을 드러내는 문
화적 연원으로 과거와 현재를 잇던 방식과는 변별되는 것이다. 마타요시 소설에
서 투우와 관련된 작품은 「カーニバル闘牛大會」(『琉球新報』 1976.11), 「憲兵闖入
事件」(『沖繩公論』 1981.5), 「島袋君の闘牛」(『青い海』 1982.12) 등이 대표적이다.
12) 이에 비해 1983년 「어군기(魚群記)」로 데뷔한 메도루마 슌은 아시아태평양전쟁에
서부터 '현재'(일본복귀 전후)까지의 시간 축을 바탕으로 소년과 할머니의 현재와
과거를 교차시키는 작업으로 주로 소설을 써왔다. 메도루마 슌의 많은 소설이 우
치난츄와 야마톤츄 및 '우군(友軍[구 일본군])' 사이에 있었던 역사적 기억을 현재
적 삶의 장소에서 다시 소환하는 방식은 마타요시 소설과는 변별되는 부분이다.
특히 이 두 작가의 작품에는 공동체 내외부 사이의 교섭을 둘러싼 방식이 접속과
격절(隔絶)로써 각기 달리 나타나고 있다는 점에서 비교 검토를 요한다.

'이익'을 둘러싸고 분열되는 양상으로 마타요시 문학에 나타나있다. 마타요시 소설에서 주로 미군과 직접적으로 교섭하는 중심인물은 10대 초중반의 소년/소녀[13] 및 A사인바에서 일하는 호스티스나 종업원 들이다. 그중 소년/소녀는 오키나와 전(戰) 이후 형성된 우치난츄의 역사적 트라우마를 계승하는 존재로서 등장한다기보다 미군과의 접촉을 통해 궁핍한 삶을 타개해 전후 부흥을 계승하려는 주체로서 등장한다.

> **"어쩌면 받을 수 있을지도 몰라."**
> 야치는 지금까지 미군으로부터 받았던 것이 무엇이었는지 득의양양한 듯 공표했다. 나는 귀까지 덮을 수 있는 모자가 갖고 싶다. 확실히 저 파라슈트 병사는 모자를 쓰고 있다. 아마도 가죽으로 만든 것으로, 부드럽겠지, 소가죽으로 만든. (…중략…)) 하지만 파편이 철조망을 넘어서 날아오지는 않는다. **나는 폭발음이 크면 클수록 폭발이 많으면 많을수록 폭발하는 장소가 가까우면 가까울수록 가슴이 두근거린다. 오늘은 스크랩(파편)을 꽤 많이 주울 수 있을 테니까.**[14] (인용 자료의 번역 및 굵은 글꼴＝인용자, 이하 동)

> 챔버즈는 튼튼하게 만든 불빛이 센 회중전등을 가져왔다.
> **나는 갖고 싶었다.** 회중전등이 있으면 밤이 낮과 다를 것이 없다.[15]

위에서부터 두 인용인 「파라슈트 병사의 선물」(1978)에 등장하는 중학생 소년들은 낙하산 훈련 중 궤도를 이탈한 미군 병사 챔버즈를 부대까지 배웅해주고, 그 대가로 불발탄이나 포탄의 파편을 요구한다. 이

---

13) 소년과 소녀의 연령은 대략 9세에서 17세까지를 설정하는 것이 통설로 보인다. 예를 들어 서울시 소년소녀합창단은 초등학교 2학년부터 고등학교 1학년을 대상으로 하고 있다.
14) 又吉榮喜, 「パラシュート兵のプレゼント」, 『パラシュート兵のプレゼント』, 海風社, 1988.1, pp.128-140. (초출 『沖縄タイムス』, 1978.6)
15) 상동, p.166.

소년들은 훈련으로 발생한 부산물인 불발탄을 수집해 어른들(중개상)에
게 싼 값에 넘기는 데 혈안이 돼 있다. 소년들이 오키나와 전을 상기하
지 않는 것에서도 드러나 있듯이, 화자는 '지금 이곳'의 현실에만 포커
스가 맞춰져 있다. 게다가 이 소년들은 큰 이득을 취하기 위해 친구인
마사코의 육체를 교환조건으로 설정하는데 이는 오키나와에서 기지경
제에 의존하는 어른들의 생활방식을 그대로 재현한 것이다. 여성의 신
체야말로 기지 경제로 돈벌이를 하는 어른들이 미군의 달러와 교환할
수 있는 최상의 '상품'이며, 이는 어린아이들의 세계에서도 반복돼 나
타나고 있다.

> 마사코는 이미 어른이다. 나는 그것을 알고 있다. 미군이 젊은 여자를
> 안고 싶어한다는 것을. (…중략…)) 마사코는 눈도 입술도 아름답다. 가
> 슴도 부풀어 있다. 언젠가 산바시(淺橋)에서 봤던 허니와는 비교조차 할
> 수 없다. (…중략…)) (연못에서) **미역 감고 있는 마사코를 몰래 미군 병
> 사에게 가르쳐주면 무언가 받을 수 있겠지. 커다란 스크랩(불발탄)을 놀
> 랄 정도로 받을 수 있을지도 모른다.** 챔버즈도 다르지 않을 것이다.16)

'나'는 마사코의 목욕 장면을 볼 수 있는 연못을 챔버즈에게 알려주
고 이득을 취하려다 마사코를 독점하려는 야치의 제지를 받는다. 마사
코는 소년들 사이에서도, 소년들과 미군 사이에서도 교환 가치를 지니
고 있지만 스스로 발화하지 않는 존재로 그려져 있다. 요컨대 이 소년
들은 자신들끼리는 물론이고 미군 병사와의 접촉에서도 타자와 공감을
이루지 못하고 상대방을 이득을 취할 수 있는 대상으로 고정화시킨다.
　　마타요시는 「파라슈트 병사의 선물」 이후 30년이 지난 시점에서도
일본복귀 이전 우치난츄와 미군 사이의 교섭 및 파열을 그린 중단편

---

16) 상동, pp.148-150.

소설을 계속해서 썼다. 「철조망 구멍」(2007), 「터너의 귀」(2007)이 바로 그 소설이다.17) 이 작품에서 우치난츄 소년과 미군의 교섭 과정은 철조망이나 미군기지 게이트 앞에서 이뤄지던 것에서 벗어나, 철조망을 잘라내고 미군 하우스에 침입해 절도를 하는 등 과감한 형태로 나타난다. 「철조망 구멍」에서 초등학교 5학년인 케스케(啓介)는 미국인 하우스 주변에 쳐진 철조망 옆을 지나다 구멍 밖으로 나온 미군 군용견에게 다리를 물려 심하게 다친다. 이 구멍은 동년배 미쓰오(美津男)가 절도를 하려고 잘라놓은 것으로, 이 사건을 계기로 마을 어른들(특히 가짜 치과의사)은 미군에게서 보상금을 받아내려 한다.

   "이렇고 저렇고 말할 것도 없어. 어쨌든 교섭을 해야지."(…중략…)
   "하라다 씨, 미국인에게 맥주를 선물합시다. 친선으로 말입니다."18)

   여기서 '교섭'이나 '친선'은 마치 우치난츄 공동체의 체면과 공동의 이해를 증진하기 위한 것처럼 위장되지만, 사실상 미군에게서 돈을 뜯어내 개인의 이익을 확보하기 위한 수사로써 기능한다. 하지만 미군 기지에서 일하는 다쓰오(龍郎)의 밀고로 미쓰오가 미군 헌병대에게 체포돼 연행되면서 허위에 가득 찬 '교섭'과 '친선'은 파탄을 맞이한다. 그 파탄은 미군과의 협상을 통해 경제적 이득을 취하려는 우치난츄 사이의 갈등으로 극대화돼 간다. 한편 「터너의 귀」(2007)는 중학교 3학년

---

17) 마타요시 에이키는 이 소설 외에도 「土地泥棒」(『群像』1999.3), 「落とし子」(『すばる』2001.7), 「宝箱」(『世界』2004.9), 「野草採り 上中下」((『明日の友』 2004연재분), 「司會業1-3」(『明日の友』 2008-2009), 「凧の御言」(『すばる』 2009.9), 「歌う人」(『すばる』2012.2), 「サンニンの蒼」(『文化の窓』 2012), 「招魂登山」(『すばる』2013.10), 「松明網引き」(『文學界』 2014.3), 「猫太郎と犬次郎」, 『江古田文學』(2014.3) 등의 중단편을 썼다. 장편소설은 생략한다.

18) 又吉榮喜, 「金網の穴」『群像』, 2007.12, p.204.

이 된 코우시(浩志)가 베트남전쟁에서 적군을 죽이고 PTSD 증상에 시
달리고 있는 터너의 자동차에 치이면서 시작된다. 이 사건의 중재자를
자처하는 선배 만타로(滿太郞)는 코우시를 시켜서 터너에게서 돈을 더
뜯어내려한다. 코우시는 오키나와 전 당시 귀를 잃은 어머니와, 자신이
죽인 병사의 귀를 보관하고 있는 터너를 중첩해서 보기 시작한다.

> **한순간 터너가 소중히 여기고 있는 검붉은 귀가, 귀가 들리지 않는
> 어머니를 비웃고 있는 듯한 착각이 들었다.** 어머니를 가지고 놀고 있다
> 는 생각이 들었다.

위 인용은 「파라슈트 병사의 선물」로부터 30년 만에, 오키나와 전과
베트남전쟁을 처음으로 겹쳐서 읽고 있는 장면이다. 마타요시 소설에
서 우치난추 소년과 미군 사이의 관계는 물물의 증여를 둘러싼 교섭으
로 이뤄져 왔다. 그것이 「철조망 구멍」에서는 철조망에 구멍을 내고
체포되는 내용으로, 「터너의 귀」에서는 터너가 집착하는 귀를 훔쳐서
터너를 발광하게 만드는 관계의 파국, 즉 극단적인 형태로 드러났음을
알 수 있다.

한편, 타자와의 교섭이라는 면에서 유사한 구조를 지니면서도 결정
적인 차이를 내장한 소설은 바로 「긴네무 집」(1980)이다. 이 소설은 매
춘부 요시코('지적장애')를 '조선인'이 성추행했다는 거짓 소문을 유키치
가 퍼뜨리면서, 전전에 '조선인'을 죽음으로부터 구해준 '나'(미야기 토
미오)가 우치난츄의 이익을 대변해 그에게서 이득을 취하려 한다.[19]

---

19) 요시코와, 조선인 '종군위안부' 강소리(江小莉)는 이 소설에서 스스로 발화하지 못
하는 존재로 그려지고 있다. 그런 만큼 두 여성 사이의 공감은 전혀 이뤄지지 않
으며 단절돼 있다. 이는 메도루마 슌의 소설 「나비떼 나무」에 등장하는 종군위안
부 고제이와 조선인 여성 사이의 직접적인 관계와 대비되는 부분이다. 目取眞俊,
「群蝶の木」, 『面影と連れて一目取眞俊短編小說選集3』, 影書房, 2013.11. (초출은

결국, 조선인으로부터 돈을 우려내 삼등분하기로 했다. (…중략…) 과연 배상금이나 위자료를 **받아낼 수 있을지** 나는 의아했다.[20]

하지만 「긴네무 집」은 「파라슈트 병사의 선물」과는 달리 타자인 '조선인'을 단지 이득을 취하기 위한 대상으로서만 보지는 않는다. 여기서 '조선인'인은 오키나와의 가해자성 및 위선을 강하게 환기시키는 존재로 그려져 있다. 「파라슈트 병사의 선물」에서는 소년들과 미군 사이의 접촉과 교섭이 끊임없이 이뤄지지만 상호 공감보다는 단절만이 두드러진다. 이에 비해 「긴네무 집」에서는 전전과 전후를 잇는 전쟁의 기억을 매개로 해서 미야기 토미오(우치난츄)와 조선인('나'와 '조선인' 사이)이 일제 말 전쟁에서의 인연을 바탕으로 민족을 뛰어넘은 교감을 한다.[21] 하지만, 그것은 '나'가 한때 조선인의 목숨을 구해줘 놓고 그를 자살로 내몰아넣었다는 죄책감을 수반한 것이다.[22] 마타요시는 우치난츄가 미군을 상대로 할 때는 '교섭'과 '친선'을 통해 다가갔지만, 조선인에게는 협박과 박해를 가한 것을 「긴네무 집」이라는 희유한 소설을 통해 가감 없이 보여주고 있다.

이처럼 마타요시 문학의 핵심은 우치난츄와 미군 사이의 교섭 과정

2000.6) 이 소설은 「나비떼 나무」(곽형덕 옮김, 『지구적세계문학』 제5호, 2015.3) 참고.

20) 又吉榮喜, 「ギンネム屋敷」, 『ギンネム屋敷』, 集英社, 1996.2, 제3쇄, p.166. (초출 『すばる』, 1980.12) 인용은, 『긴네무 집』, 곽형덕 옮김, 글누림, 2014.10.
21) 이 소설의 주인공은 오키나와 전을 겪은 적이 없는 전후 태생의 소년이 아니라 오키나와 전 당시 가족을 꾸리고 있던 성인이 주인공으로 등장한다.
22) 아시아태평양전쟁과 '우군(友軍)' 그리고 조선인 군부 및 '종군위안부'는 마타요시 소설 전체를 놓고 보면 대단히 희유한 시간 축과 인물이다. 마타요시 소설에 조선인이 직접적으로 등장하는 것은 배봉기 할머니 이야기가 오키나와는 물론이고 일본 내에서 쟁점화된 것과도 관련지어 생각할 수 있다. 배봉기 할머니는 오키나와의 일본복귀 이후 불법 체류자 신분의 강제 퇴거 대상이 되면서, 조사 과정에서 '종군위안부'였음이 밝혀지게 된다.

을 통해 파열돼 가는 자신들 내부의 문제를 다루고 있다. 그런 의미에서 「긴네무 집」은 우치난츄와 조선인(미군)의 관계를 전전에서 전후까지를 시야에 넣은 희유한 작품으로 접촉 대상의 변화로 타자에 대한 인식의 내실이 급격히 변모했음을 보여준다.

3. 중층적인 타자 묘사의 해방-미군을 중심으로

일본 프롤레타리아 문학은 타자(계급)를 고정된 일면적인 것으로 상정해서 대단히 도식적으로 소설이 흐르는 경우가 많았다. 예를 들어 고바야시 다키지는 "우리들의 동지는 공장에 있을 때는 자본가에게 쥐어 짜이고, 전쟁에 나가서는 적탄에 희생된다. 하지만 우리들 동지를 지키는 것은 우리들 밖에 없다."[23]고 쓰면서 자본가와 동지들 간의 대립구도를 명확히 나눠서 썼다. 구로시마 덴지(黑島伝治)가 '시베리아 전쟁'에 출병한 사병과 장교를 극명하게 다르게 작품 속에서 묘사하는 것에서 알 수 있듯 이러한 도식화는 프로문학에서는 일반적인 것이었다. 오키나와 문학에서 지배자 대 피지배자(미군 대 우치난츄 혹은 야마톤츄 대 우치난츄)의 관계를 일면적으로 설정하는 것은 그리 힘든 일이 아니다. 하지만 마타요시 문학은 우치난츄는 물론이고 미군을 그리는 것도 단일 시점을 취하고 있지 않다. 마타요시 소설에서 집단과 개인은 완전히 연동된 것이 아니라, 개인이 집단에 의해 피해를 입거나 이익을 취하는 등 다양한 형태로 그려진다. 이는 물론 미군을 그릴 때도 마

---

23) 小林多喜二, 「党生活者」, 『蟹工船・党生活者』, 新潮文庫, 1983.8, 63쇄, p.185. (1932년 8월 집필)

찬가지이다.

일견 분열된 것으로 보이는 마타요시 소설 속의 인물 및 민족에 대한 묘사는 우치난츄라는 민족 공동체, 혹은 마을 공동체 구성원 사이에 일어난 갈등과 분열 가운데 그려진다. 「텐트집락기담」(2009)은 여성을 주인공으로 내세운 소설로 오키나와 전이 끝나고 폐허가 된 우라소에(浦添)에 철조망이 둘러쳐진 수용 텐트촌에서 미군들이 매일 매일 찾아와서 원하는 물건을 제공해줄 정도로 아름다운 '나'에게 마을 어른들이 대놓고 반감을 드러내는 등 갈등을 전면으로 내세운 작품이다. 여기서 '나'는 미군들보다는 우치난츄에 의해 더욱 탄압받는 존재로 나타나며, 공동체 내부의 분열은 이단자인 '나'를 죽음으로 내몬다.

> (…전략…) 집락장은 **"당신의 공주님은 텐트 집락 사람들의 화합을 깨고 있어. 귀축영미와 마을 사람들 중에 누가 더 중요한 거야. 배신자 같으니라고."** 하고 내뱉는 말을 남기고 황망히 자리를 떠났다. (…중략…) 제가 죽은 것은 8월 중순으로 아직 밤이 다 밝기 전이었습니다. 몸은 틀림없이 쇠약해졌지만 병사한 것은 아닙니다. (…중략…) 뒤에서 머리를 누군가 눌러서, 머리가 처박혔습니다. (…중략…) 제 아름다움은 자신이 봐도 공포에 젖을 정도였습니다. 자만할 생각은 없습니다.[24]

'나'의 죽음은 미군 병사에게서 받은 갖가지 장신구를 집락을 위해 사용하지 않았던 것에 공분을 샀기 때문이다. 다시 말해서 이 소설의 대결구도는 우치난츄 대 미군이 아니라, 우치난츄 내부에서 미군에게 호감을 산 아름다운 '나' 대 미군에게서 아무 것도 받을 수 없는 집락 사람들임을 알 수 있다. 미군을 매개로 한 우치난츄 사이의 갈등은 제2장에서 살펴본 「파라슈트 병사의 선물」에서는 챔버즈를 경유한 이권을

---

24) 又吉榮喜, 「テント集落奇譚」, 『文學界』 2009.2, pp.142-149.

영어 회화능력을 통해 독점하려는 야치와, 마사코를 교환 가치로 써서 챔버스와 직접 교섭하려는 '나' 사이의 갈등으로, 또한 「터너의 귀」에서는 터너와 유대 관계를 맺고 몇 배의 급료를 받는 하우스보이 코우시(浩志)와 미군 하우스에서 절도 행각을 벌이는 만타로(滿太郞) 사이의 갈등으로 나타난다(「철조망 구멍」에서도 이 구조는 반복된다).25) 다시 말해서 마타요시 소설에 드러난 공동체 내부의 분열은 미군과의 관계를 통해 획득할 수 있는 이익을 서로 더 많이 차지하려는 과정에서 발생된다. 이는 일본복귀 이전, 오키나와의 정치, 경제, 사회를 좌지우지 했던 것이 미군기지였다는 것을 결과적으로 드러내는 동시에, 그것이 공동체 내부에 남긴 상흔을 극명하게 보여준다.

마타요시 소설에서 미군은 두 가지 기본 축을 전제로 그려진다.

첫째, 전전에 형성된 미군에 대한 프로파간다를 상시키면서 집단에 대해 형성된 역사적 기억을 상기시키는 방식.

둘째, 미군을 집단과 개인으로 철저히 분리해서 바라보는 방식.

(이 두 가지 방식은 시점 화자의 묘사와 개별 인물 대사에서 각기 다르게 혹은 때로는 혼재된 방식으로 나타난다.)

우선 첫 번째에 대해 살펴보면, 미군은 총이 발사되면 혼비백산해서 다 도망치거나 언제고 이유 없이 사람을 죽일 수 있는 존재로 그려진다.

(…전략…) 미군 병사는 한 발의 총성이 나면 눈 깜짝 할 사이에 숨어서 무턱대고 기관총을 쏴댄다. **정말로 겁쟁이라고 말했다**.26)

---

25) 「긴네무 집」의 결말 부분에서 '나'가 '조선인'의 유산을 전부 상속받는 것에 대해 유키치와 할아버지가 우치난츄라는 동질성을 강조하는 부분에서 그 파열과 균열은 역설적으로 드러난다. 다만 이 소설에서는 미군이 아니라 '조선인'이 교섭 대상으로 나타났다는 차이는 결정적으로 존재한다.
26) 전게서, 又吉榮喜, 「金網の穴」, p.199.

"왜 도망치는 거야?" (···중략···) "놈들은 나약해. 아버지한테 들었는데, 지난 전쟁에서도 겁쟁이처럼 굴었다던데. 기가 막힌다니까." / "그래도 총을 가지고 있잖아."/ 히데미쓰가 말했다./ "이놈들은 못 쏴."/ 야치는 히데미쓰를 노려봤다. / "어째서?" / 나는 물었다. / **"겁쟁이라니까."**27)
(/＝줄바꿈, 인용자)

이 두 소설에 드러난 미군에 대한 역사적 기억은 전전에 유포된 것이지만, 전후 오키나와에서 미군에 대한 두려움을 상쇄시키는 방향으로 전유되고 있음을 엿볼 수 있다. 전후 베트남전쟁기의 미군에 대한 인식(두 번째 방식)이 과거의 기억에 덧씌워지면서 마타요시 소설의 미군상은 구체적으로 드러난다.28) 이는 전쟁을 수행해 베트남 사람들을 죽이는 집단으로서의 미군에 대한 거부감으로 나타난다. 하지만, 기존의 미군상과는 유리된 개인으로서의 미군 병사가 겪는 혼란과 괴로움에 대해서는 최대한 공감을 표하는 상반된 미군 상으로 표출된다.

제방에 올라간 조금 살찐 **푸에르토리코 계 미군**은 음악에 맞춰서 몸을 흔들면서 가장자리를 외발로 걸으면서 익살맞은 포즈를 취했다. (···중략···) "나는 이제 누구를 죽이면 되는지 모르겠어. **베트콩도 나한테 아무런 짓도 하지 않아······난 베트남에서는 적을 죽일 수 없으니 오키나와 사람을 죽이려고 할런지도 몰라.**"29)

백인 병사와 호스티스 사이에 태어난 미노루(稔)를 시점인물로 내세운 위 소실에 등장하는 미군 병사는 죽을지도 모른다는 공포 때문에

---

27) 전게서, 又吉榮喜, 「パラシュート兵のプレゼント」, p.127.
28) 마타요시 소설과 베트남전쟁의 관련에 대해서는 김재용 「오키나와에서 본 베트남전쟁」(『역사비평』 2014 여름)을 참조할 것.
29) 又吉榮喜, 「シェーカーを振る男」『パラシュート兵のプレゼント』, 海風社, 1988.1, p.51. (초출은 『沖縄タイムス』 1980.6)

술로 날을 세운다. 한편 백인 병사와 오키나와 여성 사이에서 태어난
미치코(ミチコ, 고등학생)와 미군병사 재키 사이의 연애를 다룬 「등의 협
죽도」(1981)[30]는 베트남에 가기 직전 탈영한 미군 병사 재키와 미치코
의 동거를 다룬 소설이다. 이보다 훨씬 심각한 형태는 베트남전쟁에 가
서 언제 죽을지 모르는 내향적 성격의 조지를 시점인물로 내세운 「조
지가 사살한 멧돼지」(1978)다. 조지는 "베트남에서는 적을 죽일 수 없
으니 오키나와 사람을 죽이려고 할런지도 몰라"라고 했던 푸에르토리
코 계 병사의 대사를 실천이라도 하듯이 스크랩을 주우러온 오키나와
인 노인을 멧돼지라 말하며 죽여서 자신의 불만을 자신보다 약한 대상
에게 쏟아 붓는다.

이처럼 마타요시 문학은 미군과의 관련을 중점적으로 다루고 있으
며, 미군과의 관련을 통해 형성돼가는 오키나와 공동체 구성원들의 관
계에 천착한다. 또한 미군에 대한 기술은 앞서 살펴본 대로 두 가지 층
위로 나타난다. 이는 공동체의 규범과 논리와 어긋나는 개인의 비극을
민족을 떠나서 중립적으로 기술하는 방식으로 베트남전쟁에 참전해야
하는 미군 청년이 오키나와 청년보다 더 비극적일 수 있음을 드러낸
것이기도 하다(「파라슈트 병사의 선물」 끝부분 참조). 이는 미군 병사 개인
의 시점을 소설에 도입해서 베트남전쟁은 물론이고 오키나와(우치난츄)
를 상대화해서 중층적으로 보려는 작가적 시도라고 할 수 있다.

---

30) 전게서, 又吉榮喜, 「背中の夾竹桃」.

4. "피해자인 동시에 가해자"라는 인식의 의미

오다 마코토(小田實, 1932-2007)는 '베트남에 평화를! 시민연합(ベトナムに平和を!市民連合)'(1965-74)이 주최한 '반전과 변혁에 관한 국제회의'(1968.8. 11-13, 교토)에서 "우리들(私達)"이 "피해자인 동시에 가해자"임에 대해서 연설했다.[31] 오다에 따르면 베트남전쟁에 협력을 강요당하고 있다는 의미에서 "우리들"은 피해자이지만, 베트남 사람들에게는 가해자이며, 이는 미국인의 경우도 마찬가지라고 하고 있다.[32] 이는 전쟁을 수행하는 국가 및 사회구조, 즉 메커니즘을 중요한 문제로 제기하고 있는 것이다.[33] 반면, 개인은 이러한 체제를 형성하고 있으나 이로부터 이탈해 저항할 수 있는 주체로서, 연대의 대상으로 설정된다. '베트남에 평화를! 시민연합'이 제기한 "피해자인 동시에 가해자"라는 인식은 마타요시 문학 가운데 베트남전쟁과 관련된 작품을 이해하기 위한 중요한 키워드라 할 수 있다. 다만 오다가 말한 "우리들"이라는 단일한 수사는 일본복귀 이전의 오키나와 사람들을 '동포'로 설정하고 있다는 점에서 복귀가 현실화돼가고 있던 시기에 일본 본토와 오키나와에서 고양돼가던 연대의 감정을 상징적으로 드러내는 말이다. 베트남전쟁 시기 가해자로서의 오키나와라는 인식은, 마타요시에게 아시아태평양전쟁 당시 오키나와인과 조선인 사이의 관계를 새롭게 인식하는 계기를 만들었을 것이라 추측해 볼 수 있다. 다만, 오키나와가 "피해자인 동시에 가해자"라는 인식은 구제국과 신제국 내 각 민족의-폭력과 저항을 둘러싼,

---

31) 大野光明, 『沖縄鬪爭の時代1960/70─分斷を乘り越える思想と實踐』, 人文書院, 2014.9, p.74.
32) 상동.
33) 상동.

비대칭성과 연동돼 고찰되지 못한다면 자칫 피해자성=가해자성으로 연결되는 담론장을 만들어낼 우려가 있다. 그런 의미에서 마타요시가 시점인물로 오키나와인만이 아니라 미군 및 혼혈(오키나와인 여성-미군 병사)을 내세운 것은 효과적으로 보인다. 왜냐하면 오키나와인만을 시점 인물로 내세울 경우 그들의 가해자성과 분열상만이 작품에 드러날 우려가 있기 때문이다.

오시로 다쓰히로(大城立裕, 1925-)는 마타요시보다 앞서서 "오키나와인 주체의 자세"34)를 「칵테일 파티(カクテル・パーティー)」(1967)를 통해서 물었다. 오시로는 "일본 내 마이너리티로서의 비애"35)를 그린 오키나와 문학이 아닌, 주체의 자세를 한 단계 더 끌어올린 작품으로 『인류관(人類館)』(1976년 작, 치넨 세신[知念正眞, 1941-2013])과 「조지가 사살한 멧돼지」(1978년 작, 마타요시 에이키)라고 쓰고 있다. 즉, "타자에 대한 저항으로부터 자기를 인식하는 방향으로"36) 오키나와 문학이 옮겨가고 있음을 위 두 작품이 보여줬다는 것이다. 마타요시는 오시로 문학이 제기한 문제의식의 계승자로서 "오키나와인 주체의 자세"를 오키나와인과 미군 사이의 교섭 양상에 집중해 묻고 있다. 이는 지역 공동체 혹은 민족 공동체의 '현재'에 대한 마타요시의 물음이기도 하다. 또한 마타요시가 미군과의 교섭 양상을 그리면 그릴수록 드러나는 것은 전쟁을 수행하는 기지의 섬 오키나와의 실상이다.37) 다만, 마타요시 문학에는 가시화된 오키나와인 대 미군의 관계만큼이나, 비가시화된 오키나와인

---

34) 大城立裕, 「復歸二十年 沖繩現代文學の狀況」, 『琉球の季節に』, 讀賣新聞社, 1993.8, p.98.
35) 상동.
36) 상동, p.99.
37) 이에 대해서는 거번 매코맥, 노리마쓰 사토코 저, 『저항하는 섬, 오끼나와』(정영신 옮김, 창비, 2014.7)을 참고. 이 책은 류큐처분에서 헤노코 신기지 문제에 이르기까지를 다루고 있다.

대 일본인(야마톤츄)의 교섭과정이 '그림자'를 드리우고 있다. 이는 마타요시 문학의 또 다른 축인 여성(자연), 원시적인 것, 토착 등에 대한 지향과 밀접히 관련된 것이다.

••• 참고문헌

1차 자료

小林多喜二, 『蟹工船・党生活者』, 新潮文庫, 1983.8.

又吉榮喜, 『パラシュート兵のプレゼント』, 海風社, 1988.1,

_____, 『ギンネム屋敷』, 集英社, 1996.2.

_____, 『豚の報い』, 文春文庫, 1999.2.

_____, 「金網の穴」, 『群像』, 2007.12.

_____, 「テント集落奇譚」, 『文學界』, 2009.2.

目取眞俊, 『面影と連れて―目取眞俊短編小說選集3』, 影書房, 2013.11.

2차 자료

김재용, 「오키나와에서 본 베트남전쟁」, 『역사비평』, 2014 여름.

거번 매코맥・노리마쓰 사토코 저, 『저항하는 섬, 오끼나와』, 정영신 옮김, 창비,
    2014.7.

도미야마 이치로 저, 『유착의 사상』, 심정명 옮김, 글항아리, 2015.2.

소명선, 「오키나와 문학 속의 '조선인'-타자 표상의 가능성과 한계성-」 『동북아
    문화연구』 28, 2011.

이명원, 「오키나와 전후문학과 제주 4・3문학의 연대」, 『오늘의 문예 비평』 95,
    2014 겨울.

조정민, 「오키나와(沖繩)가 기억하는 '전후(戰後)' : 마타요시 에이키, 「자귀나무
    저택」과 김정한 「오끼나와에서 온 편지」를 중심으로」, 『일어일문학』 45,
    2010.2.

高橋敏夫, 岡本惠德編, 『沖繩文學選―日本文學のエッジからの問い』, 勉誠出版,
    2003.5.

村上陽子, 「<亡靈> は誰にたたるか : 又吉榮喜「ギンネム屋敷」論」, 『地域研究』,
    沖繩大學地域研究所, 2014.3.

新城郁夫, 『到來する沖繩――沖繩表象批判論』, インパクト出版會, 2007.11.

大城立裕, 『琉球の季節に』, 讀賣新聞社, 1993.8.

岡本惠德, 「沖繩の戰後の文學」, 『沖繩文學全集第20卷 評論1』, 國書刊 行會, 1991.4.

大野光明, 『沖繩鬪爭の時代1960/70―分斷を乘り越える思想と實踐』, 人文書院,

2014.9.

山下曉子,「原風景を再考する―故郷論の視点から―」,『横浜國立大學敎育學會硏
　　究論集』1-1, 横浜國立大學敎育學會, 2014.

ジル・ドゥルーズ, フェリックス・ガタリ著, 宇波彰, 岩田行一譯,『カフカ――
　　マイナー文學のために』, 法政大學出版局, 1978.7.

Davinder L. Bhowmik, *Writing Okinawa : Narrative acts of identity and resistance,*
　　Taylor & Francis, May, 2008.

제3부 메도루마 순

오키나와에 대한 반식민주의로서 경계의 문학

- 메도루마의 문학을 중심으로 -

고명철

1. 메도루마의 문학을 어떻게 읽을까

오키나와의 작가 메도루마(1960-)는 그 자신의 소설쓰기에 대해 에돌아가지 않고 또렷이 다음과 같이 말한다.

> 부모님과 조부모님으로부터 들은 진행형은 나의 육친의 역사이자 더 없이 소중한 증언들이다. 그들이 기억을 되새길 때 짓는 표정이나 목소리는 앞으로도 내 마음 깊은 곳에 남아있을 것이다. 그리고 그 이야기들을 나만의 것이 아닌 되도록 많은 사람들과 공유하고 생생한 현장으로 되살리는 것이 나의 의무이기도 했다. 그 방법 중의 하나가 바로 오키나와 전투를 소설로 쓰는 것이었다.[1]

메도루마에게 오키나와 전투[2]를 소설로 쓰는 것은 그의 고향 오키

---

1) 메도루마 슌, 『오키나와의 눈물』(안행순 역), 논형, 2013, p.57.
2) 아시아태평양전쟁의 막바지에 이르러 미군은 1944년부터 일본의 남서제도(南西諸島)인 오키나와를 중심으로 무차별 폭격을 가하기 시작하였고, 그 이듬해 1945년 3월 26일 미군은 오키나와에 상륙하여 같은 해 6월 22일 일본군이 항복할 때까지 지상전을 벌였다. 지휘부가 항복한 사실을 모른 잔류 일본군은 1945년 8월 15일 패전 이후에도 류큐열도 곳곳에서 주민들의 희생 속에서 무모한 게릴라전을 펼쳤다. 이 오키나와전투로 그 당시 오키나와 주민의 1/4 이상이 죽음을 당하였다.

나와를 엄습한 아시아에서, '전후' 미·일 안보체제 아래 전개되고 있는 신군국주의[3]와 신제국주의에 맞서는 '투쟁의 정치학'과 다를 바 없다. 이것은 비단 소설쓰기에만 국한되지 않는다. 그의 전방위적 글쓰기와 활동가로서의 실천적 행위는 오키나와를 압살한 오키나와 전투뿐만 아니라 그 전투가 종결된 후 오키나와에 짙게 드리운 '전후'의 현실을 대상으로 한 '기억과 투쟁의 정치학'을 보증한다.[4]

이러한 메도루마의 문학에 대한 국내 논의의 대부분이 "메도루마는 공동체의 정형화된 문화적 기억 대신 거기에 균열을 가져오는 정치적 기억"[5]에 초점이 맞춰져 있는 바, 오키나와 전투에 직접적으로 관련된 온갖 폭력과 죽음의 양상을 망각하지 않는 기억의 재현을 다루고 있다.[6] 그리하여 '그로테스크 리얼리즘(grotesque realism)'을 통해 메도루마

---

3) 신용하는 최근 일본의 정치동향을 신군국주의로 이해하는데 그 특징을 다음과 같이 정리한다. ① 군사적 보호국들의 창설을 목적으로 하며 완전 식민지 창설을 목적으로 하지 않는다. ② 현대의 최첨단 과학기술에 기술적 기초를 둔다. ③ 침략의 전면에 서지 않고 측면과 후면에 선다. ④ 피지배국의 명목상의 독립은 남아 있지만, 실질적으로 반독립, 반식민지의 상태에 떨어지게 된다. ⑤ 지배의 유지를 위해 피지배국의 친일세력의 양성에 총력을 기울인다. ⑥ 외교문제가 있을 때마다 군사력으로써 피지배국을 끊임없이 협박하며, 소규모 무력분쟁을 자주 자행하고 때로는 대규모 전쟁을 도발한다. 신용하, 『세계체제 변동과 현대 한국』, 집문당, 1994, pp.98-99 참조.

4) 메도루마는 1960년 오키나와 나키진에서 태어난 이후 줄곧 오키나와에서 살고 있다. 그의 단편 「어군기」가 '류쿠신보 단편소설상(1983)'을 수상하면서 소설을 쓰기 시작한 이후 「평화의 길이라고 이름 붙여진 거리를 걸으며」(1986)가 '신오키나와문학상'을 수상하고, 「물방울」(1997)이 규슈예술제문학상과 아쿠타가와문학상, 그리고 「혼 불어넣기」(1998)가 가와바타 야스나리문학상과 기야마 쇼헤이문학상을 수상하면서 오키나와문학을 대표하는 작가로 평가받고 있다. 그는 소설가로서 오키나와의 역사와 현실을 다룬 문제작을 발표할 뿐만 아니라 오키나와 현실 문제에도 적극 참여하면서 왕성한 글쓰기 활동을 전개하고 있다. 그의 날카로운 비평적 문제의식은 시론(時論) 성격의 평론집 『오키나와의 눈물』(2007)로 출간되었다. 최근 메도루마는 김재용 문학평론가와의 대담에서 오키나와의 헤노코 앞 바다로 옮겨올 미군 기지에 저항하는 해상 저지 운동에 전력하고 있어 작품을 쓸 시간이 없다고 말하였다(「대담 : 메도루마 슌」, 『지구적 세계문학』, 2015년 봄호, pp.355-366).

5) 임성모, 「우치난추의 눈으로 본 오키나와」, 『역사비평』 85집, 2008, p.67.

의 문학에서 보이는 환상적·몽환적·비의적 표상이 오키나와의 현실
을 조명한 것은 주목할 만하다.[7] 하지만 이들 논의는 어디까지나 메도
루마 문학을 오키나와 문학의 한 부분으로 다루는 과정에서 주목한 것
일 뿐 메도루마 문학 자체에 집중적 초점을 맞춘 것은 아니다.

여기서 메도루마의 문학에 대한 일본 문학계의 두 반응을 살펴보자.
하나는 제117회 아쿠타가와상 수상작인 메도루마의 「물방울」에 대해
선정위원 중 한 사람의 "오키나와의 지방으로서의 개성을 입증한 작
품"[8]이란 평가이고, 다른 하나는 "현대 일본어 문학은 메도루마 슌이
라는 희유한 존재를 통해서만, 지구적 규모에서 투쟁의 연대를 새기고
있는 세계문학을 향해 열려 있을 수 있다."[9]란 평가다. 사실, 일본 문
학계의 두 반응은 좁게는 메도루마의 문학에 대해 넓게는 오키나와 문
학과 새롭게 씌어져야 할 세계문학에 대해 매우 중요한 문학적 쟁점을
제기하고 있다. 여기에는 제국으로서 국민문학(＝일본문학)이 자기세계
를 온전히 구축시키는 차원에서 그것의 결락된 부분을 충족시켜주는
데 자족하는 것의 일환으로 로컬문학(＝오키나와 문학)과 그 개별문학(＝메
도루마의 문학)의 존립 가치를 인정하는, 즉 식민주의 문학의 위상학(位相
學)과, 이것을 래디컬하게 전복하고자 하는 반식민주의 문학으로서 해
방의 정치학이 부딪치고 있다. 메도루마의 문학을 읽는 것은 식민주의
문학의 위상학을 확고히 정립시키는 데 있지 않다. 그렇다면 반식민주

---

6) 백지운, 「폭력의 연쇄, 연대의 고리」, 『역사비평』, 2013년 여름호 ; 김응교, 「폭력의
  기억, 오키나와 문학」, 『외국문학연구』 32호, 2008 ; 이연숙, 「제주, 오키나와의 투
  쟁의 기억 : 까마귀와 소라게 이야기」, 『탐라문화』 31호, 2007.
7) 김응교, 위의 글, pp.66-70.
8) 이시하라 신타로, 「あらためての, 沖縄の個性(제117回茶川賞決定發表選評)」(『문예
  춘추』, 1997.11), p.431 ; 소명선, 「마이너리티문학 속의 마이너리티이미지」, 『일어
  일문학』 54집, 2012, p.287 재인용.
9) 다카하시 토시오, 「대담 : 메도루마 슌」, 『지구적 세계문학』, 2015년 봄호, p.355.

의 문학으로서 해방의 정치학을 메도루마의 문학에서 어떻게 적극적으로
읽어낼 수 있을까. 오키나와를 친친 옭아매고 있는 '전전(戰前)과 전후
(戰後)'의 현실에서 해방을 하되, 해방 이후 새로 모색될 오키나와가 근
대의 낯익은 국민국가와 또 다른 판본으로 현현되는 그것과 구별되는
새로운 정치공간성을 지닌 로컬로 읽을 수 있을까.

이를 위해 우리는 메도루마의 문학을 반식민주의를 기획·실천하는
'경계의 문학'으로 읽을 필요가 있다. "오키나와의 역사와 현실은 오키
나와를 다수의 — 적어도 류큐/오키나와와 일본과 미국의 — 상이한 문
화가 만나고 부딪치면서 새로운 혼성적 문화를 창출해내는 경계지
대"10)로 인식할 수 있는데, 이 '경계'는 어떤 잡다한 것들이 뒤죽박죽
뒤섞이는 탈정치·탈역사·탈정체로서의 지대가 아니다.11) 오히려 이
'경계'는 제국들(중국/일본/미국)의 가장자리에서 동아시아의 첨예한 국제
정세가 부딪치는 논쟁의 지점을 형성한다. 물론 이 논쟁의 한복판에는
오키나와의 반식민주의로서 해방의 정치학이 놓여 있다. 때문에 '경계'로
서 오키나와는 제국이 강제하는 '식민주의 지정학(geopolitics of colonialism)',
바꿔 말해 '제국=중심/피식민=변방'이라는 이분법적 도식에 균열을
낸다. '경계'의 특질을 지닌 오키나와의 실재는 오랫동안 굳어진 이와

___

10) 정근식 외, 『경계의 섬, 오키나와』, 논형, 2008, p.24.
11) '경계'에 대한 이러한 사유는 인도의 북동부 지역에 위치한 마니푸르(Manipur)와
아삼(Assam) 지역의 문학을 연구하는 데서부터 시사받았음을 밝혀둔다. 이 두 지
역은 근대의 국민국가 인도 영토 안에 위치한 인도의 로컬이다. 그런데 예로부터
이 지역은 지리적 특징(강, 계곡, 산, 히말라야 산맥)과 그에 따라 주거하는 주민
들의 종교와 종족적 관습 등의 차이와 다양성으로 인해 국민국가 인도에 속해있
으나 인도로부터 독립하기 위한 투쟁을 보이고 있다. 그래서 사실상 인도 중앙정
부의 구심력으로부터 어느 정도 자유롭다. 여기에는 부탄, 티벳, 중국, 미얀마, 방
글라데시 등과 국경을 접하는 것과도 무관하지 않다. 이러한 지정학적 특성에 기
반한 이들 로컬문학은 인도의 '경계의 문학'이란 문제틀로 연구되고 있다. Manjeet
Baruah, *Frontier Cultures*, New Delhi:Routledge, 2012.

같은 이분법적 도식을 내파(內破)할 수 있다. 메도루마의 문학은 바로 이러한 '경계'의 속성을 함의하고 있다. 메도루마의 '경계의 문학'은 오키나와의 삶과 현실에 착근한 오키나와의 리얼리즘[12]을 형성한다 해도 과언이 아니다. 이 글은 메도루마 문학 전반을 아우르지 못한 한계를 지닌 채 현재까지 국내에 번역 소개된 메도루마의 문학을 대상으로 메도루마 문학의 이와 같은 면들을 탐구해본다.

2. 메도루마의 반식민주의 문학과 오키나와의 '경이로운 현실'

2.1. 오키나와전에 대한 '기억과 투쟁의 정치학'

메도루마 자신이 직접 체험은 하지 못했으나 조부모 세대의 증언으로부터 재현된 그의 오키나와전의 서사는 각별히 주목해야 한다. 미군이 1945년 3월 26일 오키나와에 상륙하여 6월 22일 일본군이 항복할 때까지 치러진 3개월 여의 지상전은 오키나와 주민들에게 씻을 수 없는 전쟁의 참화와 상처를 안겨주었다. 아무리 사람의 생목숨을 앗아갈

---

12) 메도루마의 문학을 이러한 반식민주의의 '경계의 문학'으로 사유할 때 흥미로운 점은 메도루마의 고향 오키나와의 정체성이 유럽중심주의에 기반한 포스트모더니즘류(그 대부분 해체적 사유를 중심으로 한) 혼종성, 즉 어떠한 자기동일성의 세계도 인정하지 않는 일종의 정체성의 무중력의 상태를 가리키는 게 아니다. 또한 이 '경계의 문학' 관점에서는, 오키나와의 정체성이 이미 오래전부터 오키나와에 적절히 해당되는 안성맞춤의 그 장소에 잘 들어맞는 정체성이 아닌, 그래서 구획되지 않은 차이와 경합의 지리로서 장소의 정치학을 띤다. 이에 대해서는 "The politics of identity is undeniably also a politics of place. But this is not the proper place of bounded, pre-given essences, it is an unbounded geography of difference and contest." Jane M. Jacobs, *EDGE OF EMPIRE*, New York:Routledge, 1996, p.36.

수 있는 최소한의 합법성을 갖춘 전쟁이라 하더라도 도저히 용납할 수 없는, 일어나서는 안 될, 그리고 차마 생각조차 할 수 없는 끔찍한 일들이 오키나와전 곳곳에서 펼쳐졌다. 비현실과 같은 현실이 오키나와전 도처에서 일어난 바, 오키나와전 당시 오키나와는 비현실이 현실을 압도하고 초과하는 현실로 가득 채워졌다.

메도루마는 바로 이러한 오키나와전에 휩싸인 오키나와의 현실을 그 특유의 서사로 재현한다. 그것은 오키나와전에 죽은 영령과 오키나와전으로부터 살아난 자의 교응에 초점을 맞추는 데 있다. 그 교응의 핵심 서사는 다음과 같다.

① 오키나와전에서 구사일생으로 생존한 갓난애 고타로는 고아로서 어릴 때부터 자주 경기(驚氣)가 동반되면서 혼(魂)이 나가, 그를 키우는 우타가 혼을 불어넣곤 하였다.(「혼 불어넣기」)

② 오키나와전 당시 미군 공격으로 동굴을 이용하여 퇴각하는 과정에서 부상당한 동료들을 남겨둔 채 생존한 도쿠쇼의 오른쪽 다리가 부풀어올라 엄지발가락 끝이 터지면서 물방울이 맺히더니 어느날 오키나와전에서 죽은 동료들이 환영 속에서 나타나 도쿠쇼의 물방울을 빨아 마신다.(「물방울」)

③ 오키나와전후에 태어난 한 여인은 신기(神氣)가 있어 오키나와전에서 죽은 영혼을 비롯하여 오키나와에서 죽은 각양각색의 영혼과 조우하더니 그도 오키나와 남자들에게 겁탈당한 채 영혼이 돼 산 자에게 자신의 기구한 삶을 들려준다.(「이승의 상처를 이끌고」)

④ 오키나와전과 전후의 간난(艱難)한 삶을 살고 있는 여성 고제이는 전쟁의 충격으로 간혹 광태(狂態)를 보이는데, 그 와중에 전쟁에서 죽은 그의 연인 쇼세이의 영혼과 아름다운 만남을 가진다.(「나비떼 나무」)

위 ①~④에서 확연히 드러나듯, 메도루마의 소설 속 문제적 인물은 오키나와전과 관련한 직간접 충격 속에서 생존하였는데, 바로 그 때문에 이 생존은 죽음과 절연된 게 결코 아니다. 메도루마의 소설에서 보이는 오키나와전의 생존자들과 죽은 영령의 교응에서 우리가 간과해서 안 되는 것은 오키나와의 현실이다. 우리는 오키나와전을 갓난아기 시절 겪은 세대(①)와 오키나와전을 직접 겪지 않은 세대(③)도 예외 없이 오키나와전의 대참화로부터 비껴날 수 없다는 것을 알 수 있다. 이것은 오키나와를 휘몰아친 전쟁의 철풍(鐵風)이 얼마나 오키나와의 삶/혼을 철저히 불모화시켰고 전후의 오키나와를 죽음의 공포로 위협하고 있는지, 전쟁 때 '나간 혼'을 불어넣는 행위(①)와, 오키나와전의 숱한 주검들의 떠도는 영혼과 조우하는 신기(神氣) 어린 여성이 그마저도 오키나와를 전횡하는 폭력에 상처입고 마침내 그 자신이 죽은 영령으로서(③) 연루된 오키나와의 현실을 '상기'[13]시킨다. 여기서 오키나와전을 한복판에서 겪은 세대가 죽은 영령과 만나는 것은 망각을 강요하는 현실에 맞서 망각할 수 없는, 즉 '기억과 투쟁의 정치학'을 실천하는 메도루마의 문학적 상상력이 돋보이는 부분이다(②, ④). 특히 오키나와전에 철혈근황대원으로 참전하였다가 생존한 도쿠쇼의 오른 쪽 다리의 엄지 발가락을 힘차게 그리고 달게 빠는 그의 죽은 동료들-영령과의 만남을 통해 메도루마는 미군 공격에 퇴각하는 도정에서 일어난 일본군(여기에는 오키나와 주민의 강제적 동원도 포함)의 죽음과 간호대의 집단자결[14]과 관련한 일을 구체적 실감으로 재현한다(②). 이것은 개별적으로

---

13) '상기(remembering)'는 호비바바의 개념으로, 현재라는 시대에 새겨진 정신적 외상에 의미를 부여하기 위해서 조각난 과거를 다시 일깨워(re-membering) 구축한다고 하는, 고통을 수반하는 작업이다. 도미야로 이치로, 『전장의 기억』(임성모 역), 이산, 2002, p.131.

14) 오키나와전의 끔찍한 고통 중 하나는 일본군에 의해 조직적으로 강요된 집단자결

은폐하거나 망각하고 싶은 오키나와전의 참화와 상처가 한 몸에 깊숙이 뿌리를 둔 개별적이고 특수한 상처로 덧나게 되면서 과거사의 고통은 현재와 결코 분리될 수 없다는 것을 웅변해준다(④). 또한 그 과거사의 상처를 치유하기 위해서는 생존자가 '그때, 그곳'을 기억할 수밖에 없는 바, 죽은 영령은 현재가 강요하는 망각의 현실 틈새로 비집고 나와 '그때, 그곳'에서 무엇이, 어떻게, 왜, 일어났는지를 생존자로 하여금 마주하도록 한다. 고통스럽고 뒤틀리고 훼손된 과거사의 상처를 치유하기 위해서는 우선 '그때, 그곳'으로 돌아가야 하고, 그 시공간 속에 존재했던 사건들과 만나야 한다.

2.2. '삶공동체의 세계'와 '죽음의 세계', 그리고 '삶투쟁의 세계'

그런데 이러한 만남에서 우리가 각별히 눈여겨 보아야 할 것은 만남의 '공간성'이다. 달리 말해 이것은 메도루마가 오키나와전과 전후의 현실을 구체적으로 만나는 공간의 그 어떤 속성을 밝혀보는 것으로, 메도루마 문학의 '기억과 투쟁의 정치학'을 탐구하는 중요한 한 측면이다. 여기서, 우리는 메도루마의 소설에서 곧잘 등장하는 오키나와 천혜의 자연(해안가, 동굴, 숲)이 오키나와전의 지옥도(地獄圖)와 포개진다는 것을 간과할 수 없다. 「혼 불어넣기」에서는 달빛이 비치는 해안가 안쪽에서 육중한 몸을 힘겹게 이끌고 온 바다거북이 천신만고 끝에 알을

이다. 비록 겉으로 볼 때 오키나와전에서 집단자결이 오키나와 주민의 자발적 선택에 따른 것처럼 보이지만, 여기서 중요한 것은 일본군이 제국의 식민주의 통치 아래 황국신민화 교육과 전시총동원체제 속에서 귀축영미(鬼逐英美) 이데올로기를 오키나와 주민에게 주도면밀히 내면화시킴으로써 집단자결이 일어났다는 사실이다. 오키나와전에서 일어난 집단자결의 역학과정에 대해서는 강성현, 「'죽음'의 동원과 이에 대한 저항 가능성」, 『경계의 섬, 오키나와』, pp.178-183 및 야카비 오사무, 「오키나와전에서의 주민학살의 논리」, 같은 책, pp.155-167.

낳은 후 기진맥진한 몸을 끌다시피 다시 바다로 돌아가는데, 우타는
그 모습 속에서 오키나와전의 충격으로 들락날락하는 고타로의 혼이
아예 바닷속으로 사라질 것을 두려워하는가 하면, 바다 저 편에서 고
개를 치켜든 바다거북에서 전쟁 당시 해안가에서 목숨을 잃은 우타의
친구 오미토의 환생을 목도한다. 그리고 「브라질 할아버지의 술」에서
는 오키나와전 당시 홀로 생존한 후 젊은 시절 브라질 이주 생활을 정
리하여 오키나와로 돌아온 '브라질 할아버지'에게 어렴풋한 기억으로
남아 있는, 오키나와전 때 가족과 함께 피신한 동굴 속에서 아버지가
힘주어 강조한 오키나와 술을 담아놓은 술단지의 존재를 애오라지 기
억한다. 그 동굴은 오키나와전 당시 일본군과 일본군에 동원된 오키나
와 주민뿐만 아니라 전쟁에 피신한 무고한 양민들이 거쳐갔던 곳으로,
미군의 화염방사기 공격과 일본군의 강제적 집단자결이 결행된 처참한
비극의 공간이다. 또한 「이승의 상처를 이끌고」에서는 오키나와의 새,
벌레, 풀잎, 낙엽, 흙 등이 총체적으로 어우러진 정령이 깃든 신목(神木)
의 위상을 지닌 가주마루 숲에서 신기(神氣)에 지핀 작중인물 '나'가 오
키나와전과 전후의 현실 속에서 죽어간 영령의 세계와 만난다.

　이렇듯이, 오키나와의 해안가, 동굴, 숲은 메도루마의 소설 속에서
오키나와전과 전후의 현실과 포개진 역사적 풍경으로서 전도된 공간성
을 띤다. 좀 더 부연하면, 오키나와의 이 천혜의 자연은 맹그로브, 상
사수(相思樹), 담팔수(膽八樹), 백사장 등이 어우러진 해안가와 넓게 분포
된 석회암 지대에서 빗물이나 지하수가 석회암을 침식하여 자연스레
형성된 종유동굴, 그리고 가주마루, 긴네무, 야자수나무, 부용 꽃 등속
의 타이완, 필리핀, 열대 아메리카 등지에서 이식돼 토착화된 숲은 오
키나와 특유 전래하는 '풍속의 세계'(초혼, 정령의 세계)가 에워싸고 있는
데, 이곳은 오키나와전의 참상이 벌어짐으로써 오키나와를 압살한 근

대 폭력이 자행된 '죽음의 세계'다. 다시 말해 이곳은 오키나와의 삶공동체를 지탱시켜주는 삶으로서 '풍속의 세계'와 삶공동체를 절멸시키는 오키나와전의 '죽음의 세계'가 서로 맞닿아 있는 공간이다. 그러면서 이곳은 두 대립의 세계의 틈새로 새로운 삶의 가능성을 모색하는 '삶투쟁의 세계'가 생성되는 공간이기도 하다. 이 '삶투쟁의 세계'는 두 대립의 세계가 맞닿아 있는 임계점에서 '경계'를 만들어내고, 이 '경계'에서 메도루마는 오키나와의 '경이로운 현실'15)을 문학적 상상력으로 실천하고 있다. 따라서 메도루마의 문학에서 보이는 환상적·몽환적·비의적 표상을 오키나와의 역사적 풍경의 속성을 띤 해안가, 동굴, 숲의 공간성과 유리된 채 이해하기보다 이들 공간성이 함의한, 그리하여 오키나와의 '경이로운 현실'을 드러내는 오키나와 리얼리즘의 일환인 '메도루마 리얼리즘'16)으로 이해하는 게 온당하다. 굳이 '메도루마 리얼리즘'으로 호명하는 데에는, 메도루마의 문학에 대한 기존 평가에서처럼 '그로테스크 리얼리즘' 혹은 '마술적 리얼리즘'이 어디까

---

15) 쿠바 출신 작가 알레호 카르펜티에르(1904~1980)는 라틴아메리카의 대자연과 신화적 세계, 그리고 오랜 서구 식민주의의 억압의 역사 속에서 서구의 미학으로는 온전히 포착할 수 없는 라틴아메리카 특유의 리얼리티를 '경이로운 현실(lo real maravelloso)'의 문제로 이해한다. 그는 유럽뿐만 아니라 중국과 아랍을 여행하면서 서구인의 시각으로는 도저히 이해할 수 없는, 유럽과 다른 문화 감각과 생의 감각이 도처에 존재하고, 그것들이 지닌 현실의 경이로움으로부터 라틴아메리카의 문학을 '경이로운 현실'로 바라본다. 이에 대해서는 『지구적 세계문학』(2014년 가을호)의 '고전의 해석과 재해석2'에서 알레호 카르펜티에르를 집중 조명한 것을 참조. 나는 메도루마의 문학에서 보이는 오키나와의 현실에 대한 메도루마 특유의 문학적 상상력을 카르펜티에르의 '경이로운 현실'에 비춰본다.

16) 메도루마의 문학처럼 오키나와의 '경이로운 현실'에 입각한 리얼리즘은 구미의 세계가 아닌 트리컨티넨탈 세계에서 두루 일반화할 수 있다. 두루 알 듯이 아프리카, 아시아, 라틴아메리카의 경우 제국주의 폭력은 이들 트리컨티넨탈 천혜의 자연환경 및 풍속의 세계를 유린하는데 바로 이곳에서 제국주의의 억압을 견디고 저항하는 구미의 인식과 감각으로 도저히 포착할 수 없는 '경이로운 현실'이 전개된다. 이것을 이른바 '트리컨티넨탈 리얼리즘(tricontinental realism)'으로 개념화할 수도 있지 않을까. 이에 대해서는 추후 좀 더 보완된 논의를 펼치고자 한다.

지나 유럽중심주의에 기반을 둔 리얼리즘에 대한 이해로부터 자유로울
수 없는 만큼 메도루마처럼 반식민주의 해방의 정치학을 실천하는 문
학의 경우 궁극적으로는 유럽중심주의를 창조적으로 넘어서는 리얼리
즘에 초점을 두고 있다. 그리하여 메도루마는 종래와 또 다른 리얼리
즘 문학을 실천하고 있는 바, 아직 이에 적실한 개념을 정립하는 데 한
계가 있으나, '로컬 또는 작가 고유명사'를 차용하여 '메도루마 리얼리
즘'의 측면에서 그의 문학의 특이성을 적극적으로 탐구할 필요가 있다.

이와 관련하여, 「물방울」에서 도쿠쇼의 엄지발가락으로부터 물을 빨
아 마시며 갈증을 해소하기 위해 매일 밤 찾아오는 일본군(야마토 및 우
치난추 군인)이 도쿠쇼의 방 '벽' 속을 들락날락한다는 것은 매우 흥미
로운 대목이다. 지금까지 논의했듯, 도쿠쇼의 '벽'은 오키나와전에 죽
은 영령이 도쿠쇼를 만나기 위해 반드시 통과해야 하는 '경계'다. 이
'벽'을 경계로 하여 오키나와전과 연루된 '죽음의 세계'와 오키나와전
의 실상을 은폐하고 그 진실을 왜곡 및 망각하려는 것과 맞서기 위한
'삶공동체의 세계'는 맞닿아 있다. 그리하여 이 '벽'은 두 대립의 세계
에 틈새를 내는, 즉 '삶투쟁의 세계'를 만들어내는 '경계'를 표상한다.
이제 죽은 영령이 찾아온 '벽' 안쪽의 세계는 도쿠쇼의 침대가 놓인 방
이 아니라 오키나와전 당시 동굴로 상기(remembering)되고 그 동굴이 함
의한 오키나와의 '경이로운 현실'을, 메도루마는 특유의 '메도루마 리
얼리즘'으로 재현한다.

3. 오키나와의 중층적 현실에 대한 메도루마의 비판적 성찰

3.1. 오키나와 서벌턴의 현실과 '류큐 예능'을 통한 서벌턴의 저항

오키나와의 현실을 다룬 메도루마의 문학이 문제적인 데에는 '경계'가 함의한 오키나와의 복잡한 관계와 중층적 현실을 예각적이면서도 심층적으로 접근하고 있기 때문이다. 그것은 오키나와 현실의 내부로 거침없이 육박해들어가는 메도루마 문학의 '투쟁의 정치학'에 기인한다. 국내에 처음으로 소개된 메도루마의 「나비떼 나무」(『지구적 세계문학』, 2015년 봄호)는 그 대표작 중 하나다.

「나비떼 나무」에서 주목해야 할 인물은 "날아오르지 못하고 시들어서 떨어지는 노란 나비"17)로 표상되는 고제이 노인으로, 그의 파란만장한 삶 자체는 오키나와전과 전후의 현실을 가감없이 보여준다. 고제이는 오키나와전 당시 일본군의 위안부로서 삶과 죽음을 넘나들면서 차라리 죽는 게 나을지 모르는 반인간적인 성적 수모를 감내해야 했는가 하면, 오키나와전후 미군 점령기에는 "미군의 성적 위협을 차단하자는 '성적 방파제론'",18) 즉 미군으로부터 오키나와의 부녀자를 지키자는 차원에서 미군을 상대로 한 성매매에 종사하였다. 말하자면, 고제이는 오키나와의 차별적 구조에서 가장 밑바닥에 자리한 서벌턴(subaltern)인 셈이다. 오키나와전에서는 야마토 일본군의 위안부로 전락하였고, 전후 미군 점령기에는 우치난추의 평범한 여성을 미군의 성적 위협 대상으로부터 지켜내기 위해 기꺼이 희생되어야 할 성매매 여성으로 전

---

17) 메도루마 슌, 「나비떼 나무」, 『지구적 세계문학』, 2015년 봄호, p.398.
18) 박정미, 「미군 점령기 오키나와의 기지 성매매와 여성운동」, 『기지의 섬, 오키나와』, 논형, 2008, p.418.

락하였다. 야마토와 우치난추 모두로부터 차별적 배제를 당한 고제이는 오키나와의 또 다른 어두운 현실을 드러낸다. 여기서, 서벌턴이 그렇듯 고제이 역시 자신이 겪은 전쟁의 상처로 야기한 현실의 부조리를 말할 수 없다. 서벌턴으로서 고제이는 그가 겪은 전쟁의 참담한 현실과 고통을 야마토와 우치난추 모두에게 말할 수 없다.

> 내 가련함을 너희들이 알겠어(완가아와리잇타-가와카룬나)? 젊은 경관은 앞을 본채 대답도 하지 않는다. 불량한 미군 병사로부터 부락의 부녀자를 지키기 위해 협력해주길 바란다고? 어째서 너희는 전쟁에서 진거야? 졌으면 여자든 뭐든 미군 병사들의 전리품이잖아. 너희 부인도 딸도 미군 병사에게 당하면 그만이야. 어째서 부락 인간도 아니고 너희가 말하는 부녀자도 아닌 내가 너의 아내랑 아이를 지키기 위해 미군 병사를 상대해야 한다는 거야. 이런 말이 가슴 속에서 부글부글 치밀어 올라왔음에도 **결국 입 밖에 내지 못했다.** 오십 년 이상 담아온 말이 차례차례 흘러넘쳐 나와 공기에 닿는 순간 썩어 무너져 내리고 만다.[19] (밑줄-강조)

고제이의 이 같은 심정은 미군 기지 앞에서 미군을 상대로 성매매를 하며 생활을 꾸려나가는 어머니를 둔 S가 작중인물 '나'와 소통의 욕망을 보이지만 '나'의 S를 향한 거부감과 소외감을 접하면서 결국 전학을 가버리는 데서도 여실히 드러난다(「붉은 야자나무 잎사귀」). S가 할수 있는 것은 S에 대한 '나'의 갑작스런 거리감이 생긴 이유를 묻고, 그것을 해소하기 위한 해결책을 강구하는 것도 아니고, S의 어머니 삶을 배태시킨 현실에 대해 분노하는 것도 아닌, 그동안 그래왔듯 서벌턴으로서 S는 조용히 다른 학교로 전학을 가면 되는 것이다. 이렇게 오키나와전부터 이후 미군 점령기로 이어지면서 오키나와의 성매매 여성

---

19) 메로루마 슌, 「나비떼 나무」, 위의 책, p.397.

은 오키나와에서 가장 불결한 존재로 간주되고 오키나와 주민들은 성매매 여성과 그 가족을 그들과 정상적으로 섞여 함께 살 수 없는 이른바 'A사인 제도'[20]의 관리를 철저히 받아야 할 오키나와의 이물스런 존재로서 내부식민주의를 구조화한다.

메도루마의 문학이 예각적이고 심층적인 것은 바로 고제이와 S가족으로 재현되는 오키나와의 서벌턴의 현실을 정면으로 다루고 있다는 점이다. 더욱이 주목할 것은 이러한 서벌턴의 현실을 드러내는 데 머무르지 않고 서벌턴을 억압하고 있는 내부식민주의에 균열을 내는 해방으로서 투쟁의 정치학을 메도루마 특유의 문학적 상상력으로 실천하고 있다. 「나비떼 나무」가 바로 그것이다. 이 소설은 부락의 풍년제에서 연행(演行)되는 '류큐 예능'(봉술, 류큐춤, 연극)이 매우 중요한 서사적 지위를 담당하는데, '류큐 예능'을 통해 고제이의 언술의 형식으로 표현할 수 없는 서벌턴의 내부식민주의의 실체가 적나라하게 드러난다. 가령, 풍년제의 '류큐 예능'의 한 프로그램으로 구성된 연극 <오키나와여공애사(沖縄女工哀史)>는 다이쇼시대에 일본 열도의 방적공장 생활을 하던 오키나와 소녀가 고향 오키나와로 귀환하였으나, 고향 사람들로부터 배척당해 급기야 오키나와전 당시 창부(娼婦)로 전락하여 군위안부로서 전쟁터로 끌려갔다가 어느 젊은 군인을 만났는데, 그 둘은 모자(母子) 사이인지도 모른 채 아들은 전사하고 이 사실을 알게 된 그녀는 끝내 자결을 하고 만다는 서사를 오키나와 주민들에게 보여준다.

---

20) "미국민정부는 1956년 2월 '미국 군인군속에 대한 음식제공에 관한 위생규정', 이른바 A사인 제도를 발표했다. 음식점은 수질검사·소독설비 상태가 양호하고 종업원의 건강증명서를 구비할 경우에 영업이 허가되었다. 성병 검진의 비용과 치료의 의무는 모두 업자에게 부과되었다. 허가된 업소에는 승인(approval)을 뜻하는 A사인이 부착되었고, 영업 중에도 이러한 기준을 만족시키지 못할 경우, 특히 종업원의 성병 감염 사실이 발각될 경우 출입금지 명령이 내려졌다." 박정미, 위의 글, p.421.

이 공연 후 내면 묘사의 세밀함과 정교함으로 짜여진 류큐의 고전춤은 <오키나와여공애사>의 주인공인 오키나와 여성의 기구한 삶의 여정을 손가락 끝 움직임과 걸음걸이와 시선 속에 담아낸다. 그런데 이 일련의 '류큐 예능' 와중에 고제이는 무대를 향해 우치난추어로 "군대가 오고 있어. 모두 어서 도망쳐(히-타이누춘도-무루, 헤쿠나아힌기리요-)."[21]라는 고함을 지르며 광태(狂態)를 보인다. 그리고 고제이는 '류큐 예능'을 관람하고 있는 요시아키로부터 전쟁 때 연정을 나눈 쇼세이를 떠올린다. 기실 요시아키는 쇼세이의 먼 친척 뻘로서 고제이는 요시아키를 쇼세이의 용모와 비슷한 것으로 간주한 채 전쟁 때 남몰래 나눈 아름다운 사랑을 추억하고 비록 아주 짧은 시간 동안 부락에서 살았지만 세상 그 무엇과도 바꿀 수 없는 아름답지만 슬프고도 처연한 사랑을 고제이의 환(幻) 속에서 마음껏 나눈다.

메도루마는 서벌턴으로서 고제이의 영육에 새겨진 오키나와전과 전쟁 후의 말할 수 없는 현실의 고통을 '류큐 예능'의 형식(연극과 류큐춤)을 빌려 세상에 드러낼 뿐만 아니라 '류큐 예능'과 연루된 오키나와의 현재를 매개 삼아 자신에게 앗아간 아름답고 처연한 사랑의 존재를 떠올린다. 그렇다면, '류큐 예능'은 「나비떼 나무」에서 소재 이상의 서사적 위상을 갖는 것으로, 메도루마 문학에서 서벌턴의 억압적 현실을 재현할 수 있는 매우 중요한 서사적 역할을 맡는다. 서벌턴이 꼭 언술의 형식으로만 서벌턴이 직변한 억압적 현실에 대해 저항할 수 있는 것은 결코 아니다. '류큐 예능'처럼 직접적 언술의 형식이 아닌 '구술연행(口述演行, oral performance)'을 통해서도 서벌턴의 저항은 유효적실하다.[22]

---

21) 메로루마 슌, 「나비떼 나무」, 위의 책, p.384.
22) '류큐 예능'은 류큐 왕국부터 전승되어 온 류큐 전통의 음악, 무용, 가극 등을 포괄적으로 지칭하는 것으로, 오키나와제도(沖繩諸島)에서 열리는 각종 축제 때 연행되면서 해당 지역의 소속감과 유대감 및 정체성을 공유해주는 몫을 맡는다. 그런

이것은 메도루마의 문학이 서벌턴으로 하여금 내부식민주의에 균열을 내는 '투쟁의 정치학'으로서 '구술연행'의 서사를 적극 실현하고 있음을 말해준다.

3.2. 오키나와전의 세속화 및 물화적(物化的) 시선, 그리고 죽음의 물신화(物神化)

이처럼 메도루마는 오키나와 전체를 오키나와전의 일방적 피해자로 뭉뚱그린 채 오키나와 내부의 중층적 문제를 봉합하지 않는다. 여기에는 "피해자의식의 강조는 오끼니와를 등질화(等質化)시켜 일본 본토에 대한 책임추궁만 있을 뿐, 오끼나와 내부에서의 책임추궁은 불가능하게 해버리"23)는 것을 반성적으로 성찰하려는 메도루마의 문제의식이 자리하고 있다.

메도루마가 우선 문제삼는 것은 오키나와전에 대한 세속화다. 이것

데 우리가 특별히 주목해야 할 '류큐 예능'의 역할이 "전(前)담론적(pre-discursive) 영역에서 형성되는 오키나와인의 신체가 반담론적(anti-discursive) 저항의 몸짓과 발화 형식을 창조할 가능성은 미래를 향해 열려 있다."(진필수, 「오키나와(沖繩)의 전통예능 활성화와 소수민족 정체성의 행방」, 『한국문화인류학』 43권 1호, 2010, p.122.)는 데서 메도루마의 작품 안에서 '류큐 예능'은 오키나와의 서벌턴을 억압하는 내부식민주의 담론에 대한 '반담론적 저항'으로서 그 투쟁의 정치학을 수행할 서사의 가능성을 적극적으로 모색할 수 있도록 한다. 말하자면, '류큐 예능'을 '구술연행'의 서사로 전도시킴으로써 반식민주의 해방의 정치학에 대한 문학적 상상력의 지평을 새롭게 개척할 수 있는 것이다. 이것은 필자가 최근 유럽중심주의를 창조적으로 넘어서기 위해 기획하고 있는 트리컨티넨탈 문학에서 구술성의 귀환과 거시적 맥락을 함께 한다. 이에 대해서는 필자의 「구미중심의 근대를 넘어서는 아시아문학의 성찰」, 『비평문학』, 54호, 2014 ; 「트리컨티넨탈의 문학, 구술성의 귀환」, 『국제한인문학연구』 12호, 2013 ; 「제주문학의 글로컬리티, 그 미적 정치성 : 제주어의 구술성과 문자성의 상호작용을 중심으로」, 『영주어문』 24집, 2012 참조.
23) 강태웅, 「'조국복귀' 운동에서 '자치' 주장으로」, 『제국의 교차로에서 탈제국을 꿈꾸다』, 창비, 2008, p.48.

과 관련하여 「물방울」에서 작가의 비판의식이 엿보이는 대목이 있다. 도쿠쇼의 병을 수발하러 온 사촌 세이유가 도쿠쇼의 엄지발가락 끝에 맺혀 흐르는 물방울의 신기한 효험을 '기적의 물'이란 상표로 포장하여 자신의 부를 축적하는 데 적극 이용하는데 점차 이 '기적의 물'의 효험은 사라지고 물의 부작용 때문에 썩은 물을 팔았다는 사기 혐의로 그는 분노한 사람들에게 곤경을 치른다. 메도루마가 비판적으로 겨냥하고 있는 대상은 분명하다. 세이유에게 오키나와전과 그것을 에워싸고 있는 진실은 관심 밖이다. 세이유가 오직 관심을 갖는 것은 오키나와전을 이용하여 자본을 축적하는 것뿐이다. 돈을 벌고 부를 축적하여 오키나와 밖 일본 본토에서 부귀영화를 누리며 사는 게 꿈이다. 세이유가 이렇다면, 세이유에게 사기를 당한 오키나와 사람들은 어떤가. 그들 역시 오키나와전의 역사적 진실에 별다른 관심을 갖기는커녕 현재 자신들의 건강을 지키고 외양의 아름다움을 가꾸는 데만 혈안이다. 그래서 세이유의 '기적의 물'을 앞다투어 소비하기에 분주하다. 메도루마는 세이유와 '기적의 물'에 사기당한 오키나와 사람들 모두 이른바 '오키나와전 상업주의'로 전락하고 있는, 그래서 오키나와전에 대한 세속화를 비판적으로 성찰한다. 메도루마가 우려하는 것은 오키나와 사람들에게 오키나와전이 자본주의의 상품화로 포획되면서 오키나와 혹은 오키나와전이 세속화의 흐름 속에서 자칫 물화(物化)될 수 있다는 점이다.

　이것은 그의 「바람소리」에서 오키나와전에 대한 야마토의 시선으로 행해지는 기억을 비판적으로 성찰하는 데서도 읽을 수 있다. 「바람소리」에서 후지이는 야마토인으로서 아시아태평양전쟁 말기에 일본 제국이 조직한 특별공격대-가미카제의 항공대원으로서 오키나와 출격을 대비한 훈련을 받고 있었다. 후지이에게는 전쟁 자체에 대한 허무주의를 가진 동료 가노가 있었다. 오키나와 출격 하루전 그들은 산책을 하다가 모두 절벽 아래로 떨어졌는데 천운으로 후지이는 큰 부상을 입었고 가노는 죽었다. 이때 입은 부상으로 후지이는 오키나와전에 출격하지 않고 목숨을 이어가고 있다. 후지이는 가미카제의 항공대원으로서그 책임을 다 하지 못한 채 전쟁에서 살아남은 자의 죄책감과, 특히 함께 절벽에서 떨어졌음에도 불구하고 가노는 죽고 자신은 살아 있음에대한 괴로움으로 오키나와전에 사로잡혀 있다. 그래서 그는 기회가 날때마다 그가 다니고 있는 방송사에서 전쟁의 상처를 다루는 다큐멘터리를 만들고 있다. 메도루마의 예각적 비판은 바로 이 대목에서 주목해야 한다. 메도루마는 우리에게 묻는다. 후지이가 치열히 고투하는 기억의 정치학은 무엇을 겨냥하고 있는가. 후지이는 야마토인으로서 가미카제 항공대원의 몫을 수행하지 못한 데 대한 죄책감으로부터 벗어나기 위해 전쟁의 상처를 다루는 다큐멘터리 촬영에 집착하는 것은 아닌가. 후지이는 전쟁에서 살아남은 직접적 원인을 제공한, 오키나와전출격 하루전 동료 가노와의 만남에서 이명(耳鳴)으로 남아 있는 "무의미한 것 같지 않아?"24)에 녹아 있는 전쟁 일반에 대한 허무주의로써일본 제국이 일으킨 전쟁에 대한 책임추궁을 회피하려고 하는 것은 아닌가. 그래서인지 후지이의 시선에 비쳐진 것은 전쟁 일반에 대한 상처이지, 야마토 출신의 일본군이 오키나와전에 자행한 숱한 전화(戰禍)는 멀찌감치 뒤로 물러나 있다. 메도루마가 심각히 우려하는 것은 후지이와 같은 반전주의자(反戰主義者)에게서 보이는 오키나와전에 대한물화(物化)적 시선이다.25) 오키나와전은 야마토의 제국주의에 의해 일

---

24) 메도루마 슌, 「바람소리」, 『물방울』(유은경 역), 문학동네, 2012, p.110.
25) 메도루마는 후지이에게서 보이는 전쟁에 대한 물화적 시선과 달리, 오키나와전의고통과 상처는 아직도 오키나와에 남아 있으며, 이것은 오키나와의 대자연(해안가, 바다, 산호초 그리고 해풍)과 어우러진 채 오키나와 주민들의 기억을 상기시키고 있는 실감으로 구체화되고 있음을 작품의 마지막 부분에서 보여준다. "그 순

어난 전쟁의 일환으로 오키나와전의 역사적 진실을 외면하지 않는 가운데 그로부터 소중하게 얻은 역사적 가르침에 기반한 반전주의를 추구해야 하는 것이다. 원인을 해명하지 않고 납득할 만한 책임추궁이 결락된 채 이 모든 전쟁의 고통과 상처를 적당히 덮는 반전평화야말로 전쟁에 대한 물화적 시선이다.

여기서, 전쟁에 대한 물화적 시선에서 가장 경계해야 할 것은 죽음의 물신화가 아닐까. 메도루마는 그의 「투계」에서 오키나와전과 전후의 현실에서 팽배해진 죽음의 물신화를 흥미롭게 그리고 있다. 「투계」는 언뜻 보면, 소설 제목 그대로 닭싸움과 관련한 에피소드에 불과하다. 다카시는 아버지로부터 건네받은 싸움닭을 정성스레 키운다. 그런데 마을의 조폭두목이 다카시가 애지중지하게 키운 닭을 다카시의 허락없이 사가더니 투계 도박판에 써먹는다. 조폭두목은 미군 기지에 기생하는 토지 브로커로서 오직 돈을 버는 데만 혈안이다. 미국으로부터 오키나와 반환(1972) 이후 그는 미군 기지와 관련한 온갖 사업을 통해 세력을 키워온 바, 메도루마에게 조폭두목은 오키나와 공동체를 유린하는 전형적인 불한당이다. 따라서 이 불한당에게 오키나와 공동체에서 유래하는 투계는 존재하지 않는다.

상대편 다우치의 다리에 면도칼을 달기로 한 것이다. 필리핀이나 일본 본토에서는 그런 방식으로도 한다는 소리를 들은 적이 있지만, 오키

간, 세이키치는 문득 걸음을 멈추고 주변을 둘러보았다. 날카로운 가시를 가진 잎 끝이 흔들린다. 푸르름을 더해가는 바다의 산호초 경계선에 부딪치는 파도가 하얗게 빛난다. 불어오는 바람을 타고 넓게 퍼지는 파도 소리와 멀리 메아리치는 매미 소리 사이에 그 소리(오키나와전 출격 하루 전 추락사한 가미카제 대원 가노의 해골로 추정되는 그것의 구멍 사이로 나는 소리-인용자)가 들려왔다. 끊길 듯 말 듯 가늘고 낮게, 바다에서 부는 바람을 타고, 구슬피 우는 소리가 세이키치의 가슴속 구멍으로 흘러든다. 파도 소리가 거세어졌다. 그래도 그 소리는 사라지지 않았다."(「바람소리」, 위의 책, p.115. 밑줄 강조.)

나와에서는 다우치를 일회용품처럼 취급하지 않았다. 단순히 돈을 버는 게 목적이 아니라 강한 닭을 제 손으로 키우고 소유하는 게 다우치 사육자의 긍지이기도 했고, 재미 삼아 피를 흘리게 하여 구경거리로 삼는 잔혹한 일을 좋아하지도 않았던 것이다. 하지만 도박판을 장악한 사토하라(조폭두목-인용자)에게 이의를 제기하는 사람은 없었다.26) (밑줄-강조)

오키나와 사람들에게 투계 도박판 자체가 문제이기보다 싸움닭의 다리에 면도칼을 달아 상대 닭에 치명상을 입히고 급기야 상대 닭의 목숨을 앗아가는 투계 도박판이 문제인 것이다. 이것이야말로 죽음의 물신화를 단적으로 보여주는 장면이 아닐 수 없다. 오키나와전의 지옥도와 전쟁 후 미군 점령기와 미군 기지를 중심으로 벌어지는 숱한 생사여탈의 사건들은 오키나와 사람들을 죽음에 둔감하게 하고, 급기야 죽음의 물신화에 젖어들도록 한다. 메도루마의 「투계」는 바로 이러한 오키나와의 현실을 비판적으로 성찰하는 문제작이다.

4. 유럽중심주의 극복을 위한 '메도루마 문학'의 연대 가능성

국내에 번역 소개된 메도루마의 작품만을 대상으로 그의 문학 세계를 살펴보았다. 지금까지 검토해보았듯이, 메도루마의 문학은 오키나와전과 전후의 현실에 착근하여 메도루만의 개성적인 문학 세계를 구축하고 있다. 무엇보다 그의 문학은 오키나와전에 대한 '기억과 투쟁의 정치학'을 몸소 실천하고 있으며, 오키나와가 직면한 신군국주의와 신

---

26) 메도루마 슌, 「투계」, 『브라질 할아버지의 술』(유은경 역), 아시아, 2008, p.160.

제국주의로부터 벗어나기 위한 반식민주의 해방의 정치학을 문학적 상상력으로 실현하고 있다. 이러한 메도루마의 문학적 실천은 오키나와를 일본 본토에 대한 '자치'가 아니라 '독립'을 이룩하기 위한 정치적 욕망을 뚜렷이 밝히고 있는 데서 확연히 알 수 있다.[27] 그렇다면, 메도루마의 문학이 추구하고 있는 것은 야마토로부터 실질적 독립을 쟁취한 우치난추 오키나와의 세계다. "전후 연합군 점령군이 위로부터 주민에게 민주주의와 '평화헌법'을 선사했고 일본 본토의 섬들과 달리, 오키나와는 주민이 지금 그들이 향유하고 있는 민주주의를 위해 투쟁한 일본 유일의 공동체"[28]임을 직시할 때, 메도루마의 이 같은 래디컬한 정치적 욕망을 비현실적인 문학적 공상으로 폄하해서는 곤란하다. 특히, 오키나와는 제국들(중국/일본/미국)의 가장자리에서 오랫동안 공고해진 '식민주의 지정학(제국=중심/피식민=변경)'의 도식적 이분법에 균열을 내고 있다. 이것은 오키나와가 '경계'로서 반식민주의 해방의 정치학을 실천할 수 있는 가능성을 지니고 있다는 점이다. 이와 관련하여, 메도루마는 오키나와의 '경이로운 현실'에 천착하는 이른바 '메도루마 리얼리즘'을 구축하고 있다.

사실, 메도루마의 문학이 지닌 이러한 면모는 메도루마에 의해 오키나와 독립이란 현실 정치 욕망으로 드러나고 있는바, 이것은 궁극적으로 오키나와에 켜켜이 누적된 유럽중심주의의 근대 및 탈근대를 창조적으로 넘어서기 위한 '또 다른 근대'를 추구하는 것과 결코 무관하지 않다. 다시 말해 메도루마의 현실 정치 욕망은 메도루마의 문학적 상상력과 절연된 게 아니다. 이것은 유럽중심주의의 근대 내셔널리즘에

---

27) 이에 대해서는 『지구적 세계문학』, 2015년 봄호, pp.358-359에서 언급된 메도루마의 말을 통해 단적으로 알 수 있다.
28) 찰머스 존슨, 『블로우 백』(이원태·김상우 역), 삼인출판사, 2003, p.95.

기반한 정치체(政治體)와 또 다른 판본을 기획하는 것으로, 오키나와처럼 '경계'로서 반식민주의 해방의 정치학을 실천하는 '경이로운 현실'을 새롭게 발견하는 문학적 상상력과 연동된다. 따라서 우리는 이 같은 메도루마의 문학과 연대할 수 있는 트리컨티넨탈 문학'들'의 지점과 그 가능성의 지평을 적극적으로 모색해야 할 것이다.

메도루마 슌 문학과 미국
- 미군에 대한 '대항폭력'을 중심으로 -

곽형덕

1. 서론

슈에사(集英社)의 『컬렉션 전쟁×문학(コレクション 戰爭×文學)』(전20권[별책 1권 외], 2011~2013) 시리즈는 청일전쟁에서부터 시작해 최근의 아프가니스탄 전쟁에 이르기까지 일본이 근대 이후 관여한 전쟁과 관련된 문학 작품을 선정한 기획이다.[1] 이 시리즈의 마지막 권인 『오키나와 끝나지 않은 전쟁(戰爭×文學 オキナワ終らぬ戰爭)』(제20권, 2012)은 오키나와에 전후가 존재하지 않았다는 것을 제목에 명확하게 내세우며, 메도루마 슌(目取眞俊, 1960~)의 많은 작품 중에서 「평화길로 이름 붙여진 거리를 걸으면서(平和通りと名付けられた街を歩いて)」[2]를 선정해서 실었다. 이 소설은 "끝나지 않은 전쟁"의 고통을 가주(カジュ, 어린이)와 후미(フミ, 할머니) 시점을 번갈아가며 배치해 우타(ウタ, 가주의 할머니)의 비극

---

[1] 편집위원은 작가인 아사다 지로(淺田次郎), 오쿠이즈미 히카루(奧泉光)와 문예평론가인 다카하시 토시오(高橋敏夫), 가와무라 미나토(川村湊), 그리고 역사가인 나리타 류이치(成田龍一)로 구성됐다. 이 시리즈는 "단지 '과거'가 아니다. 먼 나라의 '뉴스'도 아니다. 전쟁은 '문학'이 돼, 새로운 세대 가운데 계속해서 살아간다"는 것을 캐치프레이즈로 내걸고 있다.

[2] 이 소설은 1986년 12월에 발간된 『신오키나와문학(新沖繩文學)』에 초출이 실린 후, 제12회 신오키나와문학상을 수상한 작품이다.

적인 현재의 광태(狂態)가 오키나와 전에서 아들이 가마(ガマ, 동굴)안에
서 죽은 것으로부터 비롯된 것임을 극명하게 드러낸다. 메도루마는 많
은 작품에서 "집합적 기억으로부터 망각된 민간인(특히 노인과 아이, 부녀
자)의 전쟁체험에 초점을 맞춰서"[3] 작품을 써왔는데, 「평화길로 이름
붙여진 거리를 걸으면서」는 이러한 방향성이 극명하게 드러난 초기작
이다. 다만 이 소설은 오키나와 문학 관련 선집에 한 번도 선정된 적이
없다가 슈에샤『컬렉션 전쟁×문학』에 포함 되면서 광범위한 일본어
독자와 만날 수 있게 됐다. 이 선집에 작품이 포함될 수 있었던 것은
기존에 존재했던 전쟁문학전집이 과거완료형으로 끝난 전쟁을 총괄하
거나 혹은 문학사를 정리하는 방식[4]이었던 것과 달리, 지금 여기에 육
박해 오는 새로운 전전(戰前)에 대응한다는 자세가『컬렉션 전쟁×문학』
편집위원에게 있었기 때문이다.

하지만 「평화길로 이름 붙여진 거리를 걸으면서」은 강도 높은 천황
제(天皇制) 비판[5]이 문제화 되면서 작품 외적인 요인이 더 주목 받았다.
그중에서도 오래도록 메도루마 문학을 연구해온 신조 이쿠오(新城郁夫)
의 평가는 이 작품에 대한 전형적인 것 중 하나이다. 그는 「평화길로
이름 붙여진 거리를 걸으면서」를 "천황이라고 하는 전후 오키나와의

---

3) スーザン・ブーテレィ,『目取眞俊の世界(オキナワ) 歷史・記憶・物語』, 影書房,
2012, p.18.
4) 전자는 오오카 쇼헤이(大岡昇平), 하시카와 분조(橋川文三), 아카와 히로유키(阿川弘
之), 오쿠토 다케오(奧野健男), 무라카미 효에(村上兵衛)가 편집위원이었던『쇼와 전
쟁문학전집(昭和戰爭文學全集)』(전15권[별책 1권 외] 1964~1965)이다. 후자는 히라
노 켄(平野謙) 편『戰爭文學全集』(전6권[별책 1권 외], 1971~1972)을 말한다. 물론
이 전집은 발간 시기가 1972년 이전이기 때문에 메도루마의 작품이 실리지 않은
것은 당연한 것이다. 여기서 문제 삼고 싶은 것은 각종 전집의 편집 방침으로 이는
오키나와문학과 관련된 각종 선집에도 동일하게 적용할 수 있다.
5) 岡本惠德,「目取眞俊『平和通りと名付けられた街を步いて』―庶民の目で捉えた天皇
制」,『現代文學にみる沖繩の自畵像』, 高文硏, 1996, p.260.

위태로운 사회적 상황을 고발하는 것에 지나치게 성급해서 소설의 메시지 성이 안이하게 노골적으로" 표출됐다거나, "소설 그 자체가 단조로운 이데올로기 가운데 자족해 버렸다"는 식으로 낮게 평가하면서도 「물방울(水滴)」(1997 아쿠타가와상 수상작)에 대해서는 테마로 수렴되는 구조를 피하고 "오키나와의 토착적 신화적 구조로 해소"6)되지 않았다며 호평하고 있다. 하지만 이 평가의 타당성을 따지기 이전에 되물어야 하는 지점은 매지컬 리얼리즘(Magicals Realism) 기법으로 쓰인 메도루마의 작품이 호평을 얻는 것에 반해, 오키나와의 현실을 리얼리즘 기법으로 쓴 작품이 오키나와 밖에서는 외면 받아온 작품 수용의 역학이다.7) 예를 들어, 일본이나 미국 등에서 출판된 오키나와 관련 선집에는 「물방울」 등 이른바 메도루마가 아쿠타가와상을 수상한 이후에 발표된 작품이 주로 실렸다.8) 매지컬 리얼리즘이라는 장르는 송상기가 밝히고 있듯이 서양의 근대성이 가두어버린 영지(靈知, gnosis)의 귀환인 동시에, 라틴아메리카의 경계적 사유를 나타내는 것으로 제2차 세계대전 이후 서구 문학장에서 부상한 것이다.9) 매지컬 리얼리즘이 서구인이 남미를

---

6) 新城郁夫, 「水滴」論」, 『到來する沖繩——沖繩表象批判論』, インパクト出版會, 2007, pp.129-142.

7) 고명철, 「오키나와에 대한 반식민주의로서 경계의 문학 : 메도루마의 문학을 중심으로」, 『탐라문화(특집 제국의 폭력과 저항의 연대)』 49, 제주대학교 탐라문화연구소, 2015, p.57. 고명철은 메도루마의 문학에 대해 반식민주의를 기획·실천하는 '경계의 문학'으로 읽어야 하는 필요성을 제기하며, 이를 오키나와의 리얼리즘이라 평하고 있다.

8) 川村湊編 『現代沖繩文學作品選』(講談社, 2011.7)에는 「軍鷄(タウチー)」가, Michael Molasky가 편집한 오키나와문학 선집에는 「물방울」이 실려 있다.
Michael Molasky(2000) *In Southern Exposure : Modern Japanese Literature from Okinawa*, edited by Michael Molasky and Steve Rabson, Honolulu: University of Hawaii Press.(이 외에도 미국에서는 1999년에 「희망」이, 2009년에 「풍음」이, 2011년에 「혼 불어넣기」가 번역됐다.) 한국에서 번역된 『브라질 할아버지의 술』(유은경 옮김, 도서출판 아시아, 2008.3)과 『물방울』(유은경 옮김, 문학동네, 2012.5)이 있다.

9) 송상기, 「영지(靈知)와 수사(修辭)의 귀환으로서의 마술적 사실주의」, 『스페인라틴

침략하면서 현지인들의 민간 신앙이나 애니미즘 등을 서구적인 시선으로 보고 판단한 것에서 비롯된 것이라 할 때, 메도루마 슌 소설의 큰 특징을 매지컬 리얼리즘이라고 평가하는 것에 대해서 비판적인 시각에서 바라볼 수 있는 여지가 있다. 즉 메도루마의 작품을 매지컬 리얼리즘이라는 레테르를 붙여 평가하는 방식은 일본 본토가 오키나와를 페티시즘적인 이국정취(exoticism)로 바라보는 타자 이해의 방식의 일종인 것이다. 메도루마는 매지컬 리얼리즘에 대해서 "마르케스의 작품 세계를 마술적이라고 느끼는 것은 서양의 시선이라고 생각합니다. 그곳에서 사는 사람들 입장에서 보면 그 세계가 바로 현실입니다."[10]라며 용어 자체에 대해 명확히 위화감을 갖고 있음을 밝혔다. 비록 메도루마가 자신의 작품을 매지컬 리얼리즘적으로 이해하려는 일본 본토 문학계를 겨냥해 위와 같은 해석을 내놓은 것은 아니라 해도, 여기에는 매지컬 리얼리즘이 갖는 함의를 비판적으로 인식하고 있는 작가인식의일단이 드러나 있다. 요컨대 매지컬 리얼리즘 기법이 가장 명확히 드러난 「물방울」(1996)과 「혼 불어넣기(魂込め)」(1998)계열의 작품은 메도루마의 입장에서는 오키나와의 '현실'에서 있을 수 있는 이야기를 그린 것이지만, 일본 문단에서는 이를 일본 본토에서는 있을 수 없는 환상적인 이야기 구조로 이해했다. 다시 말해서 「물방울」에 포함된 두 가지 이야기 구조— 환상적인 이야기 구조와 오키나와 전에 대한 기억이 풍화(風化)돼 가는 것에 대한 비판적 시각을 드러낸 서사 구조— 중 환상적인 이야기 구조가 일본 본토에서는 더 크게 조명을 받았던 셈이다.

데뷔작 「어군기(魚群記)」(제11회 류큐신보 단편소설상 수상작, 1983)에서부터 「물방울」에 이르는 14년 동안 메도루마의 소설은 창작 기법의 변화

아메리카연구』 7-2, 고려대학교 스페인・라틴아메리카연구소, 2014, pp.108-110.
10) 大江健三郎・目取眞俊, 「特別對談 大江健三郎 目取眞俊」, 『論座』, 2000, pp.178-179.

는 있었지만, 소설의 테마나 내용의 대부분은 오키나와 전 당시 전쟁
과 직면한 오키나와 민중의 비극을 '지금 여기'의 시점에서 다시 따져
묻고 기억의 풍화와 일면적이고 '민족주의적'이며 남성 중심적인 전쟁
기술에 정면으로 맞서는 것이었다.[11] 그런 점에서 신조 이쿠오의 평가
는 납득하기 힘든 부분이 있다. 왜냐하면 「평화길로 이름 붙여진 거리
를 걸으면서」는 "오키나와의 토착적 신화적 구조로 해소" 되어가는 오
키나와문학에 대한 메도루마의 날카로운 비판 정신이 담겨 있으며 단
조로운 이데올로기로 수렴된 작품이 아니기 때문이다. 요컨대 이 작품
은 전후 오키나와가 놓인 상황을 서민과 황태자를 선명하게 대비시켜
가며 그 메울 수 없는 아득한 간극을 뛰어난 문학적 언어 및 형식으로
조형하고 있다는 점에서 「물방울」의 문제의식을 더욱 첨예하게 제기하
고 있다.

　메도루마 슌은 「평화길로 이름 붙여진 거리를 걸으면서」로부터 10
년 후에 「물방울」을 썼고, 「물방울」로부터 10년 후에 『무지개 새(虹の
鳥)』(影書房, 2006.6)[12]를 집필하면서 천황제 및 오키나와 전과 관련된 작
품 세계로부터 전후 오키나와에서의 미군 문제 비판으로 나아갔다. 그
중 『무지개 새』는 집필 기간만 1998년에서 2005년(가필, 정정 포함)까지
로 메도루마가 어떤 작품보다도 심혈을 기울였음을 알 수 있다.[13] 메

---

11) 다만 1983년에 쓰인 최초기 작품군에 속하는 「어군기(魚群記)」와 「마가 본 하늘
　　(マーの見た空)」은 두 작품 다 오키나와의 가해자성을 테마로 한 것으로 전후 오
　　키나와를 배경으로 하고 있다. 전자는 타이완 여공에 대한 우치난츄의 차별을, 후
　　자는 타이완인과 우치난츄 사이에서 태어난 혼혈아 마가 소년들 사이에서 성적학
　　대를 당하다 오키나와 소녀에게 성적 행위를 한 후 마을 공동체 남성들에게 무참
　　히 살해당하는 내용이다.
12) 초출은 2004년 『小說トリッパー』 겨울호로 잡지 게재본과 단행본 사이에는 표현
　　등에서 많은 차이가 있다. 이에 대해서는 銘苅純一, 「目取眞俊「虹の鳥」の異同」, 『Int
　　J Hum Cult Stud.』, 大妻女子大學人間生活文化硏究所, 2012 참조.
13) 메도루마는 첫 번째 장편소설인 『무지개 새』를 1998년부터 쓰기 시작했다(메도루

도루마의 작품 가운데 『무지개 새』를 포함한 이른바 미군에 대한 '대항폭력(counter violence)'(피식민자의 식민자에 대한 대항[프란츠 파농])을 그린 삼부작은 극한의 문학적 상상력을 바탕으로 "오키나와 문제의 궁극적인 지점"14)을 궁구하고 있다. 하지만, 이에 대한 평가는 오키나와의 절망을 전경화 했다는 차원에서 머물러 있는데다, 선행연구 자체도 그리 많지 않다. 본고에서는 이러한 작품 수용의 역학이 메도루마 문학에 미친 영향을 고찰하면서, 메도루마 슌의 두 권의 장편소설 『무지개 새』와 『눈 깊숙한 곳의 숲(眼の奧の森)』(影書房, 2009.5),15) 그리고 장편(掌篇) 「희망」(1999)에 나타난 미군과의 관련 양상을 분석하고자 한다.

2. 오키나와 – 규슈 – 도쿄 – 중앙에 포섭되지 않는 변경

오키나와 '전후문학'은 시모타 세이지(霜多正次, 1913~2003), 오타 료하쿠(太田良博, 1918~2002), 오시로 다쓰히로(大城立裕, 1925~), 히가시 미네오(東峰夫, 1938~)로부터 시작돼, 지넨 세신(知念正眞, 1941~2013), 마타요시 에이키(又吉榮喜, 1948~), 다카라 벤(高良勉, 1949~), 사키야마 다미(崎山多美, 1954~), 메도루마 슌(目取眞俊, 1960~), 이케가미 에이치(池上永一, 1970~) 등으로 이어지고 있다.16) 이 중에서 마타요시 에이키와 메

마 슌 인터뷰, 2015년 7월 15일 나고(名護) 시내).
14) 김재용·메도루마 슌, 「대담 메도루마 슌」, 『지구적세계문학』 5, 2015, p.366.
15) 메도루마가 지금까지 쓴 두 장편 소설 모두가 미군 문제를 다루고 있다는 점도 주목해 볼 수 있다.
16) 1998년 도쿄를 중심으로 결성된 沖繩文學硏究會의 연구 성과물, 『戰後·小說·沖繩 文學が語る「島」の現實』(加藤宏·武山梅乘編: 鼎書房, 2010.3)에서 加藤宏는 오시로 다쓰히로를 중심으로 해서 오키나와문학 전후 1세대를 설정하고 있다. 그렇게 본다면 1940년대 말에서 1950년대 초에 시모타나 오타 등이 전개했던 문학활

도루마 슌은 연령 차이는 있지만 1980년 전후에 등장해 오시로 다쓰히로의 차세대 작가로서 오키나와는 물론이고 일본(야마토[ヤマト])의 주요 문예지에서 활약하고 있다. 이 두 작가는 문학상 수상 경력에서 상당히 비슷한 경로를 거쳐 왔다.

〈표 1〉 문학상 수상 경력 (겹쳐지는 문학상만 해당)

	마타요시 에이키	메도루마 슌
신오키나와문학상 新沖縄文學賞	1975(1회) 「바다는 푸르고(海は蒼く)」(가작)	1985(11회) 「병아리(雛)」(가작) 1986(12회) 「평화길로 이름 붙여진 거리를 걸으면서」
류큐신보단편소설상 琉球新報短編小說賞	1976(4회) 「카니발 투우 대회(カーニバル闘牛大會)」	1983(11회) 「어군기」
규슈예술제문학상 九州芸術祭文學賞	1977(8회) 「조지가 사살한 멧돼지(ジョージが射殺した猪)」	1996(27회) 「물방울」
아쿠타가와상 芥川賞	1995년 하반기 (114회) [수상은 1996년 봄] 「돼지의 보복(豚の報い)」	1997년 상반기(117회) 「물방울」

마타요시와 메도루마는 시기를 달리해서 오키나와 내 문학상 및 규슈예술제 문학상을 받은 후, 1996년과 1997년에 아쿠타가와상을 수상했다. 문화자본의 집결지인 도쿄에 이르기까지 두 작가는 오키나와⇒규슈⇒도쿄라는 경로를 거쳐 '중앙'에 이르렀다. 이는 역사적으로 보자면 지방에서 중앙으로 진출했던 점에서 일제말 조선인 및 타이완인 작가 ─ 예를 들면, 조선인작가 장혁주와 김사량, 대만인 작가 룽잉쭝(龍瑛宗)과 양쿠이(楊逵) 등 ─ 가 거쳤던 길이기도 하다. 이 과정에서 많은 작가가 중앙과 변방의 갈등 관계를 유화시킨 작품 세계를 펼치거나 혹은 중앙에 동화돼 갔지만, 그 반대로 향해간 작가도 적지 않았다. 물

동을 어떻게 규정해야 할 것인가라는 문제가 남는다.

론 현재도 작품 활동을 펼치고 있는 마타요시와 메도루마의 문학을 이러한 평가축만으로 온전히 설명할 수는 없지만, (그렇다 하더라도) 이들의 문학이 도쿄에 이르면서 변화한 것은 분명해 보인다. 특히 마타요시 에이키의 작품 세계는 아쿠타가와상 수상작에 이르면 기존처럼 미군과 우치난츄 사이의 갈등 관계를 그리는 것이 아니라, 오키나와의 자연으로 수렴되는 이야기 구조를 노정하고 있다. 한편 메도루마 슌은 「물방울」 이후 오키나와 전과 관련된 전쟁책임 문제(우치난츄까지를 포함한) 만이 아니라 미군 관련 삼부작(미군에 대한 개인의 보복이 중심)을 쓰면서 미국-일본-오키나와 사이의 전면적인 갈등에 대해 쓰기 시작했다.

두 작가의 문학상 수상 작품 목록에서 확인 되는 것은 마타요시와 메도루마가 각기 다른 입각점에서 오키나와의 역사, 문화, 자연을 형상화하고 있는 점이다. 마타요시가 전후 오키나와의 역사적 현실(미국과 일본의 이중지배)을 시야에 넣고 우치난츄(ウチナーンチュ 오키나와 사람[민족])와 미군(기지)와의 관련 양상을 그렸다고 한다면, 메도루마 슌은 오키나와 전을 '현재'적 시점(일본 복귀 이후)에서 사유해서 일본 및 오키나와의 전쟁 책임을 날카롭게 비판했다.17) 이러한 차이로 인해 마타요시 문학에는 우치난츄와 일본인(야마톤츄) 사이의 교섭과정이 부재했고, 메도루마 문학에는 한때 우치난츄와 미군 사이의 관련이 비가시화 된 상태로 텍스트에 나타나있다. 물론 이는 미군 기지가 일상생활에 침투해 있는 오키나와 남부 우라소에(浦添)에서 나고 자란 마타요시와, 미군 기지가 일상화 되지 않은 북부 나키진(今歸仁)에서 태어난 메도루마의 출생 및 성장 환경과도 관련된 것이다.

---

17) 곽형덕, 「마타요시 에이키 문학에 나타난 '타자'와의 교섭 과정 : "오키나와인 주체의 자세"를 묻다」, 『탐라문화(특집 제국의 폭력과 저항의 연대)』 49, 제주대학교 탐라문화연구소, 2015, pp.33-37.

하지만 그것보다 중요한 것은 전후 오키나와의 현실을 인식하는 두 작가의 사상적 차이와 방향성이 이와 같은 문학적 차이를 빚어냈다고 볼 수 있다. 특히 두 작가가 1996년과 1997년 연이어 아쿠타가와상을 수상한 배경에는 1990년대 일본에서의 오키나와붐 혹은 후생붐(後生 ブーム, 사후세계를 그리는 것을 통한 치유) 등이 있었다.18) 마타요시 에이키 작 「돼지의 보복」은 이에 어느 정도 부합하는 작품으로 아쿠타가와상을 수상했다고 볼 수 있다.19) 이에 비해 메도루마 슌의 작품은 「돼지의 보복」이 전면적으로 다루고 있지 않은 잊혀 가는 오키나와 전을 다뤘다는 점에서 차이가 부각된다.20) 마타요시가 아쿠타가와상을 수상한 1996년 봄은 1995년 9월에 발생한 '오키나와 미군병사 소녀폭행사건'으로 현민총궐기대회가 계속되는 등 미국-일본-오키나와라는 수직

---

18) 이에 대해서는 이미 많은 논자들의 평가가 있다.
平敷武蕉, 「沖縄の文化状況と芥川賞『豚の報い』と『水滴』にふれて」」, 『文學批評は 成り立つか沖縄・批評と思想の現在』, ボーダーインク, 2005; Davinder L. Bhowmik *Writing Okinawa: Narrative acts of identity and resistance*, Taylor & Francis, 2008 ; 김재용, 「한국에서 읽는 오키나와 문학」, 『탐라문화(특집 제국의 폭력과 저항의 연대)』 49, 제주대학교 탐라문화연구소, 2015. 이 중에서 다빈더 보믹(Davinder L. Bhowmik) 은 마타요시 에이키의 「돼지의 보복」이 아쿠타가와상을 수상하면서, 1995년에 일어난 소녀폭행사건에 대한 야마토 대중의 관심을 다시 익숙한 오키나와 이미지로 돌려냈다고 쓰고 있다.

19) 물론 「돼지의 보복」에도 오키나와 공동체로부터 일탈하려는 개인의 시도는 존재한다. 加藤宏는 「戰後沖縄文學における表象の継承と轉換─大城立裕・目取眞俊・又 吉榮喜の小説から」, 『戰後・小説・沖縄 文學が語る「島」の現實』(加藤宏・武山梅乘 編: 鼎書房, 2010.3)에서 「돼지의 보복」이 오키나와 공동체 내부의 규범으로부터 일탈하는 탈공동체적인 우타키(御嶽)를 설정한 것에 주목하고 있다.

20) 이 문제는 또한 독자의 설정이라는 각도를 통해서도 살펴봐야 한다. 오키나와 내부에서 우치난츄를 첫 번째 독자로 상정해서 글을 쓸 때와 야마토(일본 본토)의 독자를 첫 번째 독자로 상상하며 글을 쓸 때의 차이는 소설 세계의 내실을 바꿔 놓을 정도의 파급을 지닌다. 즉 메도루마는 오키나와의 독자와 야마토의 독자라고 하는 이중독자를 상정하고 글을 써왔다 할 수 있으며, 아쿠타가와상 수상작인 「물방울」이나 「혼 불어넣기(まぶいぐみ)」(가와바타 야스나리 문학상 2000)」는 야마토의 독자를 더욱 의식해서 글을 썼다고 할 수 있는 작품이다.

적인 지배구조에 대한 갈등이 최고조에 이르던 시기였다.[21] 이 시기 이후 메도루마는 자신의 작품에서 비가시화 되고 주변부에 머물러 있던 미군기지 문제를 작품의 중심 영역으로 끌어들이기 시작했다. 요컨대 메도루마 문학에 미국(미군)이 본격적으로 등장한 것은 1995년 소녀 폭행사건 그 자체에 대한 대응이기도 했지만, 눈앞에서 펼쳐지고 있는 비극에 제대로 대응하지 못하는 오키나와 사회와 문학에 대한 분노가 그 중심에 있었다.

3. 절대적 폭력 상대화하기 – 『무지개 새』와 「희망」

메도루마는 『무지개 새』와 「희망」에서는 1995년이라는 시간축을 중심으로 삼았고, 『눈 깊숙한 곳의 숲』에서는 오키나와 전 당시 미군에 의한 소녀 강간 사건을 9·11테러와 연관시켜 썼다. 『무지개 새』는 오키나와인 남성이 미국인 아이를 유괴해서 목 졸라 죽이고 자살하는 내용의 장편(掌篇) 소설 「희망(希望)」(『朝日新聞』 1999.6.26)을 확대해서 장편으로 쓴 소설로 오인되기 십상이지만, 집필 순서는 『무지개 새』(1998~2006) ⇒ 「희망」(1999) ⇒ 『눈 깊숙한 곳의 숲』(2004~2009) 순이다. 「희망」은 G8정상회담(2000.7.21~23)을 오키나와에서 개최하는 것이 확정된 1999년에 쓰인 짧은 소설로, 정상회담으로 헤노코 신기지문제를 조기 종결시키려는 시도에 항의하는 뜻에서 『무지개 새』의 테마를 차용해 쓰인 글이다.[22] 물론 그렇다고 해도 「희망」과 『무지개 새』는 대항폭력

---

21) 앞의 논문 「沖繩の文化狀況と芥川賞『豚の報い』と『水滴』にふれて」, p.283.
22) 메도루마 슌 인터뷰, 2015년 7월 15일 나고(名護) 시내.

을 행사하는 주체의 "정치화된 정신"23)이 전자에만 있다는 점에서 각기 다른 지향을 보인다. 「희망」이 발표된 직후 야마토는 물론이고 오키나와 내에서도 이 소설이 테러를 지지하고 조장한다는 비판이 나왔고, 이후 메도루마는 일본 우익들에게 위협을 당하고 원고 의뢰가 현저하게 줄어드는 등의 상황에 직면했다.

「희망」은 서경식이 말하고 있듯이 "절망의 극치를 희망"이라 부르면서 자기 부정(절망)의 심연을 헤치는 "가장 저열한 방법"24)의 상상력을 보여주는 소설로 등장인물 사이의 갈등 관계는 이항대립적이다. 이에 비해 『무지개 새』는 가토 히로시가 지적하고 있듯이 각 등장인물의 위치를 미국-일본-오키나와의 관계로 환원해서 읽을 수 있다는 점에서 오시로 다쓰히로의 「칵테일 파티(カクテル・パーティー)」(1967)의 주제의식과 겹쳐지는 면이 있다.25) 하지만 히가(比嘉)-가쓰야(カツヤ, 시점인물)-마유(マユ)를 그대로 미국-일본-오키나와 관계로 환원하는 것에는 무리가 있다. 왜냐하면 절대적인 폭력을 행사하는 상징적인 인물, 히가의 뒤에는 류세카이(琉誠會)라는 야쿠자 조직이 존재하며, 가쓰야와 히가의 관계는 류세카이-히가-마쓰다(松田)-가쓰야 식으로 폭력의 구조는 보다 계층화돼 있다. 또한 미군기지 문제와 소녀폭행사건을 둘러싼 현민

---

23) 尾崎文太,「目取眞俊『虹の鳥』考 フランツ・ファノンの暴力論を越えて」,『言語社會』 5, 一橋大學大學院言語社會研究科. 2011, p.225.
24) 서경식,『난민과 국민사이-재일조선인 서경식의 사유와 성찰』, 돌베개, 2006, pp.64-68.
25) 앞의 논문 「戰後沖繩文學における表象の繼承と轉換―大城立裕・目取眞俊・又吉榮喜の小說から」, p.293. 카토는 이 소설이 오시로가 오키나와를 "여성적이고 부드러운 문화"로 포착한 것에 대한 비판으로 점철된 텍스트라고 하면서, 메도루마가 지배폭력에 대한 폭력을 그리고 있다고 쓰고 있다. 오시로 다쓰히로의 오키나와 공동체에 대해서는 손지연,「오키나와 공동체 구상과 여성의 섹슈얼리티 : 일본 '복귀' 전후 오시로 다쓰히로의 텍스트를 중심으로」,『탐라문화(특집 제국의 폭력과 저항의 연대)』 49, 제주대학교 탐라문화연구소, 2015.6. 손지연은 일본복귀 전후 오시로의 문학관에서 우치난츄의 중층적이고 복합적인 아이덴티티의 길항을 젠더론적 시각에서 논하고 있다.

걸기대회에 대한 묘사는 소설 전반에 걸쳐서 몇 번이고 등장한다. 히가-가쓰야는 공범 관계지만, 마유가 "돈을 낳는 기계"(비인간)로 설정돼 있는 만큼 마유를 오키나와로 환원시키는 것도 지나친 단순화일 수 있다. 이 소설에 류세카이-히가-가쓰야에 이르는 폭력의 위계(hierarchy)를 미국과 일본의 오키나와 지배에서 비롯된 것이라고 읽을 수 있는 확실한 증거는 없으며, 작가는 그것을 독자가 추론할 수 있게 흔적만을 남겨 놓았다. 이는 메도루마가 「희망」 이후 미국-일본-오키나와의 지배 구조를 직접적인 방식으로 쓰기보다, 상상력을 발휘해 읽어낼 수 있는 알레고리로서 드러내는 글쓰기를 시도했음을 의미하는 것이기도 하다. 그런 만큼 이 소설을 오키나와가 처한 절망적인 상황을 타개하기 위해 폭력적 수단(테러)을 권하고 있다고 비판하는 것은 단순하기 그지없는 독해이다. 『무지개 새』는 다양한 관계망 가운데 작동하는 절대적 폭력을 자연스럽게 인식(우치난츄가 폭력구조를 자인하는)하는 것을 지양하고, 폭력이 횡행하는 구조 속에 있으면서, 그로부터 벗어날 수 있는 상상력조차 결여되어 있는 오키나와 사회 내부의 모순을 철저히 파헤치는 것에 초점이 맞춰져 있는 소설이기 때문이다. 이른바 작가는 소녀폭행 사건을 일으킨 미군을 응징하는 표면적인 논리 구조를 내세우면서, 심층부에는 그럼에도 불구하고 현 상황을 타개하지 못하는 오키나와 사회의 나태함에 충격을 가하고 있다.

그런 의미에서 그리 많지 않은 『무지개 새』론 가운데 파란츠 파농의 폭력론을 전면에 내세워 작품 독해를 시도한 오자키 분타의 논문은 풍요로운 시사점을 던져준다. 다만 우치난츄 불량배 남성들의 성노예로 전락한 여고생 마유(マユ)가 착취차인 오키나와 남성을 살해하고 미군의 아이를 군용 나이프로 살해한 후, 환상의 무지개 새를 쫓아 얀바루(ヤンバル, 오키나와 북부 삼림 지역)26)로 들어가는 이 소설을 "오키나와인

남성 가쓰야가 치유되는 이야기(物語)", 즉 존재론적 결락을 채우는 이야기로 수렴시키는 것에는 동의하기 힘들다.27) 오자키는 마유를 가쓰야에게 종속시키는 읽기를 하고 있는데, 그런 식의 읽기로는 가쓰야가 마유를 구하기 위해 얀바루 숲으로 들어간 이유가 설명되지 않는다.

이 작품에서 무지개 새는 베트남 전 당시 얀바루에서 훈련하던 미군 특수부대 중 누군가가 무지개 새를 본 후 자신은 전장에서 살아남지만 다른 부대원은 전멸했다는 전설적인 이야기로 등장한다. 작품에서 무지개 새는 다음과 같이 묘사된다.

> 얀바루 숲에는 환상의 새가 있다. 비둘기 정도의 크기로 긴 꼬리는 1미터 가까이로, 머리에는 장식깃이 있다. 전신이 극채색 깃으로 덮여있어서 미군은 이 새를 레인보우 버드, 무지개 새라고 부른다. 만약 숲 속에서 이 새를 볼 수 있다면, 어떠한 격렬한 전장에 몸을 두더라도 반드시 살아서 돌아갈 수 있다. 병사들은 그렇게 믿고 있다.28)

가쓰야와 마유가 무지개 새를 찾아 얀바루 숲 속으로 들어가는 행위는 절망적인 상황을 타개하는 유일한 희망으로 등장한다. 하지만 이러한 결말은 가쓰야를 구원하는 행위라기보다는 마유를 절망의 심연에서 구해내는 것이다. 그러므로 이 소설은 비겁한 오키나와인 남성 가쓰야가 치유되는 내용이라기보다 그가 자신의 한계를 넘어서 마유를 구하는 이야기라 할 수 있다. 왜냐하면 이야기 구조상 가쓰야는 마유를 버

---

26) 얀바루는 도성이 있던 슈리(首里)에서 북쪽의 삼림지대를 바라보며 차별적인 어조로 부르던 용어다. 메도루마 소설의 결말 중 얀바루로 향하는 작품은 앞서 살펴본 「평화길로 이름 붙여진 거리를 걸으면서」가 있다.
27) 앞의 논문 「目取眞俊『虹の鳥』考 フランツ・ファノンの暴力論を越えて」, pp.226-227.
28) 目取眞俊, 『虹の鳥』影書房, 2006, p.145. 이하 이 소설의 인용은 쪽수만을 표시하겠다.

리고 자신의 집(군용지료 등으로 넉넉한 가정환경)으로 돌아가더라도 일상
을 영유할 수 있지만, 집에서도 버림받은 마유는 히가와 마쓰도를 살
해한 것 때문에 어디로도 갈 수 없는 몸이기 때문이다.

한편 오자키 분타는 이 소설에 전경화 돼 있는 현민궐기대회에 대한
가쓰야의 회의적/부정적 시선을 분석하면서 항의 집회 자체가 반복돼
나오고 있지만 그것이 작품의 배경에 그치고 있다는 분석을 하고 있
다.29) 하지만 전술한 것처럼 이는 단순히 배경에만 머무는 것이 아니
라, 폭력이 횡행하는 구조 속에서 이를 벗어날 수 있는 상상력조차 결
여된 오키나와 사회 내부의 모순을 비판하기 위한 중요한 소재로 쓰이
고 있다.

> 육교 아래를 건너는 교사들 중에서도 그 시대(1970년 고자 폭동-인용
> 자 주)에 학생이었던 자들도 어느 정도 있을 것이 틀림없다. 그것이 지
> 금은 해롭지 않은 쥐새끼 무리처럼 앞으로 나아갈 뿐이었다. 아마도 이
> 데모나 집회의 모습을 티비나 신문으로 알게 된 아버지는, 미군이나 일
> 본정부에 압력이 작용해 군용지 임대료가 오를 것이라고 기뻐하시겠지.
> (105쪽)

오키나와의 반기지투쟁을 약화시키는 군용지료 문제는 현실을 바꾸
지 못하는 평화적 데모 행진과 더불어 이 소설에서 메도루마가 행하고
있는 오키나와 비판의 두 축이다. 이는 마유의 정치화되지 않은 초현
실적인 대항폭력이 행사되는 사회현실의 모습이라는 점에서 단순히 후
경화된 배경이라고만은 치부할 수 없다. 소녀폭행 사건처럼 사람들의
관심사가 되지도 못한 채, 사회의 은폐된 공간에서 항시적으로 성폭력
에 시달리는 마유와 같은 존재는 오키나와에 다수 존재해 왔다.30) 그

---

29) 앞의 논문 「目取眞俊『虹の鳥』考 フランツ・ファノンの暴力論を越えて」, p.229.

러므로 피해자는 마유가 아닌 누구나 될 수 있다고 소설은 말한다. 이
는 마유가 중학교 시절엔 학급 임원으로 누구보다 똑똑한 아이였다가
이지메에 시달린 끝에 히가에게 팔려가는 구조를 보더라도 명확하다.

> 마이크를 앞에 두고 수 만 명의 사람들에게 호소하고 있는 소녀의 얼
> 굴이 한낮 방에서 본 마유의 얼굴과 겹쳐져서 가쓰야는 가슴이 아팠다.
> 간발의 차이로, 어선가, 무언가가 변해 버리면, 티비에 비치고 있는 소
> 녀와, 침대에 엎드려 있는 마유의 인생은 뒤바뀌었을지도 모른다. 마유
> 만이 아니라 가쓰야나, 히가, 마쓰다만 하더라도, 정말 근소한 차이로
> 무언가가 달라졌다면 지금과는 완전히 다른 세계에 있었을 텐데…….
> (190쪽)

> 8만 5천 명의 사람들에게 호소하고 있는 소녀의 모습은 아름다웠다.
> 하지만, 필요한 것은 더욱 추악한 것이라고 생각했다. 소녀를 폭행한 세
> 명의 미군의 추악함과 균형을 맞추듯이. 이른 아침 냉기 가운데 차의 통
> 행도 적은 58호선 중앙분리대 야자나무에 미군 병사의 아이가 매달려
> 있다. 철사가 목에 박혀있고, 검푸르게 부어오른 얼굴과, 핏기를 잃은
> 납빛 몸은 다른 것으로 만들어진 것처럼 보인다. (191쪽)

위 인용을 보면, 우치난츄의 비극은 미군 병사 아이의 무참한 죽음
에 대한 환시(幻視)를 통해 대비되며, 이는 소설 끝에서 마유의 실제 행
동으로 실행된다. 마유는 거의 신이 들린 듯한 상태에서 히가에게 신
나를 뿌려 불태워 죽인 후 얀바루 숲으로 향하던 길에 자신과 직접적
으로 관련되지 않은 미군 부부의 딸을 차에 태운 후 군용칼로 살해한
다. 여기서 주목해야할 점은 마유가 성적으로 학대되거나 히가가 죽은

---

30) 작품 속에서 이는 가쓰야의 누나, 진토쿠(仁德)가 초등학생 시절 백인인 미군 남
　자에게 공원에서 성폭행을 당하지만, 이를 가족에게 알리지 않는 식으로 표현돼
　있다.

상황에 대한 묘사가 대단히 구체적인 것에 비해, 미군 아이를 살해하는 장면은 3~4줄로 간결하고 건조하게 쓰인 점이다. 이는 「희망」에서 미군 아이를 살해하는 장면이 개연성을 가졌던 것에 비해,『무지개 새』에서는 돌발적임을 의미한다. 즉 미군의 자식을 살해하는 내용은『무지개 새』에서는 개연성도 없으며 그 비중도 낮아져 있다.

『무지개 새』의 결말에서 히가 일당과 미군 소녀를 죽인 것이 가쓰야가 아니라 무지개 새 문신(담배 등에 지져져 추악해져 가는)[31]을 등에 하고 있는 마유라는 점은 "젠더화된 신체"로부터의 이탈 혹은 폭력의 연쇄의 끝에 위치한 약자의 항거라는 점에서『눈 깊숙한 곳의 숲』의 문제의식으로 이어진다.『눈 깊숙한 곳의 숲』에서는 따돌림을 당하던 세이지가 자신에게 친절히 대해준 사요코의 비극(미군에 의한 집단 성폭행)을 접하고 비겁한 마을의 남자들에 염증을 느껴 미군에게 복수를 하기 위해 작살을 들고 바다로 향한다.

4. 가시화되는 은폐된 '숲'과 '작살'
-『눈 깊숙한 곳의 숲』

『무지개 새』가 1995년 소녀폭행사건 이후 시점만을 다루고 있는 것과 달리『눈 깊숙한 곳의 숲』(影書房, 2009.5)[32]은 메도루마 슌이 처음으

---

31) 마유의 등뒤에 새겨진 무지개 새 문신은 다니자키 준이치로의 「문신(刺青)」(『新思潮』 1910.11)과는 여러 면에서 대비된다. 「문신」에 등장하는 여성의 몸에 새겨진 거미는 탐미적이고 압도적인 아름다움을 자랑하지만, 마유의 무지개 새는 성적 학대 등으로 담배에 지져져 그로테스크한 형태를 띤다.

32) 이 소설집은 계간『前夜』에 2004년 가을호부터 2007년 여름호까지 총 12회 연재

로 오키나와 전을 현재적 시점에서 미군 문제와 결부해 다룬 작품이다. 『눈 깊숙한 곳의 숲』은 오키나와 전과, 전후 미군 점령문제, 그리고 9·11테러까지를 시야에 넣고 있다는 점에서 메도루마의 문제의식이 집대성된 소설이다.

이 소설의 제목에 나오는 일본어 '森'과 '銛'은 'もり'로 읽히는 동음이의어다. 이 소설에서 '숲(森)'과 '작살(銛)'은 1945년 발발한 오키나와 전으로부터 60년이 지난 2005년의 현재적 시점에서 기억의 봉인을 풀고 직시해야만 하는 비극적인 사건의 진상을 밝히는 공간과 대상물로 현현한다. 이 소설은 오키나와 전이 거의 끝나갈 무렵 북부의 한 섬에서 바닷가에서 조개를 줍던 우치난츄 소녀 사요코(小夜子)가 미군 네 명에게 성폭행을 당하는 것으로부터 시작된다. 그 후 평소 그 마을에서 따돌림을 당하던 소년 세이지(盛治)가 사요코의 복수를 갚기 위해 해안가에서 작살을 갖고 숨어있다 수영 중인 네 명의 미군 병사를 공격해 한 명의 배를 작살로 찌르고 다른 병사들에게도 상처를 입인 후 동굴로 숨어들면서 이야기가 본격적으로 전개된다. 소설 제목에서 알 수 있듯이 사건이 벌어진 '숲'에 대한 기억은 눈 깊숙한 곳에 위치해 있으며 가해자든 피해자든 당시의 기억을 되살린다는 것은 대단히 힘든 일이다. 그래서 이 사건에서 도망쳤거나 가해자인 인물은 악몽과 환시에 끊임없이 시달리게 된다. 또한 이 소설은 "단편적 이미지나 언어의 연쇄"[33]나 감각적이고 시각적인 이미지를 빈출시킴으로써 독자마저도 단순히 방관자의 입장에 서있을 수 없게 한다.

『눈 깊숙한 곳의 숲』은 장(章) 구성이 명확히 돼있지 않지만 편의상

된 것을 가필 정정한 것이다. 본문에서 이 소설집을 인용할 때는 페이지만을 표기하겠다.

33) 앞의 책 『目取眞俊の世界(オキナワ) 歷史·記憶·物語』, p.26.

10장으로 나눌 수 있으며, 사요코와 세이지가 사건 이후 어떻게 됐는
지는 마지막 장에 이르러서 알 수 있는 구성을 취하고 있다. 이 소설은
시점인물 및 인칭 등이 각 장 마다 다르게 구성돼 있을 만큼 하나의
사건을 여러 인물의 제한된 시야를 통해 바라보고 있다. 게다가 10장
중 1장과 7장을 제외하면 현재의 시점에서 사건이 발생한 당시를 되돌
아보며 잊혀져가는 비극적인 사건의 현재적 의미를 묻고 있다.

〈표 2〉 소설의 장 구성 및 인칭

장	인칭	시점 인물
제1장	3인칭	전반부는 후미(사요코가 성폭행을 당할 때 옆에 있던 소녀) 후반부는 세이지
제2장	2인칭	사건 발생 당시 구장(區長) 가요(嘉陽).
제3~4장	3인칭	히사코(久子) 사건 당시 소학생이었던 소녀.
제5장	인칭을 특정할 수 없는 복수의 대화문	세이지
제6장	1인칭	오키나와출신의 소설가.
제7장	1인칭	세이지에게 배를 찔린 미군 병사.
제8장	1인칭	집단 따돌림을 당하고 있는 여자 중학생.
제9장	1인칭	사요코의 여동생 다미코(タミコ)
제10장	1인칭 서간문	2세 통역병 로버트 히가(Robert 比嘉) * 60년 후 오키나와 현의 표창을 거부하는 서간

시점인물만을 놓고 보면 우치난츄의 시점이 전체 10장 중 일곱 장,
미군의 시점이 한 장, 2세의 시점이 한 장을 차지하고 있으며, 제5장에
는 여러 명의 목소리가 일본어와 우치나구치 혼용체, 가타카나 표기
등으로 재현돼 있다.[34] 이 소설에서 이처럼 다양한 시점 인물을 내세

---

34) 〈표 2〉는 다음 논문을 참조해 작성했다. 鈴木智之, 『眼の奧に突き立てられた言
葉の銛――目取眞俊の 〈文學〉 と沖縄戰の記憶』, 晶文社, 2013.

워 여러 각도(인칭)로 판다누스(アダン)가 우거진 수풀 속에서 사요코가 성폭행을 당한 사건과, 사건 이후 세이지가 복수를 감행한 것을 다각적으로 되살리고 있는 것은 다수에 의해 가해지는 중층적인 폭력의 구조 가운데 파묻힌 목소리(들)를 과거로부터 다시 지금 여기로 살려내려는 시도이다. 특히 이 소설은 미군 병사가 우치난츄 소녀를 성폭행한 사건을 통해 오키나와 사회 내부에 잠재된 권력에 대한 복종과 협력이라는 문제를 날카롭게 드러내고 있다는 점에서 '오키나와 비판'으로 읽을 수 있다. 특히 마지막 두 장에서 드러나는 사건의 진상은 두 가지 측면에서 오키나와 사회를 강하게 비판하고 있다.

첫째, 구장의 굴욕적인 자세와 마을 공동체 구성원들의 협력적인 자세에 대한 비판이다. 세이지가 미군에게 복수를 한 후 마을 사람들은 세이지의 용감한 행동을 처음에는 칭찬하다가, 미군이 들이닥치자 그를 정신 나간 얼간이, 즉 공동체 외부의 존재로 폄하하고 미군의 수색 작업에 협력하기 시작한다. 특히 구장은 세이지가 숨어있는 동굴(ガマ)의 위치를 미군에게 밀고했을 뿐만 아니라, 사요코가 미군에 의해 집단 성폭행을 당한 사실 조차도 두려워서 미군에게 말하지 못 하는 등, 자신의 안위만을 생각하는 인물이다.

> 전쟁 중에는 방위대장을 하며 다른 사람보다 몇 배로 미국에 대한 증오를 떠들고 다녔음에도, 수용소 안에서는 요령 좋게 입장을 바꿔서 미군이 부락에 지급하는 물자를 배급하는 임무를 맡아, 어느새 새로운 구장까지 된 가요의 낯짝을 볼 때마다 부끄러움도 모르는 작자가……하고 아버지가 내뱉듯이 말하는 것을 떠올렸다.[35]

구장은 오키나와의 청산되지 않은 전쟁협력 문제를 대표하는 인물인

---

35) 目取眞俊, 『眼の奧の森』, 2009, p.37. 이하 이 소설의 인용은 쪽수만을 표시하겠다.

데, 이들은 식민지 조선이 해방된 이후의 상황과 마찬가지로 일제말의 전쟁 협력 행위를 반성하지 않고 미군에 협력해서 미군정 하에서 사회의 요직을 차지해간다. 이 소설에서 구장의 행동은 조사관인 윌리엄즈 (Williams) 소위와 2세의 증오를 사지만, 이들의 공모로 인해 관계가 파탄하는 일은 일어나지 않는다.

> 테이블을 손바닥으로 두드리더니, 소위가 구장을 보자 구장은 무릎을 나란히 하고 의자에서 자세를 고쳐 앉았다. 집락 생활은 지금까지 했던 대로 해도 좋다. (⋯중략⋯) 대원에게 상처를 입힌 사내(세이지)는 회복하는 대로 석방한다. 이 건에 관해서 이 이상 이야기가 퍼지지 않도록 구장은 집락의 질서유지에 힘쓰길 바란다. 통역하는 내 말을 다 듣더니 구장은 일어서서 알겠습니다. 반드시 실행하겠습니다 하고 대답하더니 깊이깊이 고개를 숙였다. (⋯중략⋯) 세이지라는 젊은이를 붙잡기 위해서 산을 뒤지는 사태까지 일어났으면서도 우리들을 속인 구장에 대해 분노를 참을 수 없었습니다. 소위의 지시가 지나치게 온편(穩便)한 것이 의외였으며, 이 사내에게 무거운 죄를 내려야 할 것이라 생각했습니다. (215-216쪽)

구장과 미군 소위 윌리엄즈, 그리고 통역병인 2세 사이에서 도덕적으로 가장 비열한 위치에 있는 것은 구장으로, 윌리엄즈는 그러한 구장의 약점을 이용해 마을의 치안을 유지한다. 다만 통역병인 2세가 도덕적으로 가장 우위에 서있는 설정은 60년 후에 쓴 서간체라고 하는 설정도 있고 해서 위화감 없이 받아들여진다.

둘째, 가부장적인 오키나와 사회가 피해자인 여성을 지켜주지 못하고 오히려 유린하는 것에 대한 비판이다. 이 소설에서 사요코는 성폭행 당한 이후 가족과 마을로부터 보호를 받기는커녕 친아버지의 분노를 사서 명예 살인과 비슷한 처분을 받고 집 깊숙한 곳 독방에 갇혀

지내는 신세가 된다. 게다가 사요코는 사건 이후 발광을 해 알몸으로
집을 뛰쳐나가 마을 남자의 아이를 갖게 되기에 이른다. 구장에 의해
사건의 진실이 알려진 후 사요코를 찾아간 윌리엄즈 소위 앞에 모습을
드러낸 그녀는 이전의 모습을 거의 찾을 수 없는 무참한 모습이다.

　교교를 졸업하자 나도 그리고 두 남동생도 도망치듯이 집을 나와서,
오봉(お盆)이나 정월 이외에는 거의 돌아가지 않았다. 아버지가 화내는
소리는 전보다는 작아졌다고 해도, 언제나 초조한 모습은 변함이 없어
서 술을 마시고 난폭하게 구는 모습을 보는 것이 싫었다. 그것보다 더
싫었던 것은 언니를 바라볼 때의 아버지의 눈이었다. 분노와 혐오, 멸시,
모든 부(負)의 감정이 담긴 차가운 눈초리. (195쪽)

　방안은 어두워서 안의 모습은 살필 수 없었습니다. (…중략…) 삽시간
에 엎드려 있던 짐승이 벌떡 일어나서 날카로운 어금니와 손톱을 드러
내고 덤벼드는 것과 같은 공포가 저를 엄습했습니다. (…중략…) 일어선
것은 짐승과 조금도 닮지 않은 소녀였습니다. (…중략…) 저와 소위를
보더니 소녀는 몇 번이고 비명을 지르고, 목덜미나 어깨, 가슴팍 등을
막 쥐어뜯었습니다. 옷 앞가슴이 벌어지고, 가슴이 보이자, 그 가슴을
손톱을 세워서, 비스듬하게 난 붉은 선으로부터 피가 퍼져가고 있었습
니다. (213쪽)

사요코를 발광하게 만든 것은 미군들에 의한 성폭행이 일차적인 원
인이지만, 외상 후 스트레스 장애에 시달리는 그녀를 극단적인 상황으
로 내몬 것은 다름 아닌 가족과 마을 사람들, 즉 오키나와의 촌락 공동
체다. 사요코의 아버지는 딸의 고통을 받아들이는 대신 집안 깊숙한
어둠 속에 그녀를 숨기는 것으로써 오키나와 남자이자 아버지로서 딸
을 성폭행한 미군에 불평조차 하지 못하는 자신의 '수치'를 봉인한다.
그가 사요코를 바라볼 때 짓는 "분노와 혐오, 멸시, 모든 부(負)의 감정

이 담긴 차가운 눈초리"는 그대로 자신에게 향해지는 것이기도 하다.

이처럼 이 소설은 각각의 시점 인물의 제한된 시야 속에서 현재와 과거가 조우하면서 사건의 실체를 점차 드러낸다. 이는 마치 어둠과 의혹에 쌓여있던 사건의 윤곽을 하나하나 드러내는 미스터리 소설과도 같은 구조인데, 그 구조는 역사속의 수수께끼로 남겨진 피해자의 목소리를 복원하는 방향성을 뚜렷하게 보여주고 있다. 이를 통해 60년간 각각의 인물의 가슴속에 트라우마로 남아있던 은폐된 숲과 작살이 가시화되며, 오키나와에서 끝나지 않은 전쟁의 실상은 지금 여기에 처참한 모습을 드러낸다. 눈 속 깊은 곳에 봉인돼 있던 숲이 눈앞에 드러나는 순간이다.

5. 결론

메도루마 슌이 1995년에 일어난 소녀폭행사건에서 입은 충격은 비단 사건 자체에만 있었던 것은 아니었다. 이 시기 이후에 쓰인 메도루마의 평론에는 소녀폭행사건 이후 현민궐기대회 등을 열었지만 실질적으로는 달라지지 않는 오키나와의 현실에 대한 초조함과 분노가 동시에 드러나 있다. 메도루마의 분노는 오키나와 내부의 모순 및 치유의 섬, 평화의 섬 등의 덧씌워진 오키나와의 이미지에 안주하는 지식인들에게로 점차 향해갔다. 1995년의 소녀폭행사건 이후 오키나와의 자연과 '토속'으로 수렴되는 『돼지의 보복』(마타요시 에이키)이 아쿠타가와상을 수상(1996)하고, 오키나와 문학의 전후 창립자라 할 수 있는 오시로 다쓰히로가 욱일장(旭日章)을 수상(1996)한 상황은 메도루마로서는 쉽게 받아들이기 힘들었을 것이다.[36] 다빈더 보믹이 지적하고 있듯이 메도루마는 오키나와 공동체는 물론이고 오키나와 작가와의 원치 않는 교류와도 단절된 지점에서 자신의 작품을 써왔던 만큼 그는 공동체의 규범력 안에 안주하는 길을 택하지 않았다.[37] 이처럼 1995년 이후 집필된 메도루마의 작품은 소녀폭행사건 이후 오키나와 문화계에서 벌어진 사건과 직접적으로 관련돼 있음을 알 수 있다.

메도루마의 미군 관련 삼부작은 1995년 소녀폭행 사건뿐만이 아니라 오키나와 내에서 벌어진 역사수정주의[38]를 둘러싼 격렬한 논쟁과도 관련돼 있다. 메도루마는 1999년부터 2006년까지 긴박한 문체로 시평을 써서 세 권의 평론집[39]을 냈는데, 『눈 깊숙한 곳의 숲』은 이 평론

---

36) 目取眞俊, 『沖縄/草の聲・根の意志』, 世織書房, 2002, pp.263-266. 이 글에서 메도루마는 오시로 다쓰히로의 실명을 들어 그의 수필집 및 훈장 수상 등에 대해 강하게 비판한다. 물론 메도루마는 오시로 다쓰히로의 「칵테일 파티」 등 초기 작품에 대해서는 그 문학적 성취에 대해 경의를 표했다.

37) 앞의 책 Writing Okinawa : Narrative acts of identity and resistance, p.133.

38) 2000년 규슈-오키나와 G8을 앞두고 1999년 벌어진 오키나와현 신평화기념자료관(沖縄縣新平和祈念資料館)의 전시 내용에 대한 이나미네 케이치(稻嶺惠一) 오키나와 현지사 등의 개입 논란은 이를 단적으로 드러낸다. 같은 시기에 일본 내에서는 국기국가법, 가이드라인 관련법안, 도청법안 등의 등장했다. 메도루마가 역사수정주의가 전면화된 시기에 오키나와 전 당시 일본군의 주민 학살과 우치난츄 및 조선인 위안부에 대한 만행을 소년과 '고제이' 할머니의 시점을 교차시켜 쓴 소설, 「나비떼 나무(群蝶の木)」(2000.6)를 발표한 것은 우연이 아니다. 「나비떼 나무」에는 오키나와 전 당시 우군(友軍, 일본군)이 오키나와 주민을 스파이로 몰아서 죽인 것만이 아니라, 전시동원과 주민학살에 우치난츄 병사가 가담한 것까지 그려져 있다. 요컨대 메도루마는 일본 본토 및 오키나와에서 전개되고 있던 역사를 둘러싼 기억의 풍화와 왜곡에 심각한 우려를 품고 이 작품을 집필했다고 볼 수 있다. 메도루마는 「나비떼 나무」에서 일본 제국 내에서 야마톤츄(일본인), 우치난츄, 조세나(조선인)라고 하는 명확한 민족적, 식민지적 우열관계가 전시 상황에서 어떠한 비극을 낳았는지를 그리면서도, 소수자 여성 사이의 연대감을 그린다.

39) 目取眞俊(2002) 『沖縄/草の聲・根の意志』, 世織書房; 目取眞俊(2005) 『沖縄「戰後」ゼロ年』, NHK出版; 目取眞俊(2006) 『沖縄地を讀む時を見る』, 世織書房. 이에 대해서는 졸고 『위선적 '평화'의 부정과 '독립'에의 의지-오키나와 작가 메도루마 슌의 반기지 활동』(『바리마』제4호, 2015)을 참조.

집의 주장과 많은 부분이 겹쳐진다. 이는 메도루마가 펜을 현실을 겨
누는 칼로서 사용하려 했음을 보여주는 것이기도 하다.[40] 1995년 이전
메도루마의 중단편 소설에서 미군 문제는 「붉은 야자나무 잎사귀(赤い
椰子の葉)」(1992)에 등장하듯이 전후 오키나와의 첨예한 정치적 상황을
드러내는 소재로 전면에 등장하지는 않았지만, 「평화길로 이름 붙여진
거리를 걸으면서」의 마지막 장면[41]처럼 오키나와의 현실을 강력히 환
기시키는 배경으로 이미 등장했다.

　메도루마는 미군 관련 삼부작 『무지개 새』, 「희망」, 『눈 깊숙한 곳
의 숲』에서 미군 문제를 자신의 작품 세계 깊숙이 끌어들이면서, 폭력
이 연쇄적으로 발생하고 기억이 단절돼 가는 오키나와의 상황에 경종
을 울리고 있다. 오키나와 공동체로의 귀속을 데뷔작 「어군기」에서부
터 거부한 메도루마는 미군 관련 삼부작에 이르러 극한의 문학적 상상
력으로써 "오키나와 문제의 궁극적인 지점"을 우치난츄는 물론이고 일
본어 독자에게 묻고 있다.

---

40) 앞의 책 Writing Okinawa: Narrative acts of identity and resistance, p.133.
41) 이 소설의 마지막 부분은 다음과 같다.
　가주는 꿈을 꾸고 있다. 눈을 뜨자 옆에 서있던 여자 고등학생들이 웃으면서 가주
　를 보고 있다. 어디까지 온 것일까. 창밖에는 싱그러운 태양의 꽃가루가 잔디밭
　위에 금색으로 쏟아져 내리는 미군기지가 펼쳐져 있다. 철망에 연해서 심어진 협
　죽도 꽃이 흰 나비떼처럼 바람에 흔들려 아름답다. 양쪽 팔에 새긴 문신을 드러내
　놓고 있는 붉은 얼굴의 미군 병사 두 명이 조깅을 하면서 버스에 손을 흔들었다.
　"할머니 얀바루는 아직 멀었나요—" (곽형덕 옮김)

••• 참고문헌

곽형덕, 「마타요시 에이키 문학에 나타난 '타자'와의 교섭 과정 : "오키나와인 주체의 자세"를 묻다」, 『탐라문화(특집 제국의 폭력과 저항의 연대)』 49, 제주대학교 탐라문화연구소, 2015.

고명철, 「오키나와에 대한 반식민주의로서 경계의 문학 : 메도루마의 문학을 중심으로」, 『탐라문화(특집 제국의 폭력과 저항의 연대)』 49, 제주대학교 탐라문화연구소, 2015.

김재용, 「한국에서 읽는 오키나와 문학」, 『탐라문화(특집 제국의 폭력과 저항의 연대)』 49, 제주대학교 탐라문화연구소, 2015.

김재용·메도루마 슌, 「대담 메도루마 슌」, 『지구적세계문학』 5, 2015.

손지연, 「오키나와 공동체 구상과 여성의 섹슈얼리티 : 일본 '복귀' 전후 오시로 다쓰히로의 텍스트를 중심으로」, 『탐라문화(특집 제국의 폭력과 저항의 연대)』 49, 제주대학교 탐라문화연구소, 2105.

송상기, 「영지(靈知)와 수사(修辭)의 귀환으로서의 마술적 사실주의」, 『스페인 라틴아메리카연구』 7-2, 고려대학교 스페인·라틴아메리카연구소, 2014.

서경식, 『난민과 국민사이-재일조선인 서경식의 사유와 성찰』, 돌베개, 2006.

鈴木智之, 『眼の奧に突き立てられた言葉の銛──目取眞俊の <文學> と沖繩戰の記憶』, 晶文社, 2013.

加藤宏, 「戰後沖繩文學における表象の繼承と轉換─大城立裕·目取眞俊·又吉榮喜の小說から」, 『戰後·小說·沖繩　文學が語る「島」の現實』, 加藤宏·武山梅乘編 : 鼎書房, 2013.

銘苅純一, 「目取眞俊『虹の鳥』の異同」, 『Int J Hum Cult Stud.』, 大妻女子大學人間生活文化硏究所, 2012.

スーザン·ブーテレィ, 『目取眞俊の世界(オキナワ)　歷史·記憶·物語』, 影書房, 2012.

尾崎文太, 「目取眞俊『虹の鳥』考　フランツ·ファノンの暴力論を越えて」, 『言語社會』 5, 一橋大學大學院言語社會硏究科. 2011.

新城郁夫, 「水滴」論」, 『到來する沖繩──沖繩表象批判論』, インパクト出版會, 2007.

平敷武蕉, 「沖繩の文化狀況と芥川賞 『豚の報い』と『水滴』にふれて」, 『文學批評は成り立つか 沖繩·批評と思想の現在』, ボーダーインク, 2005.

大江健三郎・目取眞俊,「特別對談 大江健三郎 目取眞俊」,『論座』, 2000.

目取眞俊,『虹の鳥』, 影書房, 2006.

_____,『沖縄/草の聲・根の意志』, 世織書房, 2002.

_____,『沖縄地を讀む時を見る』, 世織書房, 2006.

_____,『眼の奧の森』, 2009.

岡本惠德,「目取眞俊『平和通りと名付けられた街を歩いて』—庶民の目で捉えた天皇制」,『現代文學にみる沖縄の自畫像』, 高文研, 1996.

Davinder L. Bhowmik, *Writing Okinawa : Narrative acts of identity and resistance*, Taylor & Francis, 2008.

제4부 오키나와 문학과 동아시아

4·3소설과 오키나와전쟁소설의 대비적 고찰
-김석희와 메도루마 슌의 경우를 중심으로-

김동윤

1. 들머리

> 처음엔 오키나와만 보이고 제주만 보였는데, 태풍이 두 섬을 연결하
> 듯 오키나와와 제주를 연결하는 숙명의 끈이 느껴졌다. 그러더니 급기
> 야는 두 섬의 숙명이 세계체계의 파도를 헤치면 형성된 것임을 알게 되
> 었다. 제주와 오키나와의 문제는 과거에도 지금도 세계의 문제였다.[1]

이시우는 20세기 초중반 일본과 미국의 제국주의 정책이 동아시아
의 제주와 오키나와에서 동일한 방식으로 펼쳐졌고, 오늘날에도 오키
나와의 미군기지와 제주의 강정 해군기지는 하나로 연결되어 있다고
주장하였다. 그는 세계체계의 진짜 얼굴이 제주와 오키나와에서 드러
난다는 믿음을 여러 근거를 동원해 입증하였다.

'제주4·3사건'(이하 '4·3')에 관심을 두다 보면, 4·3은 아직도 여러
부면에서 다양한 형태로 진행 중이고, 그것은 또한 제주만의 문제가
아님을 절감하게 된다. 그러다 보면 자연스럽게 오키나와에 다가서게
된다. 제주와 오키나와는 참으로 많이 닮았다. 이시우의 언급처럼 '숙

---

1) 이시우, 『제주 오키나와 평화기행 : 동백꽃 눈물』, 말, 2014, p.19.

명의 끈'이 느껴진다. 오키나와는 제주의 과거이자 현재이자 미래다. 제주의 문제를 확대하고 앞당겨 구체적으로 보여주는 지역이 바로 오키나와라 할 만하다.

그러기에 오키나와전쟁소설을 읽으면서 4·3소설의 양상을 떠올리는 것은 지극히 당연하다. 상당히 유사한 부분도 있고 더러 유다른 부분도 있지만, 우리가 제주에서 오키나와문학에 주목해야 하는 까닭은 분명하다. 4·3문학의 지평을 확대하기 위해서, 그리고 양 지역의 문학적 연대를 위해서, 양자 간의 대비적(對比的) 고찰이 필요하다는 것이다.

오키나와 소설이 국내에 번역 소개된 것은 오래되지 않았다. 필자가 과문한 탓인지 모르지만, 여섯 작가의 중·단편 19편이 최근 10년 사이에 번역 소개된 것으로 파악되었다. 오키나와 최초의 근대소설로 알려진 야마시로 세이츄(山城正忠, 1884~1949)의 「구넨보(九年母)」(1911)[2]와 구시 후사코(久志富佐子, 1903~1986)의 「멸망해가는 류큐 여인의 수기(滅びゆく琉球女の手記)」(1932),[3] 오시로 다쓰히로(大城立裕, 1925~)의 「신의 섬(神島)」(1968),[4] 사키야마 타미(岐山多美, 1954~)의 「달은, 아니다(月や、あらん)」(2012)[5] 등이 최근 번역되었다. 마타요시 에이키(又吉榮喜, 1947~)의 경우 3편의 작품이 『긴네무 집(ギンエム屋敷)』이라는 제목으로 엮여 출간된[6] 데 이어 「헌병 틈입 사건(憲兵闖入事件)」(1981)이 번역되었고,[7] 메도루마 슌(目取眞俊, 1960~)의 경우 작품집 『물방울(水滴)』[8]의 3편, 『혼 불어넣기(魂込め)』[9]

---

2) 야마시로 세이츄(손지연 역), 「구넨보」, 『지구적 세계문학』 제5호(글누림, 2015 봄).
3) 구지 후사코(곽형덕 역), 「멸망해가는 류큐 여인의 수기」, 『제주작가』 2016 봄호.
4) 오시로 다쓰히로(손지연 역), 「신의 섬」, 『지구적 세계문학』 제6호(글누림, 2015 가을).
5) 사키야마 타미(조정민 역), 「달은, 아니다」, 『지구적 세계문학』 제7호(글누림, 2016 봄).
6) 마타요시 에이키(곽형덕 역), 『긴네무 집』, 글누림, 2014.
7) 마타요시 에이키(곽형덕 역), 「헌병 틈입 사건」, 『제주작가』 2015 겨울호.
8) 메도루마 슌(유은경 역), 『물방울』, 문학동네, 2012.
9) 메도루마 슌(유은경 역), 『혼 불어넣기』, 아시아, 2008. 한국어 번역판은 처음에 『브

의 6편, 기타 2편10) 등 모두 11편이 번역되었다(<표 1> 참조).

<표 1> 국내에 번역된 오키나와 소설

작가	작품명(발표 연도)	번역자(연도)
야마시로 세이쥬 (山城正忠; 1884~1949)	「구넨보(九年母)」(1911)	손지연(2015)
구시 후사코 (久志富佐子, 1903~1986)	「멸망해가는 류큐 여인의 수기(滅びゆく琉球 女の手記)」(1932)	곽형덕(2016)
오시로 다쓰히로 (大城立裕, 1925~)	「신의 섬(神島)」(1968)	손지연(2015)
마타요시 에이키 (又吉榮喜; 1947~)	「조지가 사살한 멧돼지(ジョージが射殺した 猪)」(1978)	곽형덕(2014)
	「창가에 검은 벌레가(窓に黒い蟲が)」(1978)	〃
	「긴네무 집(ギンエム屋敷)」(1980)	〃
	「헌병 틈입 사건(憲兵闖入事件)」(1981)	곽형덕(2015)
사키야마 타미 (岐山多美, 1954~)	「달은, 아니다(月や、あらん)」(2012)	조정민(2016)
메도루마 슌 (目取眞俊; 1960~)	「바람소리(風音)」(1985)	유은경(2012)
	「붉은 야자나무 잎사귀(赤い椰子の葉)」(1992)	유은경(2008)
	「물방울(水滴)」(1997)	유은경(2012)
	「오키나와 북 리뷰(オキナワン・ブシク・レ ビュー)」(1997)	〃
	「혼 불어넣기(魂込め)」(1998)	유은경(2008)
	「브라질 할아버지의 술(ブラジルおじいの酒)」 (1998)	〃
	「투계(鬪鷄)」(1998)	〃
	「니해(內海)」(1998)	〃
	「이승의 상처를 이끌고(面影と連れて)」(1999)	〃
	「희망(希望)」(1999)	임성모 외(2006)
	「나비떼 나무(群蝶の木)」(2000)	곽형덕(2015)

라질 할아버지의 술』로 출판됐다가 『혼 불어넣기』로 개제됐다.
10) 서경식(임성모·이규수 역), 『난민과 국민 사이』(돌베개, 2006), pp.66-68에 메도루
마 슌의 엽편소설 「희망」 전문이 번역되어 실렸음 ; 메도루마 슌(곽형덕 역), 「나
비떼 나무」, 『지구적 세계문학』 제5호(글누림, 2015 봄).

국내에 번역된 오키나와 소설들 가운데 오키나와전쟁에 중점을 둔 작품으로는 오시로 다쓰히로의 「신의 섬」, 사키야마 타미의 「달은, 아니다」, 마타요시 에이키의 「긴네무 집」, 메도루마 슌의 「바람소리」・「물방울」・「혼 불어넣기」, 「브라질 할아버지의 술」・「이승의 상처를 이끌고」・「나비떼 나무」 정도를 꼽을 수 있다.11) 여기서는 다른 세 작가의 소설 3편은 제외하고, 메도루마 슌12)의 작품 6편만을 논의 대상으로 삼고자 한다.13) 이와 대비해 볼 4・3소설로는 김석희(金碩禧, 1952~)의 「땅울림」(1988)과 「고여 있는 불」(1989)을 선정하였다.

두 작가를 함께 논의하는 까닭은 모두 지역공동체에 대한 인식이 강한 미체험14) 작가라는 데서 기인한다. 이러한 공통점에 따라 지역공동체를 둘러싼 두 작가의 역사 인식과 재현 전략에 주목코자 하였다. 각기 4・3과 오키나와전쟁을 추체험하면서 공동체 훼손의 참상을 어떻

---

11) 마타요시 에이키의 「조지가 사살한 멧돼지」・「창가에 검은 벌레가」에는 미군 주둔과 관련된 문제가 예리하게 그려져 있으나, 오키나와전쟁 문제는 직접 다뤄지지 않았다. 메도루마 슌의 「투계」・「내해」・「붉은 야자나무 잎사귀」・「희망」의 경우 부당한 폭력과 횡포, 미군과 미군부대 주변 사람들의 이야기 등을 다루지만 오키나와전쟁 상황은 드러나지 않는다. 서평 형식을 빌린 「오키나와 북 리뷰」에서도 전쟁과 관련된 언급들이 있긴 하지만, 지역정체성과 현실의 문제에 더 초점을 둔 작품이다. 이들 작품들은 논의 과정에서 필요한 경우에 부분적으로 언급키로 한다.

12) 메도루마 슌(目取眞俊)은 1960년 오키나와 나키진에서 태어났으며, 본명은 시마부쿠로 다다시(島袋正)이다. 류큐대학 법문학부를 졸업했고, 1983년 단편 「어군기(魚群記)」로 류큐신보 문학상을 수상하며 등단했다. 신오키나와 문학상, 아쿠타가와 문학상, 가와바타 야스나리 문학상, 기야마 쇼헤이 문학상 등을 수상했다. 작품집으로 『메도루마 슌 단편소설선집1-3』, 『눈 깊은 곳의 숲(眼の奥の森)』, 『무지개새(虹の鳥)』, 『나비떼 나무』, 『물방울』 등이 있다.

13) 메도루마 슌의 작품 중 「바람소리」・「물방울」은 『물방울』(유은경 역, 문학동네, 2012)을, 「혼 불어넣기」・「브라질 할아버지의 술」・「이승의 상처를 이끌고」는 『혼 불어넣기』(유은경 역, 아시아, 2008)를, 「나비떼 나무」는 『지구적 세계문학』 제5호 수록분(곽형덕 역, 글누림, 2015)을 각각 텍스트로 삼는다. 따라서 이들 작품 인용 시에는 ( ) 안에 작품명과 쪽수만 명기키로 한다.

14) 여기서의 '미체험'이란 각각 제주4・3사건과 오키나와전쟁을 체험하지 않았음을 의미한다.

게 형상화하고 있고, 그 공동체를 어떤 방식으로 복원하려는 생각을 갖고 있는지, 그리고 공동체의 문화적 정체성과 관련된 태도는 어떻게 드러내는지를 대비해 보고자 한다.

2. 훼손된 공동체의 재현 방식

김석희가 쓴 4·3소설은 「땅울림」과 「고여 있는 불」 두 편에 불과하다.15) 하지만 그는 재일(在日)작가 김석범(金石範)의 4·3 연작인 「간수 박 서방」·「까마귀의 죽음」·「관덕정」이 수록된 작품집 『까마귀의 죽음(鴉の死)』을 번역하였는가 하면, 4·3 대하장편 『화산도(火山島)』 제1부를 이호철과 공동으로 번역하였다.16) 그가 지속적으로 4·3소설을 쓰지는 않았지만,17) 4·3에 대한 깊은 천착을 지닌 작가임이 분명하다.

「땅울림」은 지방일간지 기자인 '김종민'이 '현용직'이라는 인물을 취재해 놓은 것을 화자인 '나'가 다시 서술하는 형식의 작품이다. 36년 동안 입산자로 살아온 현용직을 등장시켰다는 설정에서부터 4·3에 대한 차별적인 접근 방식이 읽혀진다. 작품 곳곳에서 4·3의 참상이 제시됨은 물론이다.

---

15) 두 작품 모두 그의 소설집 『이상의 날개』(실천문학사, 1989)에 수록되었다. 이 글에서 이들 작품 인용 시에는 작품명과 이 소설집의 쪽수만 ( )에 명기키로 한다.
16) 김석범(김석희 역), 『까마귀의 죽음』, 소나무, 1988 ; 김석범(이호철·김석희 공역), 『화산도』 1~5, 실천문학사, 1988.
17) 김석희는 1990년대 이후 번역가로서 명성을 날렸다. 그의 번역서는 약 300권에 달하며, 제1회 한국번역대상을 수상하기도 했다. 그는 번역 작업에 매달리느라 20년 가까이 소설을 발표하지 못했다. 최근(2015년 12월)에는 1990년대에 발표했으나 책으로 엮지 않았던 중단편 9편과 등단작을 한데 묶어 창작집 『하루나기』(열림원)를 내면서 소설가로서의 활동 재개를 선언했다.

사람이 숨어 있을 만한 곳이면 어디든지 무차별사격이 가해졌고, 날 선 죽창이 함부로 박혔다. 남정네들은 하나씩 둘씩 집을 떠나, 산도 해 변도 아닌 마른 냇가의 바위틈새나 동굴 속으로 또는 덤불 우거진 밭담 기슭에 땅을 파고 숨어들었다. 그렇다고 사정이 달라지는 건 아니었다. 이같은 도피자를 가족으로 둔 집안에서는, 아내나 늙은 부모가 대신 화 를 당했다. 고문, 폭행, 강탈, 강간, 살인, 생매장…… 인간이 상상할 수 있는 온갖 만행이 실제로 자행되었다. 임산부를 윤간한 뒤 배를 가른 시 체가 까마귀밥이 되어 형체조차 없이 나뒹굴었으며, 스스로 구덩이를 파는 사람들이 꺼이꺼이 까마귀울음을 울었다. 심지어는 부락 전체가 반동마을로 낙인찍혀 방화되거나, 빨갱이로 몰려 떼죽음을 당한 곳도 적지 않았다. (「땅울림」, 65쪽)

이러한 참상이 계속되는 와중에도 현용직은 별다른 행동에 나서지 않고 있었다. 그러나 그에게 기둥 같은 존재였던 외조부의 죽음을 계 기로 그의 태도는 급변한다. 외조부를 비롯한 12명의 노인들이 무장대 에 협조했다는 혐의로 무고하게 학살되자, 그는 참고만 있을 수 없었 다. "무모한 속임수, 무자비한 폭력, 무고한 희생, 무의미한 현실"(72쪽) 을 더 이상 좌시하지 않기로 작심한 그는 외조부를 죽인 군경 인솔자 였던 서북사투리 사내를 찾아내 살해한 후에 입산을 단행한다. 그는 그로부터 36년 동안이나 은신처를 옮겨다니면서 질긴 목숨을 이어가는 기구한 처지가 되었다.

「고여 있는 불」은 서울 사는 소설가(전직 잡지사 기자)인 '나'(김)가 고 향 제주도의 너븐드르 마을에서 열리는 비룡못제를 취재하는 과정에서 4·3으로 황폐화된 공동체를 인식하게 되는 작품이다. 천년의 꿈인 승 천이 무산된 커다란 뱀('지키미')이 통한을 안고 바닥에 산다는 못이 비 룡못이다. 비룡은 하늘을 나는 용[飛龍]이 아니라 비통한 용[悲龍]인 셈 이다. 해마다 그 승천할 뻔했던 날에 마을공동체에서 지내오던 제의가 비룡못제였는데, 그것이 20년 전 마을 처녀가 비룡에 물려 죽으면서 중단되었다가 올해에 재개된다는 것이다. 취재 결과 비룡못제의 중단은 4 · 3과 밀접히 관련되어 있음이 드러난다.

비룡못 한복판에 시신으로 떠올랐던 처녀는 4 · 3의 와중에 태어났다. 처녀의 아비는 무장대 지역책으로 활동하던 중 행방불명되었고, 지아비를 여읜 어미는 눈 덮인 들녘에서 스스로 탯줄을 끊고 아이를 낳았다. 그 아이가 스물을 넘어서면서 사라지자 그 어미가 딸을 찾아다니다가 돌아와서는 팽나무에 목매는 일이 발생했고, 그 6개월 후 나타났다가 다시 사라진 딸은 열흘 만에 비룡못에서 시체로 발견되었다. 시신의 곳곳에는 예리한 이빨자국이 선명히 찍혀 있었고, 사람들은 그것을 지키미한테 물어뜯긴 자국으로 믿었다.

그런데 그 직후 더욱 충격적인 사건이 마을에서 벌어졌다. 지난겨울부터 시작된 가뭄이 이어지더니 기어코 비룡못이 말라버렸는데, 그때 드러낸 바닥의 모습이 주민들을 경악케 했다.

> 마침내 흉한 모습으로 밑창까지 거의 다 드러난 비룡못 바닥, 그 시커먼 개펄 속에는 뼈만 앙상하게 남은 시체들이 무더기로 나뒹굴며 처박혀 있었던 것이다. 그것은 말할 것도 없이, 20년 전 주민들이 마을에서 쫓겨나던 날 마을에 붙잡혀 남았던 사람들이 학살당한 뒤 수장된 시체들이었다. (…) 아비의 시체, 아들의 시체, 형이나 아우의 시체, 남편의 시체, 이낙의 시체, 또는 온 가족의 시체…… 그러므로 너븐드르 사람들은 그 시체들이 썩어 녹아든 비룡못물을 마시며 살아온 셈이었다.(「고여 있는 불」, 258-259쪽)

못 바닥에 가라앉았던 통한의 아픔이 여지없이 드러난 것이다. 4 · 3은 그렇게 주민들에게 씻을 수 없는 상처를 남겼다. 이때부터 비룡못제는 중단되었다. 물론 표면적인 이유는 처녀가 비룡(지키미)에게 물려 죽었다는 이유 즉 "너븐드르 사람이 비룡못에 빠져 지키미한테 물려 죽는 일이 생기면 못제는 당장에 중단하도록 되어 있었"(248쪽)던 불문율 때문이지만, 작가는 의도적으로 그것을 4·3의 비극에 연결시켜 놓고 있다. 집단학살의 참혹한 실상이 20년 만에 드러나게 되었지만, 오히려 비룡못제는 지낼 수 없게 되어버린 아이러니한 상황이 되고 말았다. 4·3이 오랫동안 금기시되고 있던 정치적·사회적 현실에 대한 은유라고 할 수 있다.

> 문득문득 떠오르는 기억들, 밥을 먹다가도, 길을 걷다가도, 말을 나누다가도, 잠을 자다가도, 느닷없이 달라붙어 목을 조이는 그 기억들을 어떻게 잊을 수 있단 말이오. 40년이 지났으니 그때 당한 사람들도 얼마 없으면 다 죽을 것이다? 그러면 다 잊게 될 것이다? 웃기는 소리요, 그건. 그럼 우리 세댄? 40년 전의 일은 어려서 기억에 없다 할지라도 20년 전에 그 참혹한 꼴을 두 눈으로 목격한 우린 어쩝니까? 우리도 얼마 없으면 다 죽을 게 아니냐? 그렇다면 우리 아이들은? 이집 저집에서 한날 한시에 올리는 제사가 무엇을 뜻하는지, 그 아이들이라고, 또 그 아이들의 아이들이라고 모를 것 같소? (「고여 있는 불」, 261-262쪽)

처녀의 죽음과 재생의 당사자인 김동석의 발언이다. 처녀의 죽음 이후 20년 만에 귀향한 그는 마을공동체를 되살리기 위해 죽은 처녀가 당시의 모습으로 살아왔다는 소문을 퍼뜨린다. "그 못제가 다시 열리게 되려면 죽었던 사람이 되살아날 때"(248쪽)라야 가능했기 때문이다. "미치지 않고는 살아갈 수 없는"(273쪽) 마을사람들은 그의 말을 믿고 비룡못제를 다시 올린다. 그것의 중단 과정에도 저변에 4·3이 관련되었듯이, 제의의 부활 역시 4·3에 연결된다. 이 제의는 곧 4·3위령제이기도 하다는 것이다. 4·3이 더 이상 금기로 남아선 안 됨을 작가가 역설하고 있음이다.

이처럼 김석희는 무엇보다도 4·3의 진상을 규명하는 일이 시급함을 강조한다. 진실의 추적을 용이하게 하기 위해 이야기를 이끌어가는 주체로 제주도 출신의 기자와 전직 기자인 인물을 등장시켰다. 나아가 그는 아직도 그것에 대한 금기의 벽이 너무나 높다는 점을 강력한 메시지로 내세운다. 4·3공산폭동론만이 공식역사였던 당시로서는 4·3에 대한 금기 깨기가 무엇보다도 중요함을 강조했다고 할 수 있다.

한편, 메도루마 슌은 부모로부터 전쟁 체험을 들을 수 있는 거의 마지막 전후 세대라고 스스로를 생각한다. 그래서 그는 사명감을 갖고 오키나와전쟁과 관련된 소설들을 창작했다.

> 부모님과 조부모님으로부터 들은 전쟁체험은 나의 육친의 역사이자 더없이 소중한 증언들이다. 그들이 기억을 되새길 때 짓는 표정이나 목소리는 앞으로도 내 마음 깊은 곳에 남아있을 것이다. 그리고 그 이야기들을 나만의 것이 아닌 되도록 많은 사람들과 공유하고 생생한 현장으로 되살리는 것이 나의 의무이기도 했다. 그 방법 중의 하나가 바로 오키나와 전투를 소설로 쓰는 것이었다.[18]

메도루마 슌은 "특공기가 미군함으로 돌격하는 모습과 해안가로 떠밀려온 비행병의 유해 이야기를 조부모님에게 들"[19]어서 「바람소리」를 썼다. 작가는 이 작품에서 풍장(風葬) 터에서 불가사의한 소리를 내는 두개골을 등장시킴으로써 특공대원의 죽음을 미화하는 행태에 일침을 가하면서 전쟁의 의미를 되새긴다. 여기에는 미군 상륙 이후 오키나와인들의 수난상이 그려진다.

> 미군이 상륙한 지 한 달이 지나자 식량은 거의 바닥이 났다. 마을 사

---

18) 메도루마 슌(안행순 역), 『오키나와의 눈물』, 논형, 2013, p.57.
19) 위의 책, p.65.

람들은 낮의 함포 사격이 그치면 동굴에서 나와 얼마 안 되는 고구마나 사탕수수를 날라다 허기를 달랬다. 밤의 어둠을 뚫고 해안 근처에 있는 콧구멍만한 밭에서 엄지손가락 크기밖에 안 되는 고구마를 허겁지겁 캐낸 요시아키와 세이키치는 돌아가는 길을 서둘렀다. 날이 밝기 전까지 산속 동굴에서 기다리는 어머니와 동생들 곁으로 갈 수 있을지 불안했다. (「바람소리」, 72쪽)

주민들이 굶주림 속에서 동굴(가마) 생활을 이어가는 상황이다. 「혼 불어넣기」에도 비슷한 상황이 나온다. 미군의 함포사격에서 벗어나는 일, 목숨을 부지할 식량을 구하는 일 모두 힘겨운 일이었다.

미군 공습으로 마을이 거지반 불에 타 버린 지 한 달이 지났다. 근처에 해군 특수 공격정 기지가 있어서 우타네 마을은 피해가 유독 컸던 것이다. 다른 마을 사람들은 산으로 도망갔다가 식량과 생필품 같은 걸 가지러 타다 남은 집으로 내려올 여유도 있었으나, 우타네 마을은 첫 번째 폭격으로 완전히 파괴되었다. 옷만 입은 채 산으로 피신한 우타네 마을 사람들은 함포 사격에서 벗어나는 일도 중요했지만, 첫날부터 식량을 구하러 나서야 했다. (「혼 불어넣기」, 39쪽)

「물방울」에서도 미군의 포격으로 인한 참사가 그려진다. 집을 잃고 숨어 다니며 굶주리는 상황을 넘어서서 본격적으로 수많은 인명이 희생되기 시작했음이 나타난다. 끔찍한 상황들이 곳곳에서 발생한다.

저녁 무렵 물을 길으러 나간 도쿠쇼 일행은 근처에 정박한 군함에서 쏜 포탄을 맞았다. 함께 있던 여학생 셋은 즉사했다. 이시미네도 파편으로 배가 찢겨 그나마 움직일 수 있는 사람은 도쿠쇼뿐이었다. 배를 누르며 신음하는 이시미네의 손바닥 밖으로 돼지나 염소의 배를 갈랐을 때 본 것과 같은 것이 비어져 나와 있었다. (「물방울」, 36쪽)

하지만 오키나와는 미군의 공격에만 그러한 참화를 입은 것이 아니었다. 오키나와 주민들에게는 일본군도 미군과 다를 바 없는 존재였다. 일본군은 그들을 지켜주는 군대가 아니었다.

> 스파이 혐의로 옆 마을의 경방단(警防團) 단장과 초등학교 교장이 일본군에게 찔려 죽었다는 소문은 동굴에도 전해졌다. 바닷가 이웃 마을의 가네히사라는 남자가 자기 집에 들렀다가, 연안에 있는 미군 함정에 신호를 보내려 했다는 혐의로 일본군에게 끌려가 돌아오지 않았다는 이야기도 들었다. 순진하게 아군이니까 자기들을 보호해 줄 거라 믿지 못하게 되었다. (「혼 불어넣기」, 40쪽)

> 병사들이 주민의 식량을 징발하기 시작하자 여기저기서 애원하는 소리가 높아진다. 칼을 빼든 이시노가 닥쳐 하고 일갈하자 마을사람들은 바로 고개를 숙인다. (…중략…) 참호 안쪽에서 갓난아기의 울음소리가 나자 적에게 들키고 말거야 조용히 못 시켜 하는 소리가 난다. (…중략…) 지금까지 세 명의 오키나와인이 스파이 용의로 우군에게 살해당하는 것을 봤다. 칭얼거리는 갓난아기를 필사적으로 달래고 있는 아이 엄마의 뒷모습을 바라보며 서둘러 이곳을 떠나고 싶었다. (「나비떼 나무」, 406쪽)

오키나와인이 일본군에게 끌려가서 돌아오지 않는 상황, 오키나와인이 스파이 혐의로 일본군에게 살해당하는 상황 등이 비일비재했다는 것이 메도루마 슌의 인식이다. 일본군에게 이른바 '집단자결'(강제 집단사)을 강요당한 오키나와 공동체의 입장에서는 일본도 미국과 다를 바 없는 외세라는 것이다.

메도루마 슌이 소설에서 말하고자 하는 바는 "전쟁 파노라마나 전투 그 자체가 아니라 전쟁 속에서 오키나와 민중이 어떻게 살았고 어떻게 죽어갔는지, 살아남은 사람들이 전쟁을 기억 저편에 담아둔 채 전후를 어떻게 살아가고 있는지에 대한 것"[20]이었다. 따라서 그는 전쟁이 남긴 상흔의 양상에 많은 관심을 드러내었다.

「이승의 상처를 이끌고」는 영혼과 만나고 영혼의 상처를 듣는 작품이다. 이 소설에서 '나'는 1955년생 여성이다. 네 살 때부터 할머니 슬하에서 살다가 2학년 때 학교를 그만두게 된다. 할아버지는 오키나와 전쟁 때 희생되었다. 할머니는 '나'를 잘 보살펴 줬으나 전쟁에 대해서는 말해주지 않는다. 할머니가 전쟁 상황을 전언하지 않는 까닭은 그 아픔이 너무 크기 때문이다.

> 이 마을에서도 많은 사람이 죽었고, 우리 할아버지도 전쟁 때 죽었는데 어디서 죽었는지는 모른다나 봐. 일본군에게 끌려가서 그길로 돌아오지 않았다는데, 할머니는 전쟁 이야기만 나오면 골치가 아파 일을 못 하게 된다며 거기까지밖에 들려주지 않았어. 나도 할머니 마음을 아프게 하고 싶지 않아서 자세히는 묻지 않았지. (「이승의 상처를 이끌고」, 170쪽)

그런데 '나'에게 열다섯 무렵부터 영혼들이 보이기 시작했다. 개중에는 아마미오 섬 출신으로 일본군 장교들의 위안부였던 여인의 영혼도 있었다. 여인은 "지금 농협 건물을 짓고 있는 데는 전쟁으로 불타 없어지기 전까지 이층짜리 여관이 있었는데 거기서 일했다"면서 "몹시 괴롭고 슬픈 일"(177쪽)을 겪었음을 말한다. 결국 '나'는 사무친 영혼에 의해 전쟁의 아픔을 알게 된 셈이다.

위안부 문제는 「나비떼 나무」에서도 다루어진다. 여기서는 '고제이'로 대표되는 우치난츄(오키나와 사람을 뜻하는 오키나와방언) 위안부만이 아니라 조선인 위안부도 등장한다. "위안소에서 끌려온 조선인 여자는 처음에는 네 명이었는데 한 명은 도중에 어디론가 사라지고, 둘은 함포사격 파편에 내장과 목이 찢어져서 죽었"(404쪽)기에 한 명만 살아남았으나, 미군

---

20) 위의 책, p.69.

상륙 이후 도피 생활 속에서 겨우 목숨을 보전하고 있는 처지다.

「브라질 할아버지의 술」에는 20대에 브라질로 건너가 30년 동안 남미에서 살다가 1950년경에 돌아온 노인이 등장한다. 귀국한 그는 부모 형제와 가까운 피붙이들이 오키나와전쟁에서 모두 죽었다는 소식을 듣는다. 고향도 갈 수 없는 곳이 되어버렸다. 상전벽해가 되어버린 오키나와의 실상이 그의 눈에 비춰진다.

> 고향 마을에 도착하여 비로소 할아버지는 자기가 태어나고 자란 곳이 미군기지의 철조망 건너편 세계가 되었다는 사실을 알았다. 진초록 등으로 위장한 군용 차량들이 늘어선 콘크리트 바닥의 어느 지점에 기억 속의 숲과 논밭과 집들을 갖다 놔야 할지 몰랐다. (「브라질 할아버지의 술」, 96쪽)

30년 전 그의 아버지가 아와모리 술 단지를 간직해 놓은 동굴도 미군기지에 포함되었다. 몰래 들어간 그 동굴에는 "수습하지 않은 유골이나 유품"(97쪽)들이 남아 있을 뿐 단지에는 술이 들어있지 않았다. "여기는 이제 고향이라고 부를 수 없는 장소가 되었음"(97-98쪽)을 그는 깨달았다. 물론 메도루마 슌에게 이는 일본이 오키나와를 군사기지화하여 미국과 전쟁을 시작한 결과로 인식된다.

이렇게 볼 때 메도루마 슌은 오키나와전쟁과 관련하여 겉으로 드러나는 참상을 드러내기도 하였거니와 그 상흔의 양상과 현실적 의미를 추구하는 데 더 주력했다고 할 수 있다. 그것은 오키나와가 기지의 섬으로서 '전후 제로 년'21)의 상황으로 인식되는 절박한 현실과 밀접한 관련이 있다고 본다.

---

21) 메도루마 슌은 오키나와의 현실에서 전쟁이 끝난 후라는 '전후(戰後)' 시대는 존재하지 않는다면서 '전후 제로 년'이라는 표현을 썼다. 국내에 번역된 『오키나와의 눈물』의 원제는 『沖繩'戰後'ゼロ年(오키나와 전후 제로 년)』이다.

3. 공동체 복원 추구의 방식

김석희의 작품이 4·3소설에서 유다른 점은 "4·3의 비극을, 우리
의 분단모순이라는 커다란 논리의 틀에 기계적으로 편입시키기를 거부
한다"[22]는 데 있다. 20여 년 전의 작품들이지만 그만큼 도전적인 관점
으로 4·3을 다룬 경우도 드물다. 그것은 바로 제주공동체의 독립에
대한 메시지 때문이다. 이는 메도루마 슌의 작품 세계와 상당히 유사
한 면모다.

특히 김석희의 「땅울림」은 탐라공화국으로의 독립을 직접 내세운 소
설이다. 이 작품의 현용직은 해방 직후에 서울 활동을 접고 귀향하면서
"제주도를 한반도에 예속된 땅이 아닌, 일본에 점령당했다가 해방된 다
른 국가들과 마찬가지의 독립단위로" 여긴다. 따라서 그는 "한반도와
제주도는 똑같은 입장에서 자신의 해방을 맞이해야 한다"(45쪽)는 신념
을 가졌던 것이다.[23] 그것은 탐라공화국 건설의 꿈으로 이어진다.

> 탐라공화국. 제주인의 자치에 의한 독립정부가 수립되어야 한다는 생
> 각이었다. 이는 본토에 대한 역사적 배타심의 발로이기도 했지만, 현실
> 적으로는, 섬과 아무 관련도 없는 외지인들의 횡포로부터 제주도를 구
> 해내자는, 일종의 생존적 자구책이었다. (「땅울림」, 48쪽)

1천 년 가까운 오랜 세월 동안 "지하수로 흐르다가 마침내 표면으로
솟구쳐올라와, 강한 결속감으로 끈질긴 저항을 가능케 했던, 그 잠재적

---

22) 전형준, 「촌놈의 자존심」, 김석희, 『이상의 날개』, 앞의 책, p.291.
23) 1945년 8·15 이후 미군은 서울에 주둔한 일본군과는 별도로 제주 주둔 일본군에
　　게 항복을 받았다. 미군이 인천을 통해 한국에 들어온 것은 9월 8일이고, 제주에
　　별도의 항복접수팀이 들어온 것은 9월 28일이었다. 그들은 일본과 오키나와의 경
　　우처럼 한국과 제주도를 분리해 인식했다고 할 수 있다.

조직력의 실체"(56-57쪽)가 바로 탐라국 재건의 꿈이었다는 것이다. 현용직을 중심으로 한 탐라공화국 건설의 꿈은 4·3 봉기 세력과 연결된다. '중립국 독립'이라는 방식으로 구체화되기도 한다.

> 그리고 그들 중엔, (···중략···), 이 기회를 잘 이용하면 제주도를 독립시킬 수 있으리라 기대하는 사람들도 없지 않았네. (···중략···) 좌우가 맞붙어 싸우다 보면, 언젠가는 가령 스페인 내전처럼 국제적인 관심을 불러일으켜, 결국은 현지 주민들의 요구나 입장을 고려해서 이를테면 중립국으로 독립을 보장받게 되지 않겠는가 하는 식으로 말일세. (「땅울림」, 52-53쪽)

현용직은 서북사투리 사내를 표적 살해한 것을 계기로 탐라국 재건의 불을 지핀다. 그는 시체 옆에 "탐라인의 이름으로 처단한다"(76쪽)는 쪽지를 남긴다. 제주인도 아닌 '탐라인'의 이름을 내세운 그의 테러는 커다란 파장을 일으킨다. 더구나 시신이 발견된 장소는 탐라왕국을 이끈 핵심 세력의 근거지인 삼성혈 부근이었다.

탐라인의 이름을 내세운 활동에 기대를 거는 사람들도 생겨났다. "가슴이 쿵쿵 설레는 사람들도 있었"을 뿐만 아니라 "실제로 섬 안 곳곳에서는 이번 사건을 모방하여 '탐라인'을 내세운 테러가 잇따르기도 했"(76쪽)다.

물론 탐라공화국 건설의 꿈은 실현되지 못했고, 36년이나 입산생활을 했던 현용직은 속절없이 생을 마감한다. 그는 임종 전에 그동안 숨어지내던 산중의 동굴도 찾아가기도 하고 온종일 한라산을 향해 앉아 있기도 하고 산에서 걸쳤던 옷자락을 손에 들고 있기도 했다. 밤에는 땀 흘리며 무언가를 열심히 썼다가 날 밝으면 모두 불살라 버리는 일을 반복하곤 했다. 아마도 무언가 열심히 썼던 그것은 제주사람의 입장에서 보는 4·3의 진실이요 나아가 그가 꿈꾸었던 '탐라공화국'의 참모습이었을 것이다. 현용직을 취재했던 김종민 기자는 물론이요, 둘의 생애와 죽음을 접한 '나'도 그런 인식에 도달한다. 내가 들은 "발아래 어디선가 쿵, 쿵, 쿵, 땅 울리는 소리"(84쪽)란 태초부터 면면(綿綿)하게 이어져온 자주적 실체로서의 제주사람들의 족적일 터이다.[24]

「고여 있는 불」에서도, 김석희가 생각하는 제주공동체의 독자성의 양상을 엿볼 수 있다. 「땅울림」처럼 전면적인 양상은 아니지만, 독립과 관련된 언급이 나온다.

> 가령 그들은 육지사람을 말할 때면 아직도 '육지것'이라는 언사를 거침없이 사용했다. 또 그들 중에 어떤 이는 탐라왕국 시절의 제주를 입에 올리며(역사 속에만 전설처럼 남아 있는 그 왕국이 그에게는 현재진행형으로 살아 숨쉬고 있었다), 언젠가는 제주도가 독립되어야 한다고 주장하기도 했다. (「고여 있는 불」, 279쪽)

너븐드르 마을의 비룡못제가 끝난 직후의 상황이다. 비록 특정인의 발언이지만, 탐라왕국을 거론하면서 제주도의 독립을 주장하고 있음이 드러난다. 여기서 말하는 '육지것'(육짓것)은 오키나와에서 본토인들을 일컫는 '야마토 짐승'[25]과 상통한다. 물론 이처럼 배타적이라고 지적될 수 있는 표현이 나오는 것은 공동체에 대한 수탈과 파괴에서 기인한다.

'나'는 비룡못제를 올리는 너븐드르 사람들을 보면서 '시작도 끝도 알 수 없는 소리'를 접한다. 그 소리는 「땅울림」의 땅울림 소리와 동일한 것으로 읽힌다.

---

24) 이 글에서 김석희의 「땅울림」에 대한 분석은 주로 다음 논문을 참조한 것임. 김동윤, 「김석희 소설 「땅울림」에 나타난 독립적 자치주의」, 『영주어문』 24(영주어문학회, 2012), pp.65-89.

25) 야마시로 세이츄(손지연 역), 「구넨보」, 앞의 책, p.426.

> 낮으면서도 힘차게 부풀어올랐다가 썰물처럼 순식간에 휩쓸려버리기
> 도 하는 그 소리는, 사람들이 밟는 땅울림으로 들리기도 했고, 억새숲에
> 깃드는 바람결로 들리기도 했고, 수면을 타고 실려와 못가 둔덕에 부려
> 지는 잔물결로 들리기도 했다. (「고여 있는 불」, 276쪽)

'나'는 취재가 끝나 너븐드르를 떠나지만 시나브로 그들과 혼연일체
가 됨을 느낀다. "졸음에 겨운 의식이 바닥으로 가라앉는 느낌 속에서,
나는 너븐드르를 떠나고 있는 것이 아니라 그곳으로 되돌아가고 있었
다"(286쪽)는 소설의 마지막 문장이 그것을 입증한다.

이처럼 김석희는 제주공동체의 독자성이 존중되어야 한다는 생각을
4·3소설에서 분명히 드러내었다. 내심 제주의 독립을 지향하고 있음
도 확인되었다. 그러나 그것이 그다지 실감 있게 제시되지는 않는다.
현실과의 거리가 퍽 많이 느껴진다는 것이다.

아울러 이러한 김석희의 4·3소설이 그다지 주목받지 못한 것은
4·3 담론의 시대적 양상과 관련이 있다고 본다. 민중수난상의 부각을
통한 4·3 진상 규명 운동에 주력해야 했던 1980년대 후반의 상황으
로서는 '탐라공화국 건설'의 문제가 돌출적인 메시지로 취급될 수밖에
없는 운명이었던 것이다.[26]

그에 비해 메도루마 슌의 작품은 좀 더 행동적이고 구체적이다. 지
역공동체 독립의 문제가 가까운 현실에서 벌어지는 사건으로 나타나기
도 한다.

「이승의 상처를 이끌고」에서 '나'는 할머니가 세상 떠난 후부터 스
낵바에서 일하다가 야에야마 출신으로 본토의 대학을 중퇴한 청년과
만나 친하게 지낸다. 그 청년은 오키나와에서 개최되는 해양박람회에

---

26) 김동윤, 앞의 논문, p.66 참조.

참석한 황태자에 대한 습격을 시도한다.

> 헬멧을 쓴 남자가 화염병을 던지려고 하는 사진이라든가, 우아하게
> 차려입은 여사와 신사 복장의 남자들 앞에서 불이 타올라 모두들 넋이
> 나간 듯 바라보는 사진 같은 것을 보여 주면서, 이 사람들은 본토의 훌
> 륭한 분들이다, 황태자 전하라고 하여 보통사람들은 말도 못 붙일 정도
> 로 귀하신 몸이란 말이다, 그런 분들에게 그놈들이 해코지를 하려고 했
> 다, 이 사건으로 오키나와 사람들은 어리석은 인간들이라고 본토 사람들
> 에게 또다시 차별을 받게 되었다, 그놈들 탓에 오키나와 사람들이 얼마나
> 큰 피해를 입게 되었는지 알기나 하냐고 호통을 치는 거야. (…중략…)
> 그 사람 패거리가 박람회장으로 가는 황태자 전하의 차를 습격하려고
> 했다는 거야. (「이승의 상처를 이끌고」, 193-194쪽)

황태자 습격은 야마토에 대한 반대, 즉 오키나와의 독립에 대한 강
력한 의지의 표명이다. 이 사건으로 인해 경찰서에 끌려가 청년의 행
방을 대라고 취조를 당하면서 '나'는 "오키나와 사람들이 차별을 받게
된다면 받으면 되잖아. 난 어렸을 때부터 끊임없이 고통을 겪어 왔고
차별을 받아왔는데, 뭐"(194쪽)라고 생각한다. 고통과 차별이 두려워서
독립 투쟁을 중단해서는 안 된다는 의미인 것이다.

일본군이 들어옴으로써 전장이 되고, 전쟁으로 인해 할아버지와 많
은 주민들이 죽고, 전쟁이 끝나도 여전히 차별 속에 살고 있는 상황에
서 '나'라는 여인이 기대던 청년은 황태자를 습격하는 거사를 도모했
다.27) 이후 청년의 소식은 알 수 없었고, 혼자 지내던 '나'는 스물세

---

27) 메도루마 슌의 「오키나와 북 리뷰」에는 천황 문제가 반어적(反語的)으로 서술된다.
　　"'황태자전하께 오키나와 신부를! 황태자전하를 오키나와의 사위로!' 만약 이 일
　　이 실현된다면 오키나와 주민의 열등감은 뿌리째 제거되어 야마토 민족으로서의
　　자긍심을 가지고, 대동아 신질서의 재흥을 위해 목숨을 다해 분골쇄신 노력할 것
　　입니다."(p.134.)

살의 어느 날 윤간당한 후 죽어 영혼이 된다. 비록 청년의 거사는 실패로 끝났지만 여인의 영혼은 여전히 그를 그리워하고 있다. 이는 곧 오키나와의 독립만이 이승의 상처를 온전히 치유할 수 있음을 의미하는 것으로 해석된다.

오키나와전쟁 때 야마토 군인들의 행태로 인해 우치난추들은 더욱 처참해졌다. 그로 인해 생기는 우치난추들의 배신감은 엄청난 것이었다. 메도루마 슌의 작품에서 그러한 양상은 곳곳에서 확인된다.

> 병사들에게 조금이라도 의심스러운 것은 전부 스파이였다. 일단 그렇게 단정해 버리면 그 후에는 어떻게 될까. 동틀 무렵 참호 근처를 걷고 있다는 것만으로 누인 두 명이 칼에 베어 죽는 것을 고제이는 목격했다. 손을 뒤로 묶인 노인들은 더듬거리는 표준어로 식량을 찾으러 마을로 갔다 돌아오는 길이라고 변명했다. 실제 가마니에 감자나 산양 고기를 갖고 있었다. 그러나 오키나와 주민이 말하는 것 따위 우군은 처음부터 신용하지 않았다. (「나비떼 나무」, 411쪽)

위의 인용에서 보면, 오키나와전쟁에서 일본군은 결국 아군(우군)이 아니었음이 드러난다. 아무리 야마톤추(일본 본토 사람)처럼 표준어로 얘기하려고 해도 그들은 일본군에게 타자일 뿐이었다. 그러기에 고제이는 수십년이 지나서도 "군대가 오고 있어. 모두 어서 도망쳐.(히-타이누 춘도-무루, 헤쿠아나 힌기리요-)"(384쪽)라거나 "어서 숨어(헤-가구리요). 야마토(大和) 군대가 널 찾으러 올 거야"(390쪽)라고 외친다. 우치난추들은 "썩어빠진 야마톤추(大和人), 때려죽여라-"(382쪽)라고 야유를 날리기도 한다.

우치난추들에게는 미국이나 일본이나 다 같은 외세일 뿐이다. 그러기에 우치난추에게 1972년 일본에게 반환된 '오키나와 반환'은 진정한 반환이 아니었다. 다음은 「브라질 할아버지의 술」에서 '나'의 초등학교 4학년 시절, 오키나와가 일본으로 '반환'되던 때의 상황이다. '나'는 그때부터 새로이 쓰게 된 일본 돈을 보면서 실망감을 표한다.

> (…전략…) 천 엔짜리 지폐는 유치하고 천박해 보이기도 했거니와, 얼굴에 큰 점에 있고 깐깐해 보이는 노인네[28]에게도 호감이 가지 않았다. (…중략…) 1엔짜리의 색도 가벼움도 문양도 다 마음에 안 들어서, 이런 돈을 매일같이 써야 되나 하는 생각에, '오키나와 반환'이라는 게 좋은 것만은 아니라는 걸 알게 되었다. (「브라질 할아버지의 술」, 60-61쪽)

메도루마 슌은 평화로운 오키나와가 외부세력의 침탈로 인해 전쟁터가 되고 말았다고 확신한다. "군대가 있는 곳이야말로 공격을 받는 곳이며 막상 전쟁이 터지면 군대는 주민을 지키지 않는다는 사실을 오키나와 전투는 증명했다"[29]고 그는 말한다.

이런 인식은 「바람소리」에서 "뭐라꼬, 더는 듣고 싶지 않다. 여긴 느그들 본토인이 올 데가 아이다. 맞아 죽기 전에 어서 가라."(84쪽)라는 발언을 통해서도 그 의도를 분명히 드러낸다. 그는 오키나와의 평화가 야마토를 포함한 외부 세력에 의해 철저히 훼손되었음을 강조하고 있다. 외부 세력의 침탈 등으로 고향이 온전하지 않은 상황은 오키나와가 스스로 서야 하는 근거로 작용한다.

메도루마 슌은 "오키나와의 운명은 오키나와인 스스로 결정해야 한다"는 "오키나와의 자기결정권"[30]을 강조한다. 실제로 그는 "자치가 아니라" "독립을 생각하고 있"다고 분명히 말한다. "학자들이 오키나와독립학회를 만들었"[31]음도 강조한다. 그러기에 그는 전쟁 상황과 전

---

28) 역자가 밝혔듯이, 이 '노인네'는 이토 히로부미(伊藤博文)를 가리킨다.
29) 메도루마 슌(안행순 역), 앞의 책, p.96.
30) 김재용, 「대담 : 메도루마 슌」, 『지구적 세계문학』, 2015년 봄호, p.358.

후 현실을 그로테스크하게 그려놓는다. 그로서는 적당한 타협, 자동화된 기억, 규격화된 화해 따위를 결코 용납할 수 없기 때문이다.

> "이 50년을 내가 얼매나 마음고생하며 살았는지 니가 아나?"
> 이시미네는 미소 지으며 도쿠쇼를 쳐다볼 뿐이었다. 일어나려고 몸부림치는 도쿠쇼에게 이시미네는 가볍게 고개를 까딱였다.
> "고마워. 이제야 갈증이 해소됐어."
> 이시미네는 완벽한 표준어로 그렇게 말하더니 미소를 거두고 거수경례를 한 다음 깊숙이 머리를 숙였다. 벽으로 사라질 때까지 두 번 다시 도쿠쇼를 돌아보지 않았다. 오래되어 더러워진 벽에 도마뱀 한 마리가 기어 나와 벌레를 잡아먹는다.
> 새벽을 맞이하는 마을에 도쿠쇼의 통곡 소리가 울려 퍼졌다. (「물방울」, 42쪽)

"거짓말로 전쟁 때 눈물 나는 얘기 팔아서 돈 벌다가는 금방 벌 받는데이."(30쪽)라는 지적은 전쟁의 기억은 진정성을 갖고 전승되어야 함을 강조하는 것으로 해석된다.[32] 진정성 있는 기억투쟁이 독립 추구의 의지를 현실화할 수 있고, 나아가 그것이 평화로운 공동체를 건설할 수

---

31) 위의 글, p.359.
32) 여기서 우리는, 전쟁을 직접 다룬 작품은 아니지만, 메도루마 슌의 과감한 상상력이 발휘된 엽편소설 「희망」을 떠올리게 된다. 오키나와 사람인 '나'가 미군 자녀를 납치하여 살해한 뒤 "지금 오키나와에 필요한 것은 수천 명의 데모도 수만 명의 집회도 아니다. 한 명의 미국인 아이의 죽음이다"라는 범행성명서를 낸 뒤에 분신자살한다는 내용이다. '나'의 다음과 같은 독백은 간담을 서늘케 한다. "놈들은 고분고분 얼빠진 오키나와인이 이런 짓을 하리라곤 꿈도 못 꿨던 게다. 전쟁에, 기지에 반대한다면서 기껏 집회나 열고 그럴싸한 데모나 하며 대충 얼버무리는 얌전한 민족. 좌익이니 과격파니 해봤자 실제론 아무 피해도 못 입히는 게릴라 짓이 고작. 요인(要人) 테러나 유괴를 할 리도 없고 총으로 무장할 리도 없다. 군용지(軍用地) 대금이네, 보조금이네, 기지가 배설하는 더러운 돈에 몰려드는 구더기 같은 오키나와인. 평화를 사랑하는 치유의 섬이라고? 구역질이 난다."(메도루마 슌, 「희망」, 서경식, 임성모·이규수 역, 앞의 책, pp.66-67.)

있다는 생각이다.

이상에서 볼 때 김석희의 4·3소설과 메도루마 슌의 오키나와전쟁소설은 지역공동체를 매우 중시하면서 과거 독립왕국이었음에 비추어 독립을 지향한다는 점에서 매우 유사하다. 각각 탐라왕국과 류큐왕국의 역사에 대한 기억을 안고 있기에 파괴된 공동체를 복원하는 방식으로 독립국 수립을 내세우며 독자성을 강조하는 것이다.

그러나 오키나와전쟁소설과는 달리 4·3소설의 경우 이러한 독립 지향은 현실적으로 가능성이 거의 없는, 4·3이 종료된 뒤에는 시도해보기조차 어려운, 전설과 꿈으로만 여겨질 따름이다. 그래서 「땅울림」에서 탐라공화국 건설을 꿈꾸었던 현용직과 제주도적 순수성을 집요하게 추구했던 김종민은 끝내 죽음에 이를 수밖에 없었으며, 「고여 있는 불」에서는 독립 문제가 화젯거리로만 떠오를 뿐이다.

이는 메도루마 슌이 초현실적으로 그로테스크하게 접근하는 작품을 주로 쓰는 데 비해, 김석희의 경우 취재와 추리에 근거하는 리얼리즘으로 접근하는 방식으로 창작했음에 따른 차이이기도 하다. 정치권력에 의해 오랫동안 금기의 역사였던 4·3 담론과 일본·미국 등의 틈바구니에서 인식의 확대를 지향해간 오키나와전쟁 담론 간에는 그 전개 방식에서 적잖은 차이가 존재한다. 그 문학적 형상화 방식도 다를 수밖에 없었을 것으로 본다.

4. 문화적 정체성의 강조 양상

김석희와 메도루마 슌은 공히 문화적 정체성에도 많은 관심을 드러

낸다. 지역공동체의 성립이야말로 풍속이나 언어 같은 문화적 정체성
에서 비롯됨을 인식했기 때문일 것이다.

특히 전통적 제의(祭儀)를 요긴하게 활용하여 주제를 구현한다는 면
에서는 두 작가가 상당히 유사하다. 김석희의 「땅울림」과 「고여 있는
불」에서는 모두 마을제가 등장하며, 「고여 있는 불」의 경우에는 제주
의 샤먼인 '심방'이 등장한다. 메도루마 순의 작품에서도 「나비떼 나무」
의 경우 마을의 풍년제가 펼쳐지고, 「혼 불어넣기」에는 '마부이구미'
의식이 행해진다. 「이승의 상처를 이끌고」의 할머니와 「혼 불어넣기」
의 우타는 오키나와의 샤먼인 '신녀(神女)'이다.

김석희의 「땅울림」에서는 가공(架空)의 전설을 제시하고 그것을 마을
제로 연결시킨다. 작가는 탐라공화국 건설의 당위성을 설득력 있게 강
조하기 위하여 탐라왕국과 관련된 마을제와 전설을 그럴듯하게 가공하
여 제시한다. "공동체적 결속감을 역사와 결부시킴으로써 그들을 다독
거리고 일깨워온 것 중의 하나가, 해마다 음력 5월 초사흗날에 열리는
광랑제(廣郎祭)"(55쪽)라는 것이다.

> 전해져 내려오는 이야기에 따르면, 오랜 옛날 탐라왕국이 멸망한 뒤
> 광랑이라는 한 유신(遺臣)이 이곳으로 숨어들어와서 나라를 되찾으려고
> 준비하다 뜻을 이루지 못하고 죽었다는데, 그를 기리기 위해 시작한 제
> 가 광랑제라는 것이다. 원래는 그의 뜻을 기려 다짐하는 행사였던 것이,
> 세월이 흐르면서 마을의 안녕과 주민의 행복을 기원하는 평범한 부락제
> 로 변했다고 한다. 그러나 사람들은 광랑제가 올려지는 동안, 전설과 함
> 께 내려오는 그 조상의 한을 되새기며, 탐라왕국에 대한 향수와 꿈을 잠
> 깐이나마 맛보곤 한다는 것이다. (「땅울림」, 55쪽)

「고여 있는 불」은 마을제인 비룡못제가 작품의 주요 모티프다. 그것
이 중단되었다가 20년 만에 복원되는 계기는 4 · 3과 관련이 깊다. 비

룡못제의 복원은 공동체의 복원을 지향하는 것이면서 4·3위령제의 봉행을 촉구하는 것을 의미한다. 4·3의 진상 규명과 지역공동체의 복원은 동시에 추구되어야 함을 전통적 제의의 부활 양상을 통해 역설하고 있는 것이다.

메도루마 슌의 「나비떼 나무」에서 풍년제는 우치난추 공동체에게 요구되는 기억의 재생과 관련된다. '류큐 예능'들이 의미 있게 제시되기도 한다.

> 부락이 생겼을 무렵 태어나 백이십 살까지 살며 많은 자손을 얻었다고 하는 그 노인이 우선 풍년제의 내력을 설명하고 오곡풍양(五穀豊穰)하라는 기원을 올린다. 그에 맞춰 객석의 나이든 여자들도 함께 손을 모으고 연달아 기원의 말을 중얼댄다. 옆에 있던 아이들도 손을 모아 흉내를 내는 것을 보고 젊은 부모들이 웃는 가운데 풍년제 무대가 시작된다. 노인과 노파의 모습을 한 남녀의 카제데후라는 춤을 시작으로 이니시리 교겐이나 쇼치쿠바이 등 부락에 전해오는 예능이 차례차례 펼쳐져 간다. 평상시에는 류큐 예능을 볼 기회가 적었지만 결코 싫어하지는 않았다. 오히려 서른을 넘기도 나서는 태어나 자란 섬 음악이 자신의 핏줄 속에 흐르고 있음을 자각할 정도였다. (「나비떼 나무」, 380-381쪽)

카자이데후는 류큐 고전음악의 악곡이자 류큐 무용의 하나이고, 이니시리 교겐은 교겐(狂言)의 하나이고, 쇼치구바이는 경사나 길상의 상징인 송죽매(松竹梅)를 의미하며 축하연에서 노래로 불린다.[33] 이후에 슈돈이라는 류큐 고전무용도 선보인다. 그런데 고제이가 슈돈 공연 와중에 갑자기 나타나서 "군대가 오고 있어. 모두 어서 도망쳐(히-타이누 춘도-무루, 헤쿠아나 힌기리요-)."(384쪽)라거나 "어서 숨어(헤-가쿠리요). 야마토(大和) 군대가 널 찾으러 올 거야"(390쪽)라고 외친다. 이는 작품에

---

33) 곽형덕의 역주 참조.

서 오키나와전쟁의 상처를 다시금 떠올리게 하면서 올바른 기억의 전승 방향을 깨우쳐주는 기능을 한다.

「이승의 상처를 이끌고」에서 할머니는 '니가미'라고 해서 마을에서 제일 높은 지위에 있는 신녀였다. '나'도 신녀와 다름없는 존재였다. 열여덟 때 할머니가 세상 떠난 후 신녀가 되려고 했으나 여의치 않았다. 그러던 중 정령이 깃든 나무라는 가주마루에서 영혼을 만난다. '나'가 오키나와전쟁 당시의 위안부와 소통할 수 있었던 것은 그러한 능력을 지녔기 때문이다. 청년도 영혼이 어느 정도 보이는 남자였다. 영혼을 볼 줄 아는 존재임은 오키나와의 진실을 제대로 읽어낼 줄 아는 존재인 것으로 풀이된다.

「혼 불어넣기」의 경우 전통적인 의식과 관련하여 짚어볼 부분이 있다. '魂込め'라는 작품(집) 제목은 일본 본토어가 아니라 '마부이구미'라는 오키나와 말이다.[34] 여기서 우리는 메도루마 슌이 오키나와어를 제목으로 삼아 그러한 의례를 오키나와의 아픔과 현실에 연결시켰음을 주목해야 한다. '마부이구미'는 제주의 '넉들임(넋들임[35])'과 유사하다. 제주에서는 육체에서 이탈한 영혼을 불러 육체 속에 복귀시키는 의식을 '넉들임'이라 하며, 이 의례는 경미한 경우 어머니가 하곤 하지만 심하다고 생각되면 '심방'에게 의뢰한다. 민속학자 현용준은 "넋은 그 아이가 일상 입던 옷에 붙어오는 성질이 있"기 때문에 "넋이 떨어져 나간 곳에 간단한 제상을 차리고, 심방은 넋을 불러들이는 의식(儀式)"을 한다면서, 한반도에는 '넉들임'의 의례방식이 없으나 "우리 주변민족의 '넉들임'은 오키나와의 '마부이구미'라는 의식이 '유타'라는 오키

---

34) 김응교, 「폭력의 기억, 오키나와 문학 : 오에 겐자부로, 하이타니 켄지로, 메도루마 슌의 경우」,『외국문학연구』32, 한국외국어대학교 외국문학연구소, 2008, p.66.
35) 국립국어원의 『표준국어대사전』에는 '넋들임'을 표제어로 올리고 "제주도 굿에서, 넋이 몸에서 나가 생긴 병을 고치려고 하는 굿"으로 풀이하고 있다.

나와의 무당에 의해 많이 행해지고 있"36)다고 했다. 이런 점을 감안할 때 메도루마 슌의 작품 제목은 '혼 불어넣기'가 아니라 '넋들임'으로 옮겨야 마땅하다.

번역자인 유은경은 역주(譯註)를 통해 "원문을 직역하면 '혼 불어넣기 의식'이 된다. 몸과 유리된 혼을 불러들이는 의식으로, 우리나라 민간에 전해지는 초혼 의식과는 차이가 있다. 우리나라에서는 죽음으로 인해 나간 혼이 다시 돌아와 몸과 합쳐져 살아나기를 기원하는 행위, 즉 죽은 자에 대한 의식이지만 이 소설에서는 초혼 의식이 산 자에게 행해진다"(21쪽)고 언급하였으나, 이는 분명히 잘못된 것이다. 제주의 '넋들임'을 모르기 때문에 생긴 오해라고 하겠다. 이처럼 제주에서 행해지는 민속으로 '넋들임'이라는 말이 있는 데도 번역에서 무시된 것은 주변부 혹은 마이너리티의 말(의례)이라서 무시된 것으로도 풀이할 수 있다.

방언의 활용은 지역문학에서 매우 중요한 문제다. 두 작가의 경우 각각 '제주어(제주도방언)'와 '우치나구치(오키나와방언)'를 어떻게 활용하고 있는지를 살펴보면, 김석희보다는 메도루마 슌이 더 적극적으로 방언을 활용하는 것으로 나타난다.

메도루마 슌은, 「나비떼 나무」에서 고제이가 우치나구치로 야마토 군대를 피하라는 등의 발언을 여러 차례 하고 있음에서도 알 수 있듯이, 방언을 유용성 있게 적극 활용하는 편이다. 유은경이 번역한 작품들에서 경상도방언으로 나오는 부분은 모두 우치나구치가 구사된 대목이라고 할 수 있는바, 상당히 많은 부분에서 방언이 활용되고 있음이 확인된다. 물론 메도루마 슌도 "오키나와 젊은이들이 이미 오키나와어

---

36) 현용준, 『제주도 사람들의 삶』, 민속원, 2009, pp.258-260.

를 이해하지 못하"는 상황을 인식하여 "한정적"[37]으로 사용하고 있음을 고백하고 있기는 하지만, 작품에서 중요한 장치임은 분명하다고 할 수 있다.

그런데 김석희의 경우 「땅울림」에서는 제주어를 전혀 구사하지 않는다. 화자가 "대화를 표준어법으로 고친 것은 제주도인이 아닌 독자들을 염두에 둔 불가피한 수고였다"(32쪽)고 말하는 데서 보듯이, 제주어가 외지인들과는 소통이 어려운 방언임을 의식한 조치였다. 그러면서도 토벌군인의 서북사투리는 거침없이 구사되고 있다. 다만 「고여 있는 불」에서는 너븐드르 사람들의 대화체에 한해서 제주어가 활용된다. 어미(語尾)를 제주어로 구사하는 정도에 그치고 있긴 해도 지역민의 정체성을 드러내는 수단으로 작용하고 있는 것은 사실이다.

이렇게 볼 때 두 작가 모두 지역의 문화적 정체성을 강조하고 있다는 점에서 공통점을 지니고 있지만, 대체로 메도루마 슌이 좀 더 적극적이라고 판단할 수 있다. 이는 지역공동체의 독립 추구 양상이 더 구체적이고 현실적이라는 점과 상관이 있는 것으로 보인다.

5. 마무리

이 글은 4 · 3문학의 지평을 확대함과 아울러 오키나와와 제주도 양 지역의 문학적 연대 도모를 목적으로 씌어졌다. 이를 위해 필자는 오키나와 작가 메도루마 슌의 소설(「바람소리」 · 「물방울」 · 「혼 불어넣기」 · 「브라질 할아버지의 술」 · 「이승의 상처를 이끌고」 · 「나비떼 나무」)과 제주 작가 김

---

37) 메도루마 슌(안행순 역), 앞의 책, p.143.

석희의 소설(「땅울림」・「고여 있는 불」)을 대비적(對比的)으로 고찰하였다.

김석희의 4・3소설과 메도루마 슌의 오키나와전쟁소설은 참혹한 사태의 양상에 주목하고 있는 점에서는 매우 유사한 양상을 보인다. 하지만 김석희는 금기 깨기를 통한 진상규명에 비중을 두는 데 비해, 메도루마 슌의 경우 그 상흔의 양상과 현실적 의미에 더 주목한다는 점에서 차이가 있다. 이는 4・3의 경우 '공산폭동론'이라는 국가에 의해 강요된 공식기억에서 벗어나는 것이 1980년대에 직면한 과제였던 반면, 오키나와의 경우 기지의 섬이라는 절박한 현실 상황이 강조될 수밖에 없는 상황에서 기인하는 것으로 판단된다.

두 작가의 작품들은 지역공동체 독립을 지향한다는 면에서 공통점이 있다. 하지만 오키나와전쟁소설과는 달리 4・3소설의 경우 독립 지향성은 현실적으로 가능성이 매우 희박한, 4・3 이후에는 시도조차 어려운, 전설과 꿈으로만 여겨질 따름이다. 그래서 김석희 소설에서 「땅울림」의 현용직과 김종민은 죽음에 이를 수밖에 없으며, 「고여 있는 불」에서는 화젯거리로만 떠오를 뿐이다. 이는 메도루마 슌이 초현실적으로 그로테스크하게 접근하는 작품을 주로 쓰는 데 비해, 김석희의 경우 취재와 추리에 근거한 리얼리즘 방식으로 창작했음에 따른 차이이기도 하다. 정치권력에 의해 오랫동안 금기였던 4・3 담론과 일본・미국의 틈바구니에서 인식의 확대를 지향해온 오키나와전쟁 담론 간에는 그 문학적 형상화 방식이 다를 수밖에 없었을 것으로 본다.

지역공동체를 중시하는 두 작가는 문화적 정체성에도 많은 관심을 드러낸다. 특히 지역의 전통적 제의(祭儀)와 샤먼 등을 요긴하게 활용하여 주제를 구현한다는 면에서는 두 작가가 상당히 유사하다고 할 수 있다. 다만, 방언('제주어'와 '우치나구치')의 활용에 있어서는 메도루마 슌이 더 적극적이라는 점에서 차이를 보인다.

　4·3소설의 입장에서 볼 때 오키나와전쟁소설은 시사하는 바가 많다. 오키나와전쟁소설은 4·3을 4·3 자체만으로 애써 한정하려거나 지역적·국내적 범위에 묶어두려는 4·3소설의 일반적 경향에 대해 경종을 울려준다. 창작방식에서도 4·3소설은, 메도루마 슌의 작품에서 보여주는 것처럼, 전통적이고 독자적인 양식과 제의 그리고 언어를 유용하게 활용하는 가운데 변형된 방식의 리얼리즘을 적극 도모할 필요가 있다고 본다.

••• 참고문헌

구지 후사코, 곽형덕 역, 「멸망해가는 류큐 여인의 수기」, 『제주작가』 2016 봄호.
김동윤, 「김석희 소설 「땅울림」에 나타난 독립적 자치주의」, 『영주어문』 24, 영
　　주어문학회, 2012.
김석범, 김석희 역, 『까마귀의 죽음』, 소나무, 1988.
김석범, 이호철·김석희 공역, 『화산도』 1~5, 실천문학사, 1988.
김석희, 『이상의 날개』, 실천문학사, 1989.
김응교, 「폭력의 기억, 오키나와 문학 : 오에 겐자부로, 하이타니 켄지로, 메도루마
　　순의 경우」, 『외국문학연구』 32, 한국외국어대학교 외국문학연구소, 2008.
김재용, 「대담 : 메도루마 순」, 『지구적 세계문학』, 제5호, 글누림, 2015 봄.
마타요시 에이키, 곽형덕 역, 『긴네무 집』, 글누림, 2014.
마타요시 에이키, 곽형덕 역, 『헌병 틈입 사건』, 『제주작가』 2015 겨울호.
메도루마 순, 곽형덕 역, 「나비떼 나무」, 『지구적 세계문학』 제5호, 글누림, 2015 봄.
메도루마 순, 유은경 역, 『혼 불어넣기』, 아시아, 2008.
메도루마 순, 유은경 역, 『물방울』, 문학동네, 2012.
메도루마 순, 안행순 역, 『오키나와의 눈물』, 논형, 2013.
사키야마 타미, 조정민 역, 「달은, 아니다」, 『지구적 세계문학』 제7호, 글누림,
　　2016 봄.
서경식, 임성모·이규수 역, 『난민과 국민 사이』, 돌베개, 2006.
야마시로 세이츄, 손지연 역, 「구넨보」, 『지구적 세계문학』 제5호, 글누림, 2015 봄.
오시로 다쓰히로, 손지연 역, 「신의 섬」, 『지구적 세계문학』 제6호, 글누림, 2015
　　가을.
이명원, 「오키나와 전후문학과 제주 4·3문학의 연대 : 마타요시 에이키의 「긴네
　　무 집」과 현기영의 「순이삼촌」의 세계성」, 『재일제주인과 마이너리티』, 제
　　주대학교 재일제주인센터, 2014.
이시우, 『제주 오키나와 평화기행 : 동백꽃 눈물』, 말, 2014.
현용준, 『제주도 사람들의 삶』, 민속원, 2009.

한국에서 읽는 오키나와 문학

김재용

오키나와 문학은 일본어 문학이지만 일본문학이라고 할 수 없는 독자적인 특징을 갖고 있다. 특히 오키나와의 자립을 강조하면서 문학을 하는 이들의 경우에는 더욱 그러하다. 오키나와의 자립성을 지지하는 작가들은 일본인들이 불편해하는 주제를 다루고 있는데 이런 것들은 일반적인 일본인들은 받아들이기가 쉽지 않다. 오키나와 전투 시기에 일본군인에 의한 오키나와인의 학살의 문제는 이러한 주제 중에서 가장 예민한 문제이다. 메도루마 슌의 「나비떼 나무」는 오키나와 전투 시기의 일본 군인에 의한 오키나와인의 학대 문제를 다루고 있어 일반적인 일본인들은 쉽게 받아들이기 어렵다. 메도루마 슌의 다른 작품들 중에서 전통적인 오키나와의 풍습을 다룬 것이라든가, 미군기지의 문제를 다룬 것들은 어느 정도 일본인들이 받아들일 수 있지만 일본군인의 학살이나 억압을 다룬 작품은 수용하기 어려운 것이다. 따라서 일본인 독자들과 비평가들은 이러한 예민한 문제를 다룬 작품은 외면하고 그 이외의 것들만 다루게 된다. 메도루마 슌이 독립을 지지하는 것과는 달리 오키나와의 문화적 정체성을 강조하는 마타요시 에이키의 경우에도 마찬가지이다. 마타요시는 주로 미군 기지의 문제를 다루기 때문에 일반적인 일본인 독자들이 어렵지 않게 받아들일 수 있는 작가에 해당한다고 할 수 있다. 그렇기 때문에 오키나와의 독립을 주장하는 메도루마 슌과 달리 마타요시 에에키는 일본 독자들이 쉽게 다가갈 수 있는 작가이다. 그럼에도 불구하고 오키나와에서의 조선인 문제 특히 군부(軍夫)나 군위안부의 문제를 다룰 경우 일본인 독자들은 외면하게 된다. 마타요시의 「긴네무집」는 그런 점에서 문제적이다. 다른 작품과 달리 이 작품은 조선인 군부(軍夫)와 군위안부 문제를 다룬 것이기 때문에 일본 군인에 의한 오키나와인의 학살과 같은 주제는 아니라 하더라도 일본 제국의 문제를 건드리고 있기 때문이다. 하지만 이들 예민한 작품들도 한국인들이 읽을 경우 아주 쉽게 받아들일 수 있다. 그것은 이들 작품들이 조선인을 다루기 때문만은 아니다. 일본 제국의 억압과 폭력을 다루기 때문에 같은 고통을 겪었던 한국인들은 어렵지 않게 읽어낼 수 있다. 그런 점에서 한국에서 오키나와 문학을 읽는 것은 일본에서 오키나와 문학을 읽어내는 것과는 다르다 할 수 있다.

1. 오키나와와 일본의 거리

오키나와 문학에 대한 일본 문학계의 두 차례의 관심은 아쿠타가와 문학상의 수여에서 잘 드러난다. 첫 번째는 오키나와의 일본 이관이 이루어졌던 1972년 직전이다. 오시로 다쓰히로의 「칵테일파티」가 1967년에, 히가시 미네오의 「오키나와 소년」이 1971년에 아쿠타가와 수상작으로 선정된 것은 오키나와가 미국으로부터 일본으로 이관된 정황과 밀접한 관련이 있다. 당시 일본은 전후의 폐허에서 경제대국으로 성장하던 시절이라 미국의 영향권에서 벗어나고자 하였는데 오키나와의 일본 이관은 이를 뒷받침할 수 있는 매우 상징적인 사건일 수 있었다. 일본은 2차 대전의 피해국으로 자신을 부각시키면서 일본 제국이 행한 식민지 지배와 전쟁 책임을 은폐하고 싶었다. 미국이 지배하고 있는 오키나와를 구해내어 일본으로 이관시키게 되면 자신들이 피해자라는 점을 한층 돋보이게 하는 동시에 미국으로부터 벗어나기 시작하였다는 자신감도 동시에 회복할 수 있기에 이보다 더 좋은 것은 달리 없었을 것이다. 그렇기 때문에 일본의 문학계가, 알게 모르게, 오키나와 문학에 큰 관심을 가지게 되었던 것으로 보인다.

일본 문학계의 오키나와 문학에 대한 관심이 두 번째로 일어난 것은 1990년대 중반 무렵이다. 1996년에 마타요시 에이키는 「돼지의 복수」로, 1997년에 메도루마 슌은 「물방울」로 각각 아쿠타가와 상을 수상하였다. 이 무렵에 일본 문학계가 이들 작가의 작품에 주목을 한 것은 당시 일본 내에 불었던 오키나와 관광 열풍과 결코 무관하지 않다고 생각한다. 잘 알려져 있는 것처럼, 이 무렵에 일본에서는 아열대의 자연환경과 이국적인 풍습을 갖고 있는 오키나와를 관광하는 것이 일대 유행이었다.1) 특히 샤미센을 비롯한 오키나와의 음악 등이 이 시기 일본인들에게 이국적으로 다가 오면서 큰 유행을 할 정도이었다. 실제로 이들 작품들은 이들 작가들의 작품 중에서도 정치적인 문제를 거론하거나 혹은 역사적인 것을 직접적으로 건드리는 것들이 아니고, 의도하지는 않았지만, 이런 일본인들의 취향에 부합할 수 있는 작품들이었다. 물론 이 작품들에도 두 작가가 오랫동안 고민한 오키나와의 역사적 문제가 결여되어 있지는 않다. 일본과 미국 등 외부 세력의 점령 이전부터 전해오던 오키나와의 민속 등을 통하여 오키나와의 정체성을 찾으려고 하는 그러한 역사적 성찰이 깔려 있지만 일본의 문학계는 이런

---

1) Davinder Bhowmik, *Writing Okinawa*, Routledge, 2008, pp.126-131.

점들보다는 당시 일본의 오키나와열 즉 이국적 정취의 측면에서 이들 작품을 해석하였고 그 연장선에서 상을 주었던 것으로 보인다.

오키나와 작가들의 문학적 세계에 대한 일본 문학계의 이러한 선별적 이해를 비난하려고 하는 것은 아니다. 이렇게라도 일본 문학계가 오키나와 문학을 고려하고 평가하는 것은 그 자체로 존중되어야 한다. 실제로 낯선 땅에서 이루어지는 모든 문학적 행위를 평가할 때 평가 주체들의 주관적 견해를 부정하기는 어렵다. 문학평가에서 공평무사한 태도가 가능한지 의문이기 때문이다. 그런 점에서 오키나와 문학에 대한 일본 문학계의 이러한 평가는 하나의 태도로써 마땅히 존중되어야 할 것이다. 하지만 일본 문학계가 과연 오키나와 문학의 복합적인 측면들을 이해하려고 진지하게 노력하고 있는가에 대해서는 의문을 갖는다. 특히 일본의 역사적 책임과 관련되어 불편할 수 있는 점에 대해서는 애써 외면을 하는 것이 아닌가 하는 의혹을 가질 수밖에 없다. 이러한 점은 오키나와 작가들의 작품 중에서 오키나와 내에서는 매우 문제적인 작품으로 평가되지만 일본에서는 그렇지 않은 경우에서 잘 드러난다. 예를 들어 메도루마 슌의 경우 천황제라든가 일본인에 의한 오키나와인의 학살 같은 문제를 다루는 작품은 그의 문학세계에서 매우 중요한 경향임에도 불구하고 일본에서 이 작가의 작품집을 묶을 때는 이런 작품들이 누락된다. 그의 대표적인 작품 중의 하나인 「평화거리로 명명된 거리를 걸으면서」는 천황제 비판으로 유명한 작품이다. 하지만 작품집에는 실리지 않았다. 물론 일본 내의 일부 진보적인 비평가들 예컨대 와세다대학의 다카하시 도루오 같은 이는 오키나와 문학 선집 등에 이 작품을 수록함으로써 이런 문제점에 대해 우회적으로 비판하고 있으나 아주 예외적이다.

이런 점들을 고려할 때 한국에서 오키나와 문학을 읽을 때 일본 문학계의 방식을 그냥 그대로 따를 수 없다. 한국의 독자들에서는 일본의 독자들과 다르게 오키나와 문학을 다르게 읽을 수 있는 가능성이 있기 때문이다. 일본의 오키나와 점령과 학살과 같은 문제들은 일본인들에게는 대단히 불편하지만 한국인들에게는 그렇지 않기 때문이다. 그런데 한국에서 오키나와 문학이 소개되고 소통되는 그 동안의 현실을 보면 일본의 것을 그대로 따르고 있다는 느낌을 지우기 어렵다. 일본의 출판계가 일본의 독자를 의식하여 만든 작품집을 그대로 번역하여 소개할 때 거기에는 일본 독자의 취향이 강하게 작용한다. 한국에 소개되어 있는 메도루마 슌의 작품집의 경우가 이에 해당한다. 아시아출판사에서 펴낸 『혼불러오기』와 문학동네에서 펴낸 『물방울』은 일본에서 나온 작품집을 그대로 번역한 것이다. 하지만 이 두 작품집은 메도루마 슌의 작품 중에서 일본인들이 불편할 수 있는 작품들은 빼고 나온 것이기에 거기에는 일정한 굴절이 존재한다. 이것을 그대로 번역하여 한국에 소개하였을 때 한국 독자들이 메도루마 슌의 문학세계를 온전하게 읽을 수 있는 다른 가능성은 원천적으로 차단된다. 일본의 독자들에게 불편하게 다가갈 수 있는 작품들이 한국의 독자들에게는 친숙하게 다가갈 수 있는 것이 그의 작품에는 많기 때문이다.

물론 한국에서 오키나와 문학을 읽을 때 또 다른 굴절이 생길 수도 있다. 특히 일본어라는 원천적 한계도 고려할 수 있다. 또한 일본은 오키나와와 매우 밀접한 관계를 맺고 살아가는 것과 달리 한국은 그렇지 못하기 때문에 거기에서는 오는 낙차도 있을 수 있다. 이런 점들을 충분히 고려하더라도 한국에서는 일본에서 읽어내기 힘든 것들을 읽어낼 수 있는 가능성이 많다고 생각한다. 오키나와와 조선이 일본 제국의 식민지였고 2차 대전 이후에 미국 헤게모니 하에서 살았기 때문에 그러하다. 이 글은 이러한 점을 염두에 두면서 오키나와의 두 작가의 작품을 읽고자 한다.

2. 메도루마 슌과 피식민지인의 연대 : 「나비떼 나무」

메도루마의 작품세계는 크게 세 가지로 나누어 볼 수 있다. 첫째는 오키나와의 풍습을 다룬 것이고, 둘째는 오키나와에서의 미군과 기지를 다룬 것이며 세 번째는 오키나와 전투를 중심으로 한 일본의 오키나와에 대한 식민지적 차별과 억압에 관한 것이다. 처음 것은 일본인의 평균 독자들에게도 큰 부담을 주지 않는다. 또한 미군과 기지에 관한 문제도 크게 불편을 안기지 않는다. 하지만 세 번째 문제인 오키나와에 대한 일본의 식민지적 차별과 억압의 문제는 사정이 다르다. 물론 첫 번째 것과 두 번째 것에도 오키나와 독립에 대한 작가의 강한 열망이 스며 있다. 오키나와의 풍습을 다룰 때에도 식민지 근대에 대한 강한 비판이 들어 있으며, 미군과 기지를 재현할 때에도 이들을 끌어들여 이용하는 일본에 대한 강한 비판이 함축되어 있기 때문이다. 그렇지만 이들 작품들에서는 이러한 예민한 문제들이 중심축을 이루지 않기 때문에 불편을 강하게 주지 않는다. 실제로 일본에서 단행본으로 나온 작품집을 보게 되면 대부분 이런 경향의 작품이 선택되고 있음을 확인할 수 있다. 반면에 세 번째에 해당하는 작품들은 일본과 오키나와의 매체에 발표되기는 하지만 이후 작품집에서는 잘 수록되지 않는 것이다. 여기서 다루고자는 하는 작품 「나비떼 나무」도 이러한 경향의 작품이기에 그 동안 일본에서도 작품집에 잘 수록되지 않았고 일본의 작품집을 그대로 번역한 한국의 두 개의 작품집에도 수록되지 않았다. 필자는 이 작품을 한국에 소개하기로 하고 곽형덕의 번역으로 이번 『지구적 세계문학』 5호에 싣게 되었다.

메도루마의 「나비떼 나무」는 일본의 독자들이 읽기에 대단히 불편한 작품 중의 하나이다. 이 작품은 오키나와인들에 대한 일본의 식민지적 억압을 다루고 있기 때문이다. 작가 메도루마는 오키나와의 독립을 공공연하게 이야기하는 인물이기에 이 작품에서도 그러한 입장을 강하게 담고 있다. 소재적으로 오키나와 전쟁을 다루는 것과는 달리 독립이란 현재의 정치적 입장에서 일본과 오키나와를 분리하여 사유하고 있다.2) 그렇기 때문에 오키나와가 일본국의 하나의 현으로 생각하고 살아가는 일본의 독자들에게는 대단히 부담스러운 작품이 되고 마는 것이다.

　이 작품의 중심인물 요시아키는 고향 섬을 떠나 현청이 있는 나하시에서 일하고 있는 샐러리맨이다. 우연히 친구의 부고를 듣고 고향을 방문하였다가 의외의 인물 고제이를 만나게 되면서 주인공은 오키나와의 역사를 되돌아보게 된다. 오키나와가 일본의 하나의 현 정도로 알고 살아가던 그는 고제이와 고제이의 애인이었던 쇼세이 이야기를 접하면서 오키나와가 일본에 의해 차별과 억압을 받고 살아왔음을 알게 된다. 학교에서 오키나와전을 배웠지만 미국에 맞선 일본의 전투 정도로 알았기에 그 과정에서 오키나와인들이 일본인에 의해 어떻게 당했는지를 알 수 없었다. 하지만 고제이와 쇼세이의 이야기를 들으면서 비로소 역사를 현재화할 수 있었으며 오키나와의 입장에서 오키나와전을 돌이켜 볼 수 있게 된 것이다. 과거의 역사를 모르고 살고 있는 젊은 세대가 오키나와전투를 비롯한 오키나와의 식민지적 현실을 차츰 알아가게 되는 과정이 이 소설의 핵심이라고 할 수 있다.

　주인공 요시아키로 하여금 오키나와전투를 비롯한 오키나와 역사를 새롭게 보게 된 계기를 마련해준 이는 고제이와 쇼헤이다. 오키나와전

---

2) 메도루마가 갖는 독립이란 정치적 입장에서 대해서는 필자와의 대담에서 분명하게 밝히고 있어 주목된다. 『지구적 세계문학』 2015년 봄호를 참고.

투에서 죽은 쇼헤이와는 달리 일본 항복 이후에도 미군들의 매춘부가 되었다가 폐품을 줍는 일로 생계를 이어나가는 고제이는 문제적이다. 고제이는 요시아키를 보는 순간 옛 애인이었던 쇼헤이를 떠올리게 되면서 요시아키를 따라다닌다. 쇼헤이는 오키나와의 이 마을 태생이지만 일본군의 전쟁에 끌려나가지 않기 위해 손을 자해하여 병신처럼 행세하면서 고제이가 일본군 장교를 상대로 군위안부로 일하던 여관에서 잡일을 하면서 살았다. 주민들과 함께 피난하던 중 식량을 구하기 위해 동굴을 나갔다가 일본군에 의해 미군 스파이로 지목되어 살해된다. 군위안부로 일하던 자신을 정성을 다해 사랑해주던 쇼헤이의 최후를 알지 못하였던 고제이는 그에 대한 생각으로 2차 대전 이후에도 험난한 인생을 견딜 수 있었던 것이다. 고제이와 쇼헤이는 모두 일본군에 의해 희생당하였다. 쇼헤이는 전장에서, 고제이는 전장과 그 바깥에서 고통을 겪었던 것이다.

이 작품은 당시 오키나와 내에서 벌어졌던 기억의 전쟁과 밀접한 관련을 갖고 있다. 이 작품은 2000년에 발표되었는데 그 직전에 오키나와 내에서는 기억의 전쟁이 한창 벌어졌다. 오키나와신평화기념자료관의 전시 모형 설계를 두고 양 진영이 격렬하게 싸웠다. 오키나와의 정체성을 주장하는 편에서는 일본 군인들이 오키나와의 여인에게 우는 아이를 죽이라고 총부리를 들이대는 형상을 전시하여야 한다고 주장하였고, 다른 편에서는 이러한 형상이 일본의 존재를 부정하는 것이라고 하면서 총을 들이대는 부분을 고칠 것을 요구하였다. 결국 보수적인 현지사 측의 사람들이 오키나와의 정체성을 강조하는 오키나와인들의 항의를 받아들이는 것으로 결말이 났다. 자료관의 전시 형상을 둘러싸고 벌어진 이 논쟁은 가히 역사적 기억의 전쟁이라고 할 수 있다. 오키나와전투를 누구의 관점에서 볼 것인가이다. 일본의 입장에서 볼 것인가 아니면 오키나와인의 입장에서 볼 것인가 하는 것이다. 오키나와인의 정체성을 강하게 주장하면서 독립을 염원하고 있던 작가 메로루마는 이 사태를 경험하면서 과거 역사를 어떻게 재현할 것인가 특히 오키나와전투를 누구의 입장에서 볼 것인가 하는 문제를 강하게 의식하지 않을 수 없었다. 메도루마는 오키나와전투에서의 일본군의 만행을 지우려고 하는 세력에 대해 이 작품을 통해 항의한 것이라 할 수 있다.

　이 작품에서 무심히 지나칠 수 없는 것이 조선인 군위안부의 모습이다. 고제이가 군위안부로 일할 때 같이 일한 사람 중의 하나가 조선에서 온 사람이다. 고제이는 오키나와 출신이기 때문에 일본군 장교들이 찾고, 조선인 출신 위안부는 일반 사병들이 찾았다. 하지만 고제이는 같은 처지에 있는 이 조선인을 동병상련의 입장에서 살펴 주었고, 조선인 위안부는 고제이가 사경을 헤맬 때 위로를 주는 인물로 처리된다. 일본 군대의 군위안부로 일하는 운명이라는 점에서 같은 처지라고 할 수 있기에 둘 사이에는 묘한 공감과 연대가 형성되었던 것이다. 작가는 오키나와와 조선은 일본의 식민지라는 점에서 동일한 운명에 처해 있다는 것을 드러내기 위하여 이러한 설정을 했던 것으로 보인다. 작가는 예의 필자와의 대담에서 당시 자신의 어머니와 주변의 사람들로부터 이러한 조선인 군위안부 이야기를 자주 들었기 때문에 자연스럽게 쓸 수 있었다고 말하였다. 일본으로부터의 오키나와의 독립을 열망하는 메도루마로서는 같은 식민지였던 조선에 대해서 남다른 관심을 가질 수밖에 없다. 조선인 군위안부를 설정하는 것이 우연한 일이 아님을 알 수 있다.

3. 마타요시 에이키와 피억압과 억압의 이중성 : 「긴네무 집」

마타요시의 소설 「긴네무 집」역시 한국과 매우 밀접한 관련을 맺고 있는 작품이다. 일제말 조선에서 징용을 당하여 오키나와의 중부지역인 요미탄 지역에서 일본군 비행장 건설에 동원되었던 인물이 이 작품의 한 축을 형성하고 있다. 애인인 강소리를 고향에 두고 오키나와 전쟁터에 징용되어 왔다. 그런데 오키나와 전쟁터에서 애인인 강소리가 종군위안부로 와서 부대의 장교들의 성적 노리개가 되는 것을 목격하고는 온갖 방법을 동원하여 탈출하려다가 결국 성공하지 못하고 죽음의 문턱까지 간다. 이때 같이 징용되어 나와 있던 오키나와인에 의해 구출되어 미군의 포로가 되어 일본이 패한 이후에는 오키나와에 주둔하고 있던 미군의 엔지니어가 되었다. 옛 애인 강소리를 찾기 위해 안간힘을 썼지만 결국 찾은 것은 창가에서이다. 돈으로 애인을 구하지만 정신적 상처로 인하여 강소리는 그를 알아보지 못한다. 결국 오해로 이 여인을 죽이게 되자 더 이상 살아야 할 이유를 찾지 못한다. 어느 날 강간을 핑계로 자신에게 돈을 뜯으러 온 오키나와인 3명 중의 한 명인 미야기가 오키나와 전투에서 자신을 구해주었던 오키나와인이라는 것을 알고서는 이 강간 사건에 책임이 없음에도 불구하고 보상금으로 돈을 흔쾌하게 주었을 뿐만 아니라 그를 다시 만나 자신의 지난 일을 소상하게 털어놓고 모든 돈을 유산으로 준다.

이 소설의 중심적 인물은 이 조선인이 아니다. 이 조선인을 구해주었던 오키나와인 미야기를 중심으로 한 오키나와인의 이야기이다. 특히 오키나와 전투에서 아이를 잃고 그 상처로 아내와도 별거하면서 살아가나는 미야기라는 주인공의 이야기이다. 미야기는 전후에 생계를 유지하기 위하여 스크랩을 모아 팔면서 생활한다. 전쟁에서 가족을 잃고 지금은 술집을 경영하면서 살아가는 하루코와 동거한다. 자신의 현재 딱한 위치를 탈출하기 위하여 온갖 궁리를 하던 차에 같은 동네의 유키치가 조선인이 오키나와 여자 매춘부 요시코를 겁탈했기에 그 조선인을 찾아가 돈을 뜯어내고 이를 삼등분하자는 제안에 솔깃하여 동참한다. 매춘부를 겁탈했다고 돈을 보상받아 내는 것이 합당한 일인가 하고 자문하면서도 돈이 절박한 바람에 나선 것이다. 자신의 아내 쓰루에게 돈을 주고 나머지 돈으로 자신이 현재 동거하고 있는 하루코와 나은 생활을 할 수 있다는 희망이 그런 염치를 눌렀던 것이다. 그런데 오히려 조선인이 순순히 돈을 내줄 뿐만 아니라 다시 만나서 살아온 이야기를 하는 것을 들으면서 그동안 오키나와인들이 조선인을 차별하고 억압한 것을 어렴풋하게 느끼게 된다. 특히 나중에 조선인이 모든 재산을 미야기에게 준다는 유서를 남기고 자살한 것을 알았을 때 이러한 자괴감은 더욱 커진다. 자신을 비롯한 오키나와인들이 조선인을 야만인으로 차별하고 대하여 왔는데 조선인의 이런 행동을 보면서 자신들보다 조선인이 훨씬 더 윤리적이라는 사실을 깨닫는다.

이 작품은 일본인에게 차별을 받고 살았던 오키나와인들이 다시 조선인들을 차별하는 구조를 비판한다. 조선인은 오키나와인 미야기가 자신을 구조한 것에 대해 감사하고 이 보답으로 유산마저 물려준다. 마지막까지 미야기가 전장에서 자신을 구해준 사람이라는 것을 밝히지 않으면서 묵묵히 나름의 도리를 다하고 생을 마감한다. 하지만 오키나와인 미야기는 이와 정반대이다. 자신이 그 조선인을 구해준 것은 조선인을 차별하지 않았던 데서 온 것이 아니다. 만약 이 조선인이 죽으면 그 대신에 자신들이 감당해야 하는 노동일이 더 많아지기 때문에

이를 우려해서 도와 준 것이다. 당시만 해도 오키나와인들은 조선인을
자신들보다 더 야만적인 종족이라고 보았던 것이기 때문이다. 일본의
식민지가 제일 먼저 되었던 자신이 장남이고, 그 다음이 대만인이었고
마지막이 조선인이었기 때문에 오키나와인들은 항상 조선인과는 다르
다고 생각해왔던 것이다. 그런 구조적 인식 속에서 살아온 미야기이기
때문에 조선인을 구해준 것이 조선인을 인간으로 대하기 때문이 아니
라 자신들에게 전가될 노동을 염려해서이다. 이러한 인식은 1945년 이
후에도 결코 달라지지 않는다. 미야기가 동네 지인들이었던 유키지와
요시코의 할아버지가 조선인에게 돈을 뜯어내는 것에 쉽게 참여하고
큰 가책을 느끼지 않을 수 있었던 것도 바로 이러한 지속된 차별 의식
때문이었다. 미군에 붙어 돈을 버는 이런 조선인들의 돈을 뜯어내는
것은 마땅한 일이라고까지 생각할 정도로 양심의 가책을 받지 않는다.
물론 이 과정에서 세 오키나와 인물이 보여주는 반응은 각각 달랐다.
화자인자 주인공인 미야기는 이런 일은 조선인을 떠나서 그 자체로 결
코 정당화될 수 없다고 생각하기에 주저하는 모습도 보여줄 정도의 자
의식도 갖고 있다. 하지만 아내와 애인의 문제를 해결하기 위해서는
돈이 필요하기 때문에 이런 양심의 가책을 넘어 설 수 있었던 것이다.
하지만 이 모의를 처음 꾸며낸 유키치는 매우 다르다. 그는 조선인은
아주 저열하다고 하는 오래된 생각을 계속 갖고 있었기에 근거없이 협
박을 하는 것도 크게 잘못 되지 않다고 생각한다. 미군의 밑에서 봉급
을 받는 조선인들의 돈을 뜯어내는 것은 너무나 자연스럽다고 생각하
는 것이다. 실제로 요시코를 겁탈한 것은 자기임에도 불구하고 요시코
를 강소리로 오인하여 소란을 피운 조선인을 겁탈한 사람으로 몰아세
워 주변을 설득하여 돈을 뜯어낼 정도이다. 유키치는 오키니와인의 조
선인 차별을 가장 극단적으로 보여주고 인물이다. 여기에 비하면 요시

코의 할아버지는 그 중간이다. 미야기처럼 이런 일을 하는 것에 대해 양심의 가책을 느끼지는 않지만 유키치처럼 자연스럽게 받아들이지는 않는 것이다. 이러한 차이에도 불구하고 오키나와인들의 머리에는 조선인들을 차별하고 있는 의식이 강하게 자리잡고 있음을 작가는 잘 보여준다.

마타요시의 소설의 특징 중의 하나는 오키나와인의 타종족에 대한 억압에 대한 자기비판이다. 잘 알려져 있는 것처럼 오키나와인들은 일본의 식민지로 된 이후 일본인에 의해 차별을 받아왔다. 그 대표적인 것이 오키나와 전쟁 시기 일본인들에 의한 학살이다. 다양한 이유로 인해 죽었지만 그 핵심은 일본인의 오키나와인에 대한 차별이다. 마타요시의 이 소설에서도 일본인에 의한 오키나와인의 학살 문제는 밑바탕에 깔려 있다. 미군의 총알받이로 오키나와를 선택한 것, 오키나와인을 미군의 스파이라고 지목하여 죽이는 것 다양하다. 그런 점에서 마타요시도 일본에 대한 오키나와의 자립을 강하게 주장하고 있는 것처럼 보인다. 물론 앞서 보았던 메도루마가 갖고 있는 독립에의 자립과는 다소 다르기는 하지만 자립에의 강한 의지를 갖고 있음을 알 수 있다. 마타요시에게 특이한 것은 일본에 의한 오키나와인의 피억압뿐만 아니라 오키나와가 주변 다른 종족에게 행한 억압을 강하게 비판한 점이다. 실제로 이 작품은 오키나와인에 의해 차별받고 있는 조선인을 통하여 오키나와의 자기 비판을 행하고 있다. 이 점은 비단 조선에 그치지 않는다. 그의 다른 작품 「죠지가 사살한 멧돼지」를 보면 오키나와인들이 베트남에 대해서 가한 억압에 대해서도 무심하지 않다는 것을 알 수 있다. 마타요시는 1945년 이후 미국이 오키나와를 점령한 이후에 오키나와가 미국의 대아시아 기지로 변질되면서 오키나와는 원하든 원하지 않든 아시아의 다른 지역의 나라와 종족들과 밀접한 관련을 맺게 되었다는 사실을 주목한다. 실제로 그의 소설은 그가 현재 살고 있는 우라소에라는 아주 좁은 지역을 배경으로 하고 있지만 그것이 다르고 있는 상상력은 아시아 전반을 포괄한다. 한국과 베트남은 그 좋은 예이다. 1945년 이전에 조선인들에게 행한 차별과 1945년 이후 베트남에 대한 차별은 기본적으로 오키나와 내부에서 관통되고 있는 것이다. 마타요시는 바로 이 문제를 끈질기게 천착하였고 「긴네무집」 역시 바로 이러한 문제의식에서 나온 것임을 확인할 수 있다.

베트남에 대한 오키나와의 억압이란 매우 간접적이다. 오키나와인들이 베트남에 간 것이 아니고 어디까지나 오키나와가 베트남에 폭격을 가한 미군의 공군기들이 출격하는 기지의 역할 혹은 베트남전쟁의 미군들이 오고 가면서 머무는 곳일 뿐이다. 물론 당시 오키나와인들이 미군의 기지에서 일하여 생계를 유지하는 이들이 적지 않았기 때문에 직접 간접으로 오키나와인들이 베트남 전쟁에 연루된 것은 사실이다. 하지만 베트남인들이 오키니와에 온 것도 아니고 오키나와인들이 베트남에 파병한 것도 아니기 때문에 간접적이라고 할 수 있다. 실제로 마타요시의 작품에서 재현되는 배트남이 오키나와에 있는 미군을 통해서 드러나는 것도 바로 이러한 이유 때문이다. 하지만 조선의 경우 사정은 다르다. 많은 조선인들이 일제말에 오키나와로 강제 이주당하여 오키나와 전쟁에 참여하였기 때문에 오키나와인들은 일상에서 조선인들을 접하였다. 실제로 군위안부 문제가 터져 나온 것이 바로 1970년대의 오키나와였던 점을 고려하면 어렵지 않게 상상할 수 있다. 그렇기 때문에 마탸요시는 조선의 문제는 베트남과는 다른 방식을 택하였다.

이 작품에서 작가 마타요시는 오키나와인들의 조선관을 비판하고 있지만 궁극적으로는 일본의 식민지로서의 두 지역의 공통점과 이에 기반한 연대의식도 강조한다. 정도의 차이는 있지만 이 작품의 오키나와 남자 미야기는 조선과 오키나와가 궁극적으로 연대해야 한다는 것을 알아가게 된다. 일본 제국의 억압 속에서 결국 조선과 오키나와는 같은 처지에서 고통받아야 했되었다는 점에서 같다는 것이다.

> 그때 출혈을 막아준 것도, 한 사람 분의 노동력을 잃으면 그 만큼의 부담이 내게 닥친다는 것을 느꼈기 때문은 아니었을까. 조선인은 내 눈빛을 읽어낸 것이 아닐까. 나는 고개를 가로 저었다. 자전거가 크게 흔들려 크게 꾸불대며 나아갔다. 조선인은 전쟁 이야기를 했다. 나는 잊으려고 하고 있는데도… 조선인의 죄악은 이것이다. 덕분에 나는 조선인의 이야기를 들으면서 내 아이를 떠올려 버려서 얼굴에서 핏기가 싹 가셨다. 조선인 연인의 유령은 불과 1미터도 떨어지지 않은 땅 속에 묻혀 있음이 틀림없다. 내 아들은 여섯 살인 채로 한 암산에서 잔해에 깔려 있다. 나는 그때 현기증이 났다.3)

마타요시의 조선에 대한 접근은 메도루마의 그것과는 다소 다르다. 마타요시의 소설은 일본으로부터의 독립이란 과제에서 시작하지 않는다. 메도루마가 일본제국의 식민지 억압에서 고통받는 오키나와를 다루면서 자연스럽게 같은 식민지인 조선에 접근하는 것과는 차이가 난다. 마타요시는 미군 지배의 여파로 형성된 아시아 속의 오키나와를 다루면서 오키나와인이 받았던 억압과 동시에 오키나와인 다른 종족에게 가한 억압을 동시에 취급하였고 그 과정에서 식민지로서의 조선이 자연스럽게 부각시키는 접근을 택하였다.

---

3) 『지구적 세계문학』, 2014년 봄호, pp.426-427.

4. 오키나와를 통한 식민지 조선의 심화된 이해

현재 오키나와 문학에서 가장 왕성하게 활동하고 있으며 일본의 문학계와 출판계에서도 일정한 영향력을 가지고 있는 두 오키나와 작가 메도루마와 마타요시의 중요한 작품에서 조선인이 등장한다는 것은 무심히 볼 일이 아니다. 특히 그 조선인이 일본 제국의 강제에 의해 오키나와로 끌려왔던 군부(軍夫)와 군위안부라는 점에서 더욱 그러하다. 메도루마의 경우 피식민지인으로서의 조선인에 대한 공감이, 마타요시의 경우 오키나와인들이 행한 차별과 억압의 희생자로서의 조선인에 대한 연민이 소설의 출발이었다는 차이에도 불구하고, 이렇게 나란히 조선인인을 소설에서 등장시키고 있다는 것은 눈여겨 볼 일이다. 이것은 한국에서 오키나와 문학을 읽을 수 있는 일차적 기반이라고 생각한다. 한국의 독자들이 이 작품을 읽게 되면 일제하에서 오키나와로 끌려간 군부(軍夫)와 군위안부에 대해서 생각을 깊이 하게 될 것이며 이를 통해 오키나와를 새롭게 마주할 수 있기 때문이다. 이 두 작품을 읽고 오키나와를 가게 되면 단순한 관광객이 될 수만은 없는 것이다. 그런 점에서 이 두 작품은 한국에서 오키나와 작품을 읽는 것의 의미를 새삼 되새겨 준다고 할 수 있다.

하지만 한국에서 오키나와 문학을 읽는 것의 의미는 여기서 그치지 않는다. 이들 작품의 독서는 우리로 하여금 일본 제국과 식민지에 대해서 새롭게 생각하게 해준다. 일본이 제국화 되면서 식민지로 삼았던 오키나와, 대만 조선 그리고 만주국을 서로 밀접한 내적 연계를 가지고 있음을 확연하게 알 수 있다. 한국인들이 식민지를 생각할 때 일본 제국과 조선의 관계에 국한되기 마련이다. 일본 제국의 다른 지역을 고려하기 쉽지 않다. 오로지 일본의 식민지로서의 조선만을 생각하는 일국적 훈련을 받았기 때문이다. 하지만 일본 제국의 판도는 동아시아 전체에 걸쳐 있기에 조선에 국한하여 사고할 때에는 그 전체상을 이해하기 어려울 뿐만 아니라 궁극적으로 조선 자체를 제대로 이해하기도 어려운 것이다. 다른 식민지적 타자들을 만나지 못하는 것은 미래의 동아시아를 상상할 때 제대로 된 시야를 얻기 어렵다. 그런 점에서 오키나와 작가들이 자신들의 문제를 다루면서도 조선인을 등장시킨다는 것을 쉽게 넘길 수 있는 일이 아닌 것이다. 바로 이 점이 우리 자신들이 오키나와 문학에 관심을 두고 다양한 노력을 경주해야 하는 이유이다.

••• 참고문헌

『지구적 세계문학』, 글누림출판사, 2014년 봄호.

新城郁夫, 沖繩文學という企て, インパクト出版會, 2003.

Davinder Bhowmik, *Writing Okinawa*, Routledge, 2008.

Gilles Deleuze and Felix Guatari, *Kafka; Toward a Minor Literature*, University of Minesota Press, 1986.

Michal Molasky and Steve Rabson (eds) *Southern Exposure:Modern Japanese Literature from okinawa*, University of Hawai Press, 2000.

Peattie, Mark, *The japanese Colonial Empire*, Princeton University Press.

오키나와에서 본 베트남 전쟁

김재용

한국문학에서 바라본 베트남 전쟁에 대해서는 이미 많은 글들이 나와 있지만 그 이외의 지역 전쟁의 피해자였던 베트남과 전쟁의 가해졌던 미국 등지의 문학에 드러난 베트남전쟁에 대한 관심과 연구는 이제 시작이라고 할 수 있다. 그런데 이 과정에서 빠지기 쉬운 것이 오키나와이다. 오키나와문학에서 바라본 베트남 전쟁은 그 낯섦에도 불구하고 매우 소중한 의미를 갖는다고 할 수 있다. 미국은 2차 대전 이후 대아시아 정책을 위하여 오키나와를 핵심적인 기지로 삼았다. 일본과의 전쟁에서 뺏은 오키나와 기지를 대아시아 전략의 기지로 삼았던 것은 이 지역이 당시 중국의 공산화를 비롯한 아시아의 사회주의 확산을 막을 수 있는 전략적 요충지라고 간주하였기 때문이다. 베트남에 출진한 대부분의 공군기들이 오키나와 공군기지에서 발진한 것이라는 점, 많은 미군들이 오키나와를 경유하여 베트남과 미국을 드나들었다는 사실을 고려하면 오키나와에서 베트남 전쟁을 다룬 작품이 나오는 것은 너무나 자연스럽다. 마타요시 에이키가 베트남전쟁을 다룬 작품 '조지아가 사살한 멧돼지'를 주목하는 것은 바로 이러한 이유 때문이다. 마타요시가 바라보는 베트남 전쟁에서 우리가 얻을 수 있는 것은 바로 아시아적 상상력이다. 한국에서 베트남 전쟁을 다룬 작품에서는 베트남과 한국만이 그 시야에 들어올 뿐이다. 하지만 마타요시의 작품에서는 미국과, 일본, 베트남, 그리고 오키나와가 동시에 하나의 시야에 들어오는 것이다. 오키나와 지역은 미국이 신제국주의로 성장한 이후 대아시아 패권의 전략을 가장 웅변적으로 대변하는 지역이다. 1차 대전이후에는 대일 전선의 충돌지점, 2차 대전 이후에는 대소련 대중국 전선의 기지로 오키나와가 자리하고 있었던 것이다. 오키나와는 아시아에서의 미국의 세계패권을 가장 집약적으로 보여주는 지역이라 할 수있다. 자기 집에서 2킬로미터 내의 공간을 작품의 배경으로 삼으면서도 전 아시아의 문제를 다루고 있는 마타요시는 이러한 오키나와의 지구적 의미를 가장 잘 보여주는 작가라고 할 수 있다.

1. 오키나와와 베트남 전쟁

베트남 전쟁을 다룬 문학 작품을 읽어내는 작업은 아주 흔한 일이되어 더 이상 신선한 느낌을 주지 않는다. 특히 냉전이 해체된 이후 다소 자유로워진 분위기에서 이러한 연구가 많이 나왔기 때문에 더 이상새로운 것이 나오기 어렵다고 여겨질 정도이다. 그것을 해석하는 시각은 여전히 논쟁적이지만 최소한 소재에 있어서는 사각지대가 거의 없어졌다고 할 수 있다. 그런 점에서 한국문학에 드러난 베트남 전쟁을분석하는 일은 식상한 느낌마저 준다.

하지만 한국문학 이외의 지역에서 나온 베트남 전쟁을 다룬 문학에대한 이해와 분석은 이제 시작이라 할 수 있다. 전쟁의 당사자인 베트남과 미국에서 나온 문학을 취급하는 것은 그 중요성에도 불구하고 여전히 미답의 영역이다. 특히 베트남인들이 베트남 전쟁을 어떻게 재현하고 있는가를 탐구하는 작업은 매우 중요하다. 이 전쟁에서 최대의 피해자인 베트남인들의 시선을 고려하지 않는 한 이러한 종류의 작업은 대단히 불완전한 것이 될 수밖에 없기 때문이다. 그런 점에서 최근 한국의 연구자들이 베트남 문학에 나타난 베트남 전쟁을 다루기 시작한 것은 매우 고무적인 일이라 할 수 있다.

필자가 이 글에서 하고자 하는 것은 오키나와 문학에 드러난 베트남 전쟁을 분석하는 것이다. 일본 본토의 문학에 드러난 베트남 전쟁이 아니라 오키나와의 문학에 드러난 베트남 전쟁이다. 오키나와에 대한 이해가 거의 없는 한국 사회에서는 오키나와는 베트남 전쟁과 직접적인 관련이 없다고 여겨지기에 이러한 작업은 뜬금없는 일일 수도 있다. 일본이 베트남 전쟁을 계기로 경제 성장을 하였지만 직접 참전한 것이 아니기 때문에 오키나와 작가가 베트남 전쟁을 다룬 소설을 쓴다는 것은 상상하기 어려울 수 있다. 하지만 오키나와에는 베트남 전쟁을 다룬 작가가 존재한다. 일본의 한 부분이기도 하지만 독립적인 영역인 오키나와에서 성장하고 활동한 작가 마타요시 에이키(又吉榮喜)가 베트남을 다룬 작품을 썼다는 것은 그런 점에서 충분히 주목할 가치가 있다.

2차 대전 이후 미국은 오키나와를 중국의 공산화가 주변으로 확산되는 것을 막기 위한 대아시아 기지로 삼았다. 일본과의 전쟁에서 획득한 오키나와는 아시아 전 지역을 통괄할 수 있는 지정학적 이점으로 인하여 대아시아 군사적 거점 역할을 하기에 적절한 지역이라고 미국은 판단하였다. 미군은 이 지역에 대단히 큰 군사 기지를 만들고 이를 거점으로 아시아의 전 지역에 군사적 작전을 감행하였다. 베트남에서 악명을 떨쳤던 미 공군기들은 대부분 이 오키나와 섬에서 출진하였던 것이다. 베트남에서 미국으로 돌아가는 병사들, 미국에서 베트남으로 나가는 병사들이 머물렀던 중간 정거장도 바로 오키나와였다. 또한 전쟁에서 지친 병사들이 휴가지로 선택하였던 곳 중의 하나도 오키나와였다. 그렇기에 오키나와에는 기지 주변에 미군들만이 드나드는 지역이 따로 구획되어 있을 정도였다. 이런 점들을 고려하면 오키나와에서 베트남 전쟁을 다룬 작품이 나온 것은 결코 우연이 아니다. 베트남 전쟁을 다룬 오키나와의 작가 마타요시의 작품을 읽는 것은 베트남 전쟁을 다룬 한국문학을 해석하는 것과는 다른 것으로 베트남 전쟁을 바라보는 우리의 시야를 확충하는 데 의미있는 역할을 할 것이다.

2. 잊혀진 섬, 보이지 않는 섬, 오키나와

베트남 전쟁을 다룬 오키나와의 작품에서 베트남 전쟁을 다룬 한국문학과 다른 시각을 본격적으로 읽어내기 전에 우리에게 오키나와는 무엇이었는가를 검토할 필요가 있다. 한국 사람들에게 오키나와는 매우 낯선 곳이다. 낯선 정도가 아니라 잊혀졌거나 보이지 않는 섬이다. 한국의 근대 역사에서 직간접적으로 연관을 맺고 있음에도 불구하고 그 의미가 쉽게 드러나는 않는다. 왜 그럴까? 한국 근대현사에서 오키나와가 중요성을 가지고 있음에도 불구하고 그동안 우리의 시야에서 사라졌던 것은 냉전의 섬이라는 좁은 지정학적 사고가 크게 작용한 것이 아니었을까? 냉전 이후 한국은 갑작스럽게 섬이 되어 버렸다. 삼팔선과 휴전선의 장벽이 고착되면서 대륙으로 향하던 모든 상상력이 차단당하게 되자 섬 아닌 섬이 되어 버렸다. 이 분단과 냉전의 섬에 갇히게 되면서부터 과거는 망각되고 현재는 굴절되었다. 이 과정에서 한국과 많은 관련을 맺었던 남양의 오키나와도 덩달아 잊혀지거나 보이지 않게 되었다.

　오키나와는 일제 말 한국인들의 의식에서는 매우 중요한 곳이었다. 일제 말에 일본 제국이 북방과 남양을 '대동아공영권'의 영역으로 편입하면서 그동안 대륙에 비해 훨씬 낯설었던 남양이 갑자기 가깝게 다가왔다. 처음에는 오키나와는 핵심 지역이 아니었다. 동남아시아에 묻혀 있던 지하자원의 가치에 혈안이 되어 있던 일본 제국은 자원이 풍부하였던 동남아 지역의 역사와 문화만을 한국인들에게 학습할 것을 주문하였기 때문이다. 1940년 10월 일본 제국이 베트남을 점령하면서부터 신문에서 남양과 동남아를 읽는 것은 일상이 되었다. 태평양 전쟁이 터지면서 동남아는 더욱 가까이 다가오게 되었다. 매일 전해지는 전황이 대부분 동남아에서 벌어진 것이기 때문에 남양과 동남아에 대한 지식은 한층 확충되었다.[1] 하지만 한국인들에게 남양과 동남아가 결정적으로 중요해진 것은 자원 때문이 아니었다. 일본 제국의 동원에 의해 많은 한국인들이 징병과 징용 등으로 동남아 등지로 끌려가면서 피부에 와 닿기 시작하였다. 과거에는 마을의 사람들이 중국 전선으로 가거나 개척을 위해 만주로 간다고 했는데 어느 순간부터는 동남아 지역으로 가는 사람들이 심심치 않게 등장하였기 때문이다. 중국 대륙에 비해 훨씬 낯선 동남아 지역으로 동원되면서 한국인들의 심상지리는 이전에 비해 훨씬 광대해졌다. 특히 미군에 밀린 일본군이 오키나와에서 최후 결전을 하기 시작하면서 한국인의 의식에서 오키나와는 매우 중요한 지역으로 아로새겨졌다.

　하지만 해방 후 냉전의 틀에 가두어지면서 오키나와는 우리의 시야에서 사라져 버렸다. 이 점을 잘 보여주는 예 중의 하나가 바로 종군위

---

1) 김재용, 「일제말 문학 속에 나타난 한국 지식인의 동남아 인식」, 『동남아 연구』, 20권 3호.

안부 문제이다. 이 문제가 한국에서 본격적으로 다루어지기 시작한 것은 1980년대 이후이다. 1980년대 이후 한국 사회에서 식민지 청산의 일환으로 담론화되기 시작하였다. 하지만 이 문제는 한국에서보다 일본에서 먼저 제기되었다. 1975년에 오키나와에 거주하는 외국인들에 대한 전반적인 조사 과정에서 배봉기 할머니가 자신이 종군위안부였다는 사실을 말하기 시작하면서 이 문제가 세상에 알려졌다. 오키나와에 있던 많은 양심적인 지식인들이 이를 중요한 역사적 문제로 거론하면서 세상의 주목을 받았다. 오키나와가 일본으로 반환된 후 대부분의 오키나와인들은 미국의 폭격으로 인해 오키나와가 받은 피해만을 강조하고 그 연장선상에서 평화를 강조하였기에 일본 제국이 전쟁을 치루면서 조선인을 비롯한 외국인들을 도구로 끌어들인 것에 대해서는 인식이 거의 없는 상태였다. 그런데 이 종군위안부 할머니의 증언으로 일본 제국이 미국과의 전쟁을 위해 조선인들을 오키나와에까지 동원했다는 사실이 새롭게 인식되기 시작하였다. 그런 점에서 오키나와의 지식인들이 이 조선인 할머니의 증언에 귀 기울이고 일본 제국이 저지른 식민지 역사의 기억을 되살린 것은 획시기적 의미를 갖는다. 이후 이 문제는 한국의 여성 운동가들을 움직였고 일본의 식민지가 미쳤던 아시아 지역만이 아니라 인류의 문제로 확산되었다. 그동안 한국인에게 잊혀졌던 오키나와가 역설적으로 식민지 역사인식의 출발이 되었다. 해방 이후 냉전이 강요한 망각의 늪에서 헤어나기 시작한 것이다.

해방 이후 오키나와는 또 다른 모습으로 우리에게 다가왔다. 소련과 중국의 확산을 가로막기 위해 한반도를 관리하는 미군의 기지로서 오키나와가 새롭게 부상하였다. 해방직후에 벌어진 독도 주변의 한국 어선에 대한 폭격은 그중의 하나이다. 1948년 6월 미군은 독도와 그 주변을 미군 전투기 폭격 연습장으로 사용하였고 그 와중에서 한국인 어부들이 죽는 사건이 일어났다. 당시 이 사건은 언론에 보도되었지만 미군정 시기이기에 그냥 넘어갔다. 1958년에 소설가 전광용은 「해도초」라는 작품을 통하여 이 사건을 소설화하였다. 폭격에서 겨우 목숨을 구한 어부가 죽는 사건을 다룬 이 이 소설은 미국에 의해 일방적으로 조종당하는 한국의 현실에 대해 강한 비판을 담고 있는 작품이다. 월남작가였기에 그 어느 작가보다는 반공의식이 강하였던 전광용이기는 하지만 미국의 말을 일방적으로 따르는 전후의 한국의 현실에 대해서 강한 불만을 가졌던 것으로 보인다. 소련과 사회주의 북한이 싫어 남한을 택하였지만 미국에 의해 일방적으로 조종당하는 남한의 현실도 결코 받아들이기 어려웠던 것이기에 이러한 소설을 썼던 것이다. 흥미로운 것은 이 작품에 화자로 나오는 지식인은 평소 미국 등의 외신 기자들에게 먼저 정보를 주고 나중에 내국 기자들에게 브리핑을 하는 미군정과 거기서 일하는 한국 사람들에게 큰 불만을 가진 사람으로 설정되어 있다는 점이다. 그러던 차에 미군의 폭격에 의해 어부들이 죽어간다는 소식을 듣고 이를 심층 취재하였던 것이다. 작가는 이 화자가 취급하고 있는 어부가 일제강점기에 징용되었다가 해방이 되자 귀환한 것으로 설정하는 등 역사적인 접근을 취하고 있다. 그럼에도 불구하고 미군의 폭격기라는 것을 언급할 뿐이지 이 비행기가 어디에서 날아왔는가 등에 대해서는 더 이상 서술하지 않고 있다. 실제로 이 사격 연습에 나선 미군 비행기는 오키나와에서 출진된 것이다.[2] 작가는 오로지 미국과 한국이라는 관계 속에서만 이 사건을 접근할 뿐이지 미국과 아시아라는 큰 틀에까지는 나아가지 않았기 때문에 오키나와는 이 소설에서 보이지 않았었던 것이다. 소설가 전광용이 당시로서는 결코 쉽지

---

2) 김태우, 「1948년 미공군에 의한 독도폭격의 전개양상과 군사정책적 배경」, 『동북아역사논총 32호』, 2011.

않았던 이 예민한 수면 위로 등장시켰음에도 불구하고 오키나와와 같
은 중요한 지역을 간과하였다. 아시아적 상상력의 결핍이었다.3)

　이상의 두 예를 통하여 알 수 있듯이 오키나와는 한국인에게 잊혀진
섬이거나 보이지 않는 섬이었다. 일본 제국이 구미 나라들과 전쟁을
치를 때에는 많은 조선인들이 강제로 동원된 지역이었음에도 불구하고
해방 이후 협소한 냉전의 상상력 탓으로 망각되어 우리의 시야에서 사
라졌다. 2차 대전 이후 미국의 대 아시아 전략에서 중요한 위치를 차
지하였지만 미국과 한국의 관계라는 좁은 틀에 가두어져 버려 오키나
와는 보이지 않게 되고 이내 우리의 시야에서 사라졌다. 이렇게 오키
나와는 우리의 과거와 현재에 직 간접으로 연관을 갖는 중요한 지역임
에도 불구하고 잊혀지거나 보이지 않았다.

　1차 대전 이후 태평양 지역의 패권을 놓고 미국과 일본이 경쟁하다
가 전쟁으로 치닫게 되고 그 최고의 격전지가 오키나와라는 사실, 2차
대전 이후 냉전이 시작되면서 미국이 소련과 중국의 공산화의 확충을
막으려고 할 때 대 아시아 전진기지로 오키나와를 활용했다는 역사적
사실은 우리에게 널리 알려져 있지 않았다. 우리와 일정하게 연관을
맺고 있었던 역사적 사실마저도 지워버리는 현실에서 오키나와가 세계
사에서 갖는 이런 역사적 의미를 상상하기는 쉽지 않았을 것이다. 한
국인의 의식에 드리워진 이 망각과 굴절에서 오키나와를 건져낼 때 비
로소 베트남 전쟁을 다룬 오키나와 작품을 제대로 읽을 수 있게 된다.

---

3) 일본이 중국과 수교하면서 타이완과의 관계가 끊어지자 그동안 오키나와에 나와
　있던 타이완 인력 대신에 한국의 노동자들이 이를 채우면서 한국과 오키나와는 새
　로운 관계에 접어던 적이 있다. 작가 김정한은 「오키나와에서 온 편지」를 발표하
　여 이를 다루게 되는데 이때부터 한국 문학에서 오키나와는 직접적으로 등장한다.

3. 오키나와 문학으로서의 마타요시의 소설과 아시아적 상상력

오키나와 지역에서 창작된 베트남 전쟁을 다룬 작품에 접근한다는 것은 우리의 시야를 새롭게 확충하는 일이 될 것이다. 이러한 작업은 오키나와라는 지역이 우리와 가졌던 역사적 연관을 새롭게 복원하는 차원만이 아니다. 물론 오키나와의 작가 특히 오키나와가 현대 아시아 역사에서 갖는 의미를 천착하는 마타요시와 같은 작가의 작품을 읽는 것이 한국과의 역사적 연관성을 읽어내는 일이다. 오랫동안 우리의 시야에서 사라졌던 오키나와를 새롭게 자리매김하는 일은 현재 우리의 현실에서 그 자체로 충분한 의미를 갖는다. 하지만 더욱 중요한 일은 이러한 작업을 통하여 우리의 시야를 미국과 한반도의 관계만이 아니라 미국과 아시아라는 큰 틀에서 읽을 수 있는 통로를 마련하는 일이다. 이것이 한국에서 베트남 전쟁을 읽는 것과 오키나와에서 베트남 전쟁을 읽는 것의 일차적 차이이다.

오키나와 문학으로서의 마타요시 소설은 사소설이 아니라는 점에서 전통적인 일본문학과 다르다. 잘 알려져 있는 것처럼 일본 소설은 나츠메 소세끼 이후 특히 1920년대 이후 이전의 본격문학의 전통이 사라지고 사소설이 문단의 주류를 형성하였다. 사소설이 본격소설을 대체한 이유에 대해서는 여러 가지 견해가 있지만 1909년의 대역사건이 큰 역할을 하였다는 것은 의미심장하다. 일본이 조선의 식민지화를 앞두고 모든 일본 내 저항적인 요소를 척결하기 위하여 대역사건을 만들었고 이 사건을 목격한 일본의 지식인들은 죽음까지 부를 수 있는 위험한 사회적인 문제를 다루지 않고 자신의 개인적이 일에 국한하여 소설을 썼다는 것이다.[4] 나츠메 소세끼는 이러한 흐름에 굴하지 않고 본격 소설을 창작하였으며 러일 전쟁 이후의 일본의 군국주의화와 내셔널리 즘화를 경계하는 사회적인 문제를 다루는 본격적인 소설을 창작하였지 만 대부분의 신진 작가들은 그렇지 못하였다는 것이다. 전후 민주주의의 흐름 속에서 오에 겐자부로와 같은 작가들이 나오기는 하였지만 일본 문단의 주류는 여전히 사소설이다. 하지만 일본 문학계 내에서 이러한 사소설의 전통을 부정하고 본격적인 소설을 쓰는 작가들이 없었던 것은 아니었다. 특히 일본의 변경이라고 할 수 있는 오키나와 문학과 재일조선인 문학에서는 사소설의 전통을 거스르는 소설 작가가 나왔다. 물론 오키나와 문학과 재일조선인문학 중에서도 사소설이란 일본의 주류 전통에 흡수된 이들이 적지 않게 있지만 문제적인 작가들은 이러한 사소설의 전통으로는 자신들의 고뇌와 현실을 담을 수 없다는 판단 하에 사소설의 틀을 넘어서 본격소설을 창작하였다. 오키나와 작가인 마타요시와 재일조선인 작가인 김석범 등이 이러한 흐름에 속하는 이들이라고 할 수 있다.

사소설의 전통을 거스르면서 현대 오키나와의 역사 속에서의 아시아적 상상력을 펼치고 있는 마타요시는 그런 점에서 매우 특이한 작가라고 할 수 있다. 그의 작품 속에서 이 논의와 관련하여 주목할 작품은 단연 「조지아가 사살한 멧돼지」[5]이다. 1978년에 발표된 이 작품은 오키나와에서 휴가차 머물고 있는 미군이 겪는 내면적 황폐화 과정을 다룬 작품것으로 마타요시의 아시아적 상상력이 빛난다. 주인공 조지아

---

4) 히라노 겐, 「사소설의 이율배반」, 『일본 사소설의 이해』, 유은경 옮김(1997, 소화), pp.180-181.

5) 이 작품은 『文學界』 1978년 3월호에 발표되었다. 이 작품이 미군을 다루고 있는 만큼 영어권으로 번역되었다. 영어번역본은 하와이대학출판사에서 낸 잡지 『MANOA』 23권 1호(2011)에 실려 있다.

는 미국에 애인을 두고 있는 미군으로 베트남에 파견되어 아무런 목적도 없이 싸우고 있다. 자기가 하고 있는 전쟁이 어떤 의미를 갖는가에 대해서 별다른 의미를 느끼지 못하기에 적을 사살하는 것에 익숙하지 못하다. 그러한 이유로 주변의 동료와 상사로부터 심약하고 어리다고 지적을 받고 따돌림을 당한다. 그의 관심은 오로지 미국으로 돌아가 애인과 더불어 살아가는 것이다. 그렇기 때문에 오키나와의 미군 휴양소 주변에 있는 기지촌에서 유흥에 빠지면서 하루하루를 겨우 살아가는 다른 미군들과 어울리지 못한다. 조지아는 유약하다는 주변의 조롱으로 심한 스트레스에 시달리다가 오키나와 노인을 멧돼지인양 쏘아죽이고 만다. 애인의 곁으로 돌아가려던 꿈은 통 채로 사라져 버린다.

앞서 말한 것처럼 오키나와는 베트남 전쟁에서 매우 중요한 미국의 기지 역할을 하였다. 베트남으로 향하는 미 공군의 전투기들이 대부분 이곳에서 떠났고 베트남에서 미국으로 귀국하거나 미국에서 베트남으로 가는 미군들이 중간에서 머물렀다. 미군들이 유흥을 즐길 수 있는 기지촌이 자연스럽게 형성되었다. 그렇기 때문에 오키나와는 미국의 베트남 공략에 있어 매우 중요한 역할을 하였다. 실제로 오키나와인들은 미군들의 존재와 출입을 일상에서 흔하게 접할 수 있었다. 그들에게 베트남 전쟁은 소문만이 아니었다. 일본 본토에서는 베트남 전쟁이 소문에 지나지 않았지만 오키나와에서는 일상의 한 부분이었던 것이다. 물론 미군 기지는 높은 담장으로 둘러싸여 철저하게 격리되어 있기에 일상의 감각으로 받아들이는 것은 쉽지 않다. 하지만 작가 마타요시는 틈을 통해 간헐적으로 보이는 미군과 이것이 환기하는 베트남 전쟁에 각별한 관심을 가졌기에 이러한 작품을 쓸 수 있었던 것으로 보인다.

자유를 지킨다는 명분으로 파병된 미군들 중에서 이 전쟁의 대의를 자신의 것으로 만든 이들은 극히 소수였다. 이 작품에 등장하는 대부분의 미군들은 영문도 모르고 동원되었기에 전쟁의 공포만을 느낄 뿐이다. 이들에게 전쟁이란 너무나 공허하기에 남는 것은 죽음에 대한 공포뿐이다. 이 공포로부터 벗어나기 위하여 유흥에 미친다. 조지아처럼 이러한 환경에서 벗어나서 제정신을 가지고 살고 싶어 하는 사람도 결국에는 폭력적으로 변하고 마는 것이다. 과거 태평양 전쟁처럼 미국이 외부로부터 공격을 당한 것도 아니고 오로지 미국의 대 사회주의 정책의 일환으로 나온 것이기 때문에 일반 병사들은 이 전쟁을 자신의 일로 받아들이기 어려운 것이다. 시간이 갈수록 이러한 회의는 전 사병들에게 널리 퍼지게 되어 전의를 상실하게 된다. 물리적 힘이 아무리 강하다 하더라도 대의가 없는 전쟁은 결국 패배할 수밖에 없는 것이다. 마타요시는 미국의 대 베트남 전쟁이 왜 실패할 수밖에 없는가를 이 작품을 통하여 보여주고 있다. 실제로 이 작품은 미국이 베트남에서 철수한 직후에 창작되었다.

　마타요시의 이 작품에서 간과할 수 없는 것 중의 하나는 바로 아시아의 상상력이다. 2차 대전 이후 미국이 일본으로부터 빼앗은 오키나와를 대아시아 전략의 중심 기지로 삼게 되면서 오키나와는 과거 일본 제국 시절과는 다르게 또 다른 전쟁의 희생물이 되었다. 일본은 한국 전쟁에 이어 베트남 전쟁의 특수로 경제 부흥에 성공하였지만 대부분의 일본인들은 이러한 혜택을 누리면서도 이 과정에서 어떤 이들이 희생되고 있는지를 모르고 지냈다. 일본 본토에서는 일부의 민감한 지식인들을 제외하고는 이러한 구조의 이면을 이해하기 어려웠다. 그렇기 때문에 오키나와는 일본 본토의 경제 성장을 위하여 희생되고 있지만 일반적인 일본인들의 의식 내에서는 제외되어 있었다. 오키나와의 희생 위에서 자신의 성장과 복지를 누렸지만 오키나와를 철저하게 지웠다.6) 마타요시는 일본의 변경 오키나와에서 일본 본토의 폭력과 미국의 대 아시아 전략을 함께 보여주었다.

자신의 동네 주변에서 이루어지고 있는 일을 기반으로 아시아와 세계를 읽어내는 마타요시의 이러한 상상력은 결코 현재에 머물지 않는다. 미국의 대아시아 전략을 읽어낼 수 있었던 바탕에는 과거를 현재와 연결시켜 이해하는 역사적 상상력이 한 몫을 한다. 미국의 아시아 전략은 2차 대전 이후에 갑자기 이루어진 것이 아니고 1차 대전 이후 철저하게 준비된 것이었다. 미국이 아시아의 패권을 차지하기 위하여 일본과 전쟁을 했던 것은 1차 대전 이후 예고된 것이었다. 1차 대전 이후 미국은 베르사이유 체제 하에서 일본과 충돌할 수밖에 없었다. 일본도 1차 대전 이후 아시아의 패권을 차지하기 위하여 국방력을 증강시키고 있었기 때문이다. 결국 태평양 전쟁을 통하여 미국과 일본은 일대 격전을 치루게 되고 오키나와는 이러한 충돌의 최대 격전지이었다.

대부분의 본토 일본인들은 오키나와를 평화의 산 교실로 기억한다. 오늘날 오키나와를 방문하는 대부분의 일본인들은 그곳에서 전쟁의 참혹함을 느끼고 평화의 중요성을 공감한다. 오키나와에 설치된 대부분의 조형물과 기념관들은 이러한 틀에 맞추어져 만들어져 있다. 심지어는 미군의 폭격으로 인해 희생된 일본인들의 이름이 새겨진 비석 앞에서 그들을 추모하면서 왜 이런 일이 벌어졌는가에 대한 역사적 과정은 묻지 않는다. 오늘날 오키나와의 평화 박물관을 비롯하여 많은 기념물들은 한편으로는 역사를 보여주면서도 다른 한편으로는 역사를 은폐하는 기능을 하고 있는 것이다.7)

---

6) 다카하시 데쓰야는 이것을 '희생의 시스템'이라고 부르면서 후쿠시마와 비교하였다. 『희생의 시스템 후쿠시마 오키나와』(돌베개, 2013)을 참고.
7) 김민환, 「일본 군국주의와 탈맥락화된 평화 사이에서」, 『경계의 섬 오키나와』(논형, 2008)를 참고.

그런 점에서 마타요시의 또 다른 단편소설 「긴네무 집」8)은 베트남 전쟁을 다룬 「조지아가 사살한 멧돼지」의 이해에 있어 매우 중요하다. 오키나와에서 거주하고 있던 조선인 출신 종군위안부와 징용당한 조선인을 다룬 이 작품은 오카나와인에게 완전히 잊혀져 있던 조선인의 동원 문제를 다루었다. 오로지 경멸의 대상일 뿐 한반도 관심의 대상으로 여기지 않았던 이웃의 조선인이 오키나와인보다 훨씬 도덕적으로 우월한 사람이라는 것을 깨닫는 과정으로 구성된 이 작품은 일본인들의 역사적 망각을 일깨우는 작품이다. 앞서 말한 것처럼 조선인 종군위안부 문제는 오키나와에서 처음 제기되었다. 1975년 10월 22일자 유구신보는 조선인 종군위안부 배봉기 이야기를 소개하였고 이후 오키나와 전 사회에 걸쳐 이 문제가 사회적인 이슈로 등장하였다. 또한 이 문제는 조선인들을 징용했던 것으로까지 확대되었다. 이 소설 역시 오키나와의 이러한 기류와 무관치 않을 것이다. 특히 관심의 밖에 있던 한 가옥의 이야기를 통하여 조선인의 역사를 알게 된다는 구성이 그러하다. 이 작품은 역사적 망각을 거슬러가면서 가해자로서의 일본을 부각시킨다.

대부분의 일본인들이 미군에 의해 죽었던 일본인들을 추모하면서 생명을 이야기하거나 혹은 미국과 벌였던 전쟁 그 자체를 반대하면서 평화를 논하는 것이 지배적인 분위기였던 속에서 작가 마타요시는 그 이면에 놓인 역사적 연원을 추구한다. 일본 제국이 전쟁을 시작하면서 결국 식민지 조선인들을 강제로 동원하였기에 피해자는 일본인이 아니고 조선인이라는 사실을 말하고 있는 것이다. 이러한 것은 당시의 일본 내의 지배적인 이념과 감정을 정면으로 반박하는 것이어서 이 작가의 탐구가 만만치 않음을 알 수 있다. 미국과 일본과의 전쟁으로만 국

---

8) 이 작품은 『すばる』 1980년 12월호에 발표되었다. 최근에 한국어로 번역되어 『지구적 세계문학』 3호(2014)에 실려 있다.

한될 수 있는 것을 조선이라는 또 하나의 아시아를 개입시킴으로써 일본 제국주의의 역사적 기원을 환기시키는 것이다. 마타요시의 아시아적 상상력이 빛을 발하는 대목이다.

그런 점에서 오키나와의 한 기지촌에서의 미군의 살인 사건을 통하여 베트남 전쟁을 전면에 불러 낼 수 있었던 것이 결코 우연이 아니다. 조선인 종군위안부의 문제를 역사적으로 조명하고 상상할 수 있었던 마타요시였기에 가능한 것이기도 하다. 당시 일본 본토의 양심적인 지식인들이 베트남에 관하여 이야기하는 것과 마타요시의 그것이 달라지는 지점이다. 본토의 지식인들은 미국과 베트남과의 관계만을 묻는 대신에 오키나와의 마타요시는 미국과 일본 그리고 조선을 읽어내는 상상력으로 베트남 전쟁을 보는 것이다. 이 두 작품에 공통된 것은 아시아적 상상력이다. 그의 작품 무대 자체는 베트남도 아니고 한국도 아니다. 그가 살고 있는 집 주변에서 일어나는 사건을 통하여 아시아 전체를 읽어내는 것이다. 바로 이것이 마타요시의 소설가적 역량이라 할 수 있다. 한국에서 보는 베트남 전쟁에서는 아시아적 상상력이 들어설 여지가 거의 없다. 하지만 오키나와에서 보는 베트남 전쟁에서는 아시아가 등장한다. 이 지점이 바로 우리가 오키나와를 경유하여 베트남 전쟁을 보아야 하는 이유이다.9)

흥미로운 것은 마타요시의 아시아적 상상력 뒤에는 항상 미국이 있다는 점이다. 베트남 전쟁을 다룰 때에는 미국과 일본 그리고 베트남이 놓여 있었고, 조선인 종군위안부를 다룰 때에는 미국과 일본 그리고 한국이 걸쳐 있었다. 마타요시는 미국이 지배하고 있는 세계질서 속에서 일본을 놓고 그 주변에 베트남과 한국을 포진시켰다. 그의 아

---

9) 마타요시의 이 두 작품이 1981년 일본 집영사에서 단행본으로 출판될 때 같은 책에 나란히 수록되었다.

시아적 상상력은 항상 미국이 주도하는 세계질서와 연관되어 제기된다
는 점에서 지구적이다. 그렇기 때문에 오키나와에서 베트남 전쟁을 읽
는 것이 주는 또 다른 시야는 바로 신제국주의로서의 미국의 역사적
존재에 대한 질문이다.

4. 기지 혹은 신제국주의로서의 미국

　한국에서 베트남 전쟁을 읽을 경우 그 시야가 2차 대전 이후 미국
주도의 세계질서에 국한될 수밖에 없는데 반해 오키나와에서 베트남
전쟁을 읽을 경우 그것은 1차 대전까지 내려간다. 그 과정에서 신제국
주의로서의 미국과 필연적으로 만나게 된다. 「조지아가 사살한 멧돼지」
와 「긴네무 집」 두 단편의 배경에는 2차 대전과 1차 대전이 깔려 있으
며 신제국주의로서의 미국의 존재가 깊이 드리워져 있다. 「조지아가
사살한 멧돼지」의 배경인 베트남 전쟁에서는 일본이 미국의 우방국으
로, 「긴네무 집」의 배경에 되는 태평양 전쟁에서는 일본이 미국의 적
국이었다. 베트남 전쟁에서는 미국이 중국을 견제하기 위하여 일본을
활용하였고 태평양 전쟁에서는 일본을 견제하기 위하여 중국을 활용하
였다. 우호국과 적국이 바뀌지만 신제국주의로서의 미국의 국익은 불
변이다. 아시아에서 국익을 고수하려고 하는 미국의 태도는 결코 변하
지 않았다.
　미국은 한때 아시아 나라들의 우상이었다. 1차 대전을 종결하는 시
점에서 미국의 윌슨이 주장한 14개조 중에서 민족자결주의에 대해서
아시아 대부분의 나라들은 환호하였다. 이집트, 인도, 중국 그리고 한

국은 자신의 대표자들을 파리에 보내 윌슨에게 호소하고자 하였다. 유럽 나라들과 달리 미국은 식민지 상태에 놓여있는 아시아 나라들의 처지를 이해 해주리라고 믿을 정도로 윌슨의 민족자결주의는 강한 영향력을 가졌다. 나중에 미국과 전쟁을 하는 베트남을 영도하였던 호치민도 파리에 건너가 이 회의에 참석하였을 정도이니 가히 당시의 열기를 짐작할 수 있다.

실제로 미국은 유럽 나라들과는 다른 방식으로 자신의 국익을 관철하였다. 유럽 국가들은 군대와 관료를 모두 보내어 총독부를 만들어 직접 지배하였기 때문에 큰 비용을 안을 수밖에 없었다. 미국은 이러한 통치 방식을 취하지 않았다. 산업화 이후 먼저 제국주의를 하였던 유럽이 걸은 길과는 다소 다른 길을 미국은 취하였다. 상품 시장과 원료 공급지를 위하여 미국의 제국주의적 지배는 필요하지만 직접 지배하는 것이 아니고 간접적으로 지배하는 방식이 훨씬 더 비용이 적게 든다는 것을 미국은 이해하게 된다. 그 대표적인 것이 바로 스페인으로부터 필리핀, 쿠바 등을 접수하는 과정이다. 구 유럽의 제국주의의 잔재를 갖고 있던 스페인으로부터 쿠바 필리핀 등의 나라들을 구한다는 명목으로 시작한 전쟁에서 미국은 신제국주의 시대를 열게 된다.10) 후발 제국주의 국가였지만 앞서 나라들의 방식을 되풀이하지 않고 새로운 방식을 개척하였다. 즉 군대를 보내 점령하고 군정을 행하지만 일정한 기간이 지나면 독립을 시켜주거나 혹은 과도기적으로 자치를 허락하는 것이다. 이 과정에서 미국의 가치와 같이할 수 있는 정치가나 관료를 배양하여 앞장세우고 미국은 뒤로 빠지는 것이다. 쿠바를 독립시켜주고 이후 줄곧 배후에서 통제한 경우나, 필리핀인들에게 자

---

10) Walter Lafeber, *The New Empire*, Cornell University Press, 1998.

치를 허용하면서 일정한 기간 이후에 독립시켜 줄 것이라고 일정표를 공표하는 경우 등이 그러하다. 미국은 이러한 신제국주의를 취하였기에 1차 대전 종결을 앞두고 민족자결주의와 같은 것을 내걸 수 있었던 것이다.

이러한 방침은 유럽이 했던 제국주의의 길을 그대로 답습하였던 후발 제국주의 국가 일본과도 매우 다르다. 섬나라인 일본은 같은 섬나라인 영국이 행하는 것을 모방하려고 무척 애를 썼다. 영국이 식민지인 이집트에서 하는 정책을 정밀하게 탐구하여 식민지 조선에서 실행하려고 했던 것을 비롯하여[11] 일본은 영국의 제국주의를 철저히 모방하였다. 일본이 타이완과 조선을 식민지로 삼을 때까지만 해도 이러한 태도에는 변화가 없었다. 하지만 1차 대전 이후 미국이 부상하면서 일본은 곤혹스러운 처지에 빠졌다. 한편으로는 구제국주의였던 영국을 모방하여 식민지 지배를 하지만, 다른 한편으로는 미국이 행하는 신제국주의 방식에 의해 압력을 받게 되었다. 특히 태평양 지역의 패권을 둘러싸고 미국과 직접적으로 경쟁했기 때문에 이러한 압력은 더욱 거셌다. 이러한 곤혹스러움이 가장 집약적으로 드러난 것이 만주사변 이후 만주국 건설이다. 원래 일본은 만주를 점령하여 일본의 또 다른 식민지로 만들고 싶었지만 신제국주의 미국의 압력이 만만치 않았다. 미국의 윌슨이 주창하여 만들어진 국제연맹을 통하여 미국은 일본에 강한 압력을 가했다. 국제연맹의 이름으로 릿튼 조사단이 파견되어 만주 지역을 조사한 것은 바로 미국의 이러한 압력의 일환이었다. 일본으로서는 과거 영국에서 배운 구제국주의의 방식으로서는 이 사태를 감당할 수 없었기에 결국 만주국이라는, 외양으로는 독립국인 나라를 만들

---

11) 松田利彦, 『韓國'併合'期警察資料 제8권 : イギリス植民地に關する調査』(2005, ゆまに書房)을 참조.

어 위기를 모면하였다. 미국의 압력을 피하면서 제국의 영향력을 확대하려고 하였던 묘수였다.

이러한 미국은 2차 대전 이후에도 동일한 원칙을 견지하였다. 그 성과가 가장 빛났던 지역이 바로 남한이다. 미군은 일정한 기간 군정을 행한 이후 자신들과 맞지 않는 가능성이 있는 세력은 철저하게 탄압한 반면, 자신들과 맞을 가능성이 있는 세력은 뒷배를 보아주면서 성장시킨다. 이후 이들이 자리를 잡게 되자 철수하고 배후에서 간접적으로 조종을 하였는데 이것이 남한에서는 비교적 잘 관철되었다. 이 연장선상에서 베트남에 참전하게 된 것이다. 미국은 일단 전쟁에서 승리하게 되면 자신들과 더불어 할 수 있는 세력을 앞장 세워 소련과 중국의 공산주의 세력의 확장을 막고자 하였다. 과거 베트남을 식민지 형태로 지배하였던 프랑스와는 다른 방식이었다. 미국은 프랑스와는 다른 방식으로 베트남을 지배하려고 하였지만 패전함으로써 그 기회마저 잃어버렸다. 하지만 미국이 베트남에 참전할 때에는 분명 이러한 구상을 갖고 있었던 것이다.

신제국주의로서의 미국의 이러한 정책이 아시아에서 이루어진 지역 중의 하나가 역시 오키나와이다. 미국은 태평양 전쟁에서 빼앗은 오키나와를 1972년에 일본에 반환하게 된다. 그 대신에 미국은 오키나와 내에 미군 기지를 유지하는 특권을 가졌다. 미국이 식민지로 삼지 않고 기지를 남기고 떠나는 방식을 오키나와에서도 관철한 것이다. 1898년 미국이 쿠바를 점령한 이후 한동안 군정을 실시하다가 철수하고 오로지 미군기지만 남기고 떠난 것과 유사한 양상이다. 현재에도 미국은 그 적대성에도 불구하고 쿠바에 콴타나모 기지를 유지하고 있다. 미국은 전지구적으로 네트워크화된 '제국의 군도'12)인 군사기지를 통하여 신제국주의 정책을 펼치고 있는 것이다. 그런 점에서 일본의 미군 기지 중 70프로에 가까운 기지들이 오키나와에 집중되어 있는 현실은 오키니와 작가 마타요시가 신제국주의로서의 미국을 상상하지 않을 수 없게 하는 조건이라 할 수 있다.

한국에서 베트남 전쟁을 볼 때 그 하한선이 1945년을 넘기는 어렵다. 미국에 의해 한국이 동원되어 베트남에 참전하게 되었기에 미국이 한국과 직접적으로 교섭하는 1945년 이후에 한정될 수밖에 없다. 물론 월슨의 민족자결주의에 호응하여 3·1운동이 일어난 데서 보는 것처럼 미국과는 일정한 연관성이 있기는 하지만 간접적이었다. 해방 후에 한국이 미국과 맺는 관계와는 비교할 수 없는 성질의 것이다. 하지만 오키나와에서 베트남 전쟁을 볼 때 그 하한선은 훨씬 내려가 태평양전쟁에 이른다. 하지만 이 전쟁은 1차 대전 이후 태평양 지역에 만들어진 베르사이유체제의 산물인 것이기에 그 하한선은 태평양전쟁에 그치지 않고 1차 대전까지 내려가는 것이다. 바로 이 점이 한국과 오키나와에서 베트남 전쟁을 읽는 것의 또 다른 차이점이라고 할 수 있다.

5. 베트남 전쟁을 읽는 새로운 시각의 확충

오키나와를 통해서 베트남 전쟁을 읽어내려는 노력은 너무나 뜬금없는 일인 것처럼 보일 수 있다. 언뜻 보기에 오키나와와 베트남 전쟁과는 아무런 관련이 없거나 있다 하더라도 너무나 간접적이어서 큰 의미를 갖기 어렵기 때문이다. 하지만 마타요시의 작품을 통해서 오키나와

---

12) 브루스 커밍스, 김동노 외 옮김, 『미국 패권의 역사』, 서해문집, 2011. 특히 15장의 기술을 참고할 것.

에서 보는 베트남 전쟁의 의미가 결코 간단하지 않다는 것을 알게 되었다. 한국에서는 볼 수 없는 것들을 오키나와의 마타요시를 통해서 볼 수 있었다. 일본 본토와는 거리가 있는 오키니와에서 베트남 전쟁을 보고 있기에 일본을 비롯한 베트남 한국 등 아시아의 망이란 큰 틀을 확보할 수 있었다. 또한 미국의 세계지배라는 차원에서 이 아시아를 접근하고 있기에 아시아를 넘어서 지구적 시각을 끌어들이게 된다. 마타요시는 베트남 전쟁을 아시아적 상상력은 물론이고 신제국주의로서의 미국의 특성 속에서 볼 수 있는 시야를 가질 수 있었던 것이다. 이러한 점은 한국의 틀에 갇혀 베트남 전쟁을 읽는 우리의 지적 관성을 반성할 수 있는 좋은 계기라 할 수 있다. 베트남 전쟁을 한국의 틀 속에 가두지 않고 더 넓은 지평 속에서 읽어내기 위해서는 오키나와뿐만 아니라 더 다양한 지역의 것들을 분석하는 노력이 앞으로 더욱 필요하다. 그러한 것들이 축적될 때 우리는 베트남 전쟁을 지구적 시각에서 읽어내고 해석할 수 있는 기반을 마련할 수 있으며 인간해방의 도정에서 베트남 전쟁이 갖는 의미도 한층 깊이 있게 파악할 수 있을 것이다.

저자 소개

고명철 _ 광운대학교 국어국문학과 교수

곽형덕 _ 한국과학기술원(KAIST) 인문사회과학연구소 연구교수

김동윤 _ 제주대학교 국어국문학과 교수

김재용 _ 원광대학교 국어국문학과 교수

손지연 _ 경희대학교 후마니타스칼리지 객원교수

조정민 _ 부산대학교 한국민족문화연구소 HK교수

식민주의와 문화 총서 24

오키나와 문학의 힘

초판 인쇄 2016년 5월 20일
초판 발행 2016년 5월 30일
저　자 오키나와문학연구회
펴낸이 이대현
편　집 오정대
디자인 이홍주
펴낸곳 도서출판 역락
　　　　서울 서초구 동광로 46길 6-6 문창빌딩 2층
　　　　전화 02-3409-2058(영업부), 2060(편집부)
　　　　팩시밀리 02-3409-2059
　　　　이메일 youkrack@hanmail.net
　　　　역락 블로그 http://blog.naver.com/youkrack3888

　　　　등록 1999년 4월 19일 제303-2002-000014호

　ISBN　979-11-5686-327-4 94830
　　　　979-11-5686-061-7(세트)

　정　가 15,000원

* 파본은 교환해 드립니다.

이 도서의 국립중앙도서관 출판시도서목록(CIP)은 서지정보유통지원시스템 홈페이지(http://seoji.nl.go.kr)와 국가자료공동목록시스템(http://www.nl.go.kr/kolisnet)에서 이용하실 수 있습니다.(CIP제어번호 : 2016012727)